中公文庫

心斎橋幻想

関西サスペンス集

黒岩重吾
日下三蔵編

JN009649

中央公論新社

目次

心斎橋幻想

関西サスペンス集

賭博の街

一

田倉は市電から飛び下りると、追い掛けられるように、金山証券の前迄走った。一寸電柱にもたれ、鼓動を静めていたが、背広のポケットに手を入れると、骰子《さいころ》を摑み、高く放り上げ、落ちてくるのを慣れた手付で握った。

三。田倉は眉をひそめた。三は数霊学から言うと、山あり谷あり、波瀾万丈の卦《け》だ。

その時D証券の角に罫線《けいせん》をはっていた小男が、窪んだ眼を細めてやって来た。

「田倉さんお早よう、今日は荒れまっせ」

「荒れようと唸《うな》ろうと、僕には関係ないよ、この頃相場はやってないんだ」

小男は黄色い歯をむいた。

「へへ、知ってまっせ、ええ女に首ったけやて、及川《おいかわ》さんがこの間笑うてましたぜ」

田倉は自分でも顔が青くなるのが分った。小男はずけずけ言った。

「なあ田倉さん、悪い事は言いまへん、女なんて若い時だけや、それにくらべて相場は……」

田倉は怒鳴ろうとしたが、相場という魔者に一生喰われ、眼尻にかさぶたのような皺のよったこの老残の男の顔を見ているうち、ふっと寒けにも似たものを感じ、黙って通用門を入っていった。

衝立《ついたて》で囲ったお粗末な、二階の調査室のデスクの前に、田倉は崩れるように坐った。

タイピストの曽野が、流行歌を口ずさみながら、パフを叩いている。

「今日は早いのね」

田倉は苦笑した。早く来ようと思えば来れるのだ。ただ何時《いつ》も遅く迄蒲団《ふとん》にいるのは、夜の勤めの疲れにぐっすり眠っている、妻の京子を起したくないからだった。

京子はキャバレーに勤めていた。

田倉はポケットに手を入れ、また骰子を握った。が、今度は慌てて放すと、くしゃくしゃになった煙草を出し火をつけた。

苦い味だった。

ふと漠然とした不安を感じる度《た》びに、骰子を放り上げ、その数で身の安らぎを占うようになってから、もう一年たつ。

田倉は立ち上った、窓から樹のない北浜の街路を眺めた。銀行かと思われる瀟洒《しょうしゃ》な証券会社から、長い庇《ひさし》の古風な構えの株屋迄、売った買ったのひと時に、生命をすりへらす北浜は、確かに現代の腐蝕した沼地だ。と今、生命保険会社の用地の板囲いの傍を派手な合《あい》オーバーの襟をたてた及川が、大股で歩いて来た。

ええ女に首ったけ。及川の言いそうな事だった。まだ三十面《づら》さげて、と言わなかったのがましなくらいだ。情緒とか愛など単的に軽蔑している男だった。

どのくらい呆然と窓際に立っていたのだろう。「九時だぜ」聞えるか聞えないかの声だったが、田倉は擲《なぐ》られたように振り返った。場の始まる時刻だ。

急ぎ足で調査室に入ると、蒼黒い痩せ顔の多田が、何故かはっとしたように顔を上げた。

田倉は相変らず合オーバーのままノートをくっている及川に立ったままで言った。

「おい、野線屋の小田に、赤木さんの事でつまらない事を言ったらしいが、これからは止《や》めてくれよ」

及川はゆっくりノートから眼を放すと、石のような眼で田倉を見た。

「君は幾《いく》つになるんだい」

「僕は構わない、赤木さんの迷惑になる」

「ほう、やっぱり君は彼女に参っているのかい」

「そんな事はどうだっていいじゃないか、兎《と》に角《かく》あの人は僕の大切な客なんだ、いいかい本当に止めてくれよ」

薄い及川の唇のはしに、ちらり嘲笑するような翳《かげ》が走った。が口だけは意外に素直に言った。

「客、なる程ね！　こいつあ俺とした事が気がつかなかったよ」

階下の電話の声は、その間も次第に低い渦になり、このお粗末な調査室に這うように響いて来た。田倉は、終戦後出来た新興証券会社の調査部に、手摑みの一攫千金を夢みて入ったのだが、それは彼だけではなかった。
元正金《しょうきん》の審査に居たという、濃青磁《のうせいじ》のダブルの背広が堪らなく良く似合う、部長の島田を除き、及川と多田も、戦後の混乱期の疲れた頭を、ただ金によって休ませようと、この世界に入って来たのである。

だが結果は、相場に余り手を出さず、株のブローカーめいた事をやって金を儲けている及川を除き、田倉も多田も、上り相場に売っては取られ、下り相場に買っては投げ、有金はもとより、借財さえ、すでに手に負えない額になっていた。

殊《こと》に多田は、借財の返済の為、預かっている客の株に手をつけている節もみられ、毎日々々に地獄の苦しみを味《あじわ》っている様子だった。

その時、二人の緊迫した会話をよそに、なにやら呟き呟き出ていった多田が、ふらふら戻って来た。

顔には全然血の気がなく、額に小粒の汗が浮いている。おやっと思うまもなく、ああ嫌《い》やな声だ、ぞっとする、とデスクに俯伏《うつぶ》した。が、ふと顔をあげ、驚いた田倉の視線と合うと垢《あか》光りの袖で、額の汗をぬぐい、慄《ふる》える手でデスクの上の経済雑誌を取り、また出ていった。

もつれるような歩き方だ。

「おいどうした、気分でも悪いのか……」

声を掛けながら田倉が後を追おうとすると、不意に及川が叩きつけるように言った。

「やめとけ、おい、それより海上の前場《ぜんば》の引けでひとつ賭けようか？」

田倉は虚をつかれて及川を見た。及川がおいちょ株などやろうと言ったのは、これが始めてだった。

取引所の横に、毎朝異様な風ていでたむろしている、おいちょ株専門の賭博者達と、時々夢中で勝負している浅間《あさま》しい田倉の姿を、及川はこれ迄異人種でも見るように眺めて来たのである。

そうだ、この及川をやっつけるには今を置いてない。田倉の血潮は熱い程ざわめいた。

「海上、海上は値嵩《ねかさ》が低くて面白くない」

「ほう、大きく出たね、じゃＯ百貨店にするか……」

「君さえよかったら」

「俺はなんだって構やしないよ、ただ君の資金をおもんぱかってね」

ふん、うそぶきながら及川は、煙草の輪を二つ三つ空中に吹きつけた。火花の散るような言葉の戦だ。

落着かなくっちゃ、田倉は椅子に腰をおろすと頬杖をついた。

相場を張る時もそうだが、殊にこんな賭では瞬間の冷静な勘が、勝負を決定的にする。

場電、地方電話、客用電話、階下では店員達が必死で株の値を叫んでいる。

だが人数が多い為、電話口を離れた途端、お互の声は完全に解け合い、この二階では地声ががあがあ聞えるだけであった。

然《しか》し、今迄田倉はその喚声《かんせい》の強弱で、相場の上り下りの大体を掴む事が出来た。

今日は強い、田倉は久し振りで上り相場だと判断した。そして勢《いきおい》込んで向き直った。

「幾らにする?」

「若《も》し予想から一円狂ったら、二百円では」

田倉はぐっとつまった。及川の言う通りなら予想した値段が十円外れれば、二千円払わねばならない。最近はじり貧であまり値が動かないと言っても、O百貨店など何時四五十円飛ぶかもしれなかった。今の田倉にとっては大きな賭だ。

及川に皮肉な笑みを浮べた。

「しんどいか……」

「ば、馬鹿な……」

切迫した気配が二人の間に流れた。三白眼を細めに開き、無心そうに白堊《はくあ》の取引所を眺めている及川の瞳は、紅玉のように赤く輝いていた。ああ、奴はまた酒に酔っているな、と田倉は思った。

「君は酔っているじゃないか……」

「ふん、君は賭けるのが怖くなったのか」

黙って田倉は頭を振った。と及川は始めて白い歯を見せた。

「よし俺は六百七十円と賭けるぜ」

昨日の引けは七百十円だった。奴、矢張り酔ってるな。が今度の思いは凱歌の叫びだった。

「じゃ僕は七百三十円といこう」

「きめたぜ」

及川が手帳にそれをつけるのを見届け、田倉は勝利者の足どりで、ゆっくり階段を下りていった。

二

階下に行くと瞬間空気は変る。伝票をせわしく書きつけ、高声に喚きながら、場電掛りに放り込む店員。大声で電話にかじりついている外交員、ちらり、一瞬のうちに店内の活気を見尽くすと、田倉は思わずにやりと笑った。

畜生今日は高いぞ、ざまを見ろ。田倉は気配表も見ず客席の方に目を走らせた。ソフトをあみだにかぶった中年の紳士、戦後数年たっているにも拘《かかわ》らず、汚れた菜葉《なっぱ》服の男。若い学生のようなサラリーマン、一様にぎらぎら光る瞳が、落ついた様に或は苛立《いらだ》った様に、各人各様の視線で気配表に集中している中に、外れのニス塗りの安っぽい椅子に腰を掛けた赤木紀子《のりこ》が、例の謎のような瞳で笑いかけて来た。

深みのある黒い光りの中に、一点ちろり灯をともしたような紀子の視線に合うと、田倉は何時も泣きたい程切なくなった。

はっきりした恋でも愛でもなかった。ただ昔失い、今は影として残っている情念を、紀子の瞳がぐいぐい照らすのだ。

昨年の秋の日、赤木紀子は、友人矢杉の紹介状をもって田倉のもとを訪れた。

それには、最近銀行員の主人をなくし、かなりの退職金が入ったので、良い株があったら世話してあげてくれ、と述べられていた。ただ終りに、固い人ですから宜しく、とつけくわえてあったのが、妙に心にささった。

田倉は白い顔の中で、とりわけ切れ長の眼が印象的なこの女に、逢った瞬間から変な苛立を覚えていた。

田倉は手紙を読み終ると難かしい顔で言った。

「株をやるのは怖くはありませんか？」

紀子は眼を見開き、田倉を真向から見た。

「株って上るか下るか二つでしょう、やる以上この二つだけは覚悟してますわ」

田倉は一寸足をすくわれた思いで、紀子を見直した。が冗談めかして言った。

「でも矢杉君の手紙に、貴方は固い人だからと書いてありましたよ」

紀子の唇の端に、無邪気そうな笑いが浮んだ。

「それは、私が矢杉さんにとっては固いと言う意味ですわ」

田倉は急に嬉しくなった。言葉もなく高笑いした。陰鬱な毎日に、二度とありそうにないと思った笑いだった。

それから田倉は、三日程費やし、或る化学会社を徹底的に調査した。株屋の調査部に入ってから、これ程熱を入れて調査した事はなかった。

そしてＭ化学を百十円で千株紀子に買わせた。幸いその株は三ヵ月程で百五十円になり、紀子は四万近く儲けた。それ以来、紀子は田倉を信用してか、株の事総《すべ》てをまかせた。が田倉は紀子の株に対しては驚く程慎重だった。良い株と睨んでも、買わせる迄は何日もかかって会社を調べた。それは紀子の為の調査であった。その為か今迄三回程売り買をやったが、紀子はただの一度も損をしていなかった。

殆んどと言って良い程、自分の相場には成功した事のない田倉にとって、それは奇妙な出来事だった。

その頃から、次第に田倉は、自分の為に相場をはらなくなった。払う事の出来ない借財を背負った希望のない日々だったが、紀子の事を思うとふと一条の光りが射すように思えた。

何時か二人は、時たま店の近くでお茶を飲むようになった。が話は主に相場の話や、その他たあいない事だった。二人は言い合せたように自分の内部の事は喋らなかったし、相手の事も尋ねなかった。

田倉には、紀子が矢杉にとって固いという事が妙に心に残っていた。また紀子との付合《つきあい》で、もたつく事は、結局紀子を失う事になるという予感の為であったが、紀子の心はどんなであったろう。

ただ自惚《うぬぼ》れではなしに、田倉はふとした紀子の眼付から好意を感じる事が度々あった。店に来て、田倉が居ない時など、他の社員とどんなに話がはずんでいても、紀子は田倉を見ると直ぐ話をやめ、田倉のところにやって来た。

それは信頼というより、もっと深いもののようだった。が田倉はけっして、紀子のそんな態度に甘えなかった。所詮紀子は田倉にとって遠い人なのだから。

今も田倉は軽く会釈して隣りの椅子に坐った。紀子は田倉を見ると甘えるように言った。

「また買いたくなりましたわ、なにか良い株ありません？」

「そうですね」

その時始めて田倉は気配表を見ようとした。

紀子が明るい声で言った。

「今日は仕手株《してかぶ》が、暴落してますのね、一度仕手株買ってみたいわ」

「えっ、暴落！」

はっと見開いた眼に、O百貨店六百九十円ナリの数字が踊るようにうつった。

瞬間後頭部がじーんと鳴り、周囲のすべては灰白色の光りの映像となって波を打つ。眼がくらんだのであった。田倉は傍の紀子も忘れ、呆然と立ち上った。なんという思い違い、場電掛りの異様な喚声は、暴落の為のやけくその昂奮だった。

アルコールに麻痺していた筈の及川の神経が、どうして、この異様な活気の裏の絶望をちゃんとつかんだのであろう。

だが勝負は終ったのだ。

横の階段から及川がゆったり下りて来た。田倉には眼もくれないように、暫し紀子の白い横顔に視線を注いでいたが、やがて憫《あわれ》むように田倉を見た。

「どうだい、相場は？」

不意をつかれ、田倉は血の気のない顔を整える暇もなかった。

「君の勝《かち》だよ」

すると、紀子がさっと立上って、田倉の顔を覗き込んだ。

「お顔の色が悪いわ、お茶でも飲みに行きません？」

田倉は救われた思いだった。兎に角一時も早くこの場を逃れたかった。

二人が出て行くのを見ると、及川も外に出、後ろ姿を蛇のような眼で眺めていたが、ぺっと唾を吐いた。

この時田倉は後ろをふり向いた。二人の視線がぱったり合った。

田倉は直《す》ぐ首をめぐらした。ああここ当分あの嫌やな男に、己れの生命を摑まれ、自由にされるのか……始めて、人間らしい絶望感が、数個の槍先となって、田倉のうつろな心の中に次から次へと、突き刺さってくるのだった。

田倉と紀子は、堺筋の茶房デミヤンの隅で向いあって坐った。

紀子は珍らしく生真面目な表情で、

「あの及川さんて人、なんだか嫌やな人ですわ」

田倉は熱い絞りで顔を拭いた。身体が慄える程熱かった。が暫《しばら》くタオルを顔にあてていた。

漸《ようや》く熱い血が顔に昇って来た。田倉は吐き出すように言った。

「僕も嫌いです、だが金儲けは旨い奴です」

紀子は茶色のニコチン消しのついた外国煙草を、稚《おさな》げな唇に喰《くわ》えると、空を見るようにしてゆっくり煙を吐いた。それは煙草を吸うというより、少女が遊んでいる感じだった。

金儲け、呟きながら紀子は小さく笑った。

「でも証券会社に勤めていたら面白いでしょう」

田倉は、ほっとしてやつれた己れの頬に手を当てた。この地獄の生活をどうして紀子に伝えられるだろう。

紀子は相場に関して、全く田倉を信用しているのだ。

「おそらく、貴方が思っていらっしゃる程、面白くはありません。いざ中に入ってみればね」

紀子は一寸唇を突き出した。

「じゃ、少女が結婚生活を外から眺めるくらいかしら……」

田倉は掠《かす》れた声で言った。

「じゃ赤木さんの結婚生活も……」

紀子は傍に置かれたコーヒーに、一寸眼を落したが、直ぐ快活そうに言った。

「さあ、別に悪いという程でもなかったけど、……でも少女時代の方が楽しかったですわ」

田倉が深い吐息をつくと、

「田倉さん、今、も、とおっしゃったけれど、御幸福じゃないの？」

田倉はふとポケットの骰子を摑んだ。意味もなくもて遊びながら、

「そうですね、はっきり言うと不幸な生活かもしれません、でも原因は僕にあるんです」

ふと二人は黙り込んだ。レコードがイブモンタンの甘い歌声を流し始めた。と紀子は直ぐそれに合せて口ずさんだ。小鈴のような声だった。

「ねえ、一度仕手株買ってみたいわ」

田倉は厳しい眼で紀子を見た。

「赤木さん、そんなに危い株がいじりたいのでしたら、誰か外《ほか》の人に頼んで下さい、僕はお断りします」

「どうしてですの……」

紀子は甘えるように田倉を見たが、

「と言っても聞いて下さらないような怖い眼です事……」

田倉は苦笑した。

店を出た時、紀子は一寸立止って田倉を見上げた。

「今日のお話は何時もと違いましたのね」

その夜田倉は、我孫子《あびこ》にある矢杉の住居を尋ねた。

矢杉は田倉と違って固い銀行員だった。賭の事は言わず、一万円都合してくれと頼んだ。

矢杉は変な顔をして田倉を見た。

「だって君は相場で儲けているらしいじゃないか……」

「一体誰が……」

言い掛けて田倉はほっと口をつぐんだ。

「赤木さん感心していたぜ、君のやる事は百発百中だって……」

「うん、赤木さんのは旨くいってるんだ」

久し振りで見る田倉の、そげた頬と暗い眼を見、矢杉は銀行家特有の勘で言った。

「いや、君は失敗したのか……」

田倉は今の自分の苦しみを、あらいざらいぶちまけたかった。が、それが矢杉の口から紀子に伝わる事を思うと、氷《こお》ったように声が出なかった。

「失敗と言う程でもないが、ちょっとすってね」

矢杉は奥に引込むと、

「僕も都合があるんでね、五千円でよかったら使ってくれ……」

「すまん、恩にきる……」

「いや僕の方は構わないが、赤木さんには迷惑かけるなよ」

田倉は息を呑んだ。が次の瞬間、

「なに、迷惑掛ける、それはどういう意味なんだ？」

叫びながら手許の金を突き返していた。

「この金いらんよ」

驚いて引きとめる矢杉の手を振り払い、田倉は肩をそびやかして戸外に出た。

が夜風にあうと肩が落ちた。

矢杉の言うのは尤だった。なにも怒る必要もなければ、金を返す程の事でもなかった。

郊外電車がスパークした青い光りを眺めながら、田倉は暗い己れの血潮の中に、ふとそんな光りがあるのではないかと思った。

清冽《せいれつ》な青い光りが。

三

難波《なんば》から西南へ五丁、市の区画整理で、どうにも来年中は立ちのかねばならない、戦時中の配給所を改造した二た部屋が田倉の住いだった。

都会の直ぐ真中にこんな場所があるのだろうかと思われる薄汚い風景。裏窓を開ければ捨てられた塵埃《じんあい》の山から、すえた匂いが漂った。

夜更《よふ》けともなれば、大国町《だいこくちょう》行きの市電の、がたびし、哀愁のこもった音にも、都会の夜の佗しさが身にしみる。

田倉の隣りのバラックまがいの家は、あんま夫婦の一家であった。毎晩小一里も離れた飛田《とびた》の遊廓へ、よろよろ出掛けていっては、田倉がうとうとする三時過ぎに、うらさびれた鉄杖の音を響かせた。

するとバラックの戸ががたびし開き、それ迄内職していたらしいお上《かみ》さんが、小走りに迎えに行くのである。

その音で田倉は何時もはっと眼が覚めた。

その夜、田倉は心当りを二、三尋ねたが全部だめで、重い心を抱いたまま、国道沿いの屋台店で焼酎二杯ひっかけ、吾が家にたどりついた。

古畳の上に大の字に横になると、酔の為ではなく頭が割れそうに痛んだ。

三年前迄は貧しくともあった、洋服ダンス、整理ダンス、それに京子が自力で買ったシンガーミシン、その頃はまだあのささやか、という言葉が似合う六畳だったが、今はもうなにもかも売り払い、野外の荒涼《こうりょう》と言っていい程の佗しさである。

その時、夜風の中に、夜の勤めの帰りであろう、酔った女のだみ声がした。

そうだ、もう京子が帰る時刻だ。田倉は身体を起しかけてはっと息をのんだ。京子の死んだ母の形身だという、絶対腕から離した事のない、ミドウの腕時計を思い出したのであった。

田倉の歯はがちがち鳴った。それだけは止めろ、畜生だぞ、お前は……なあーに構うものか。

薄茶けた電燈の下を、田倉は蛾《が》のようにぐるぐる廻った。

軈《やが》て田倉の手はポケットの骰子を握った。賭！　それは人間の知と情と意を磨滅する唯一の手段である。

田倉は今、京子から時計を奪うかどうかを骰子の数字に賭けようと決心したのだ。

奇数、偶数、奇数なら奪う、一瞬躊躇した後、田倉は手の骰子を天井に放った。

ああ、若し奇数なら、息苦しい風が胸に入り込み、田倉は谷に飛び込むような気持で掌を開いた。

そこには三つの目が田倉を凝視していた。

骰子は投げられた。最早それ以後田倉の人格は存在しない。

外に出ると、戸外の風は満天の細氷《さいひょう》のような星に、哀しい夜哭《やこく》を浴びせていた。

田倉はぶるっと身体をすくめた。狩人の剣が、今夜も刺すような孤独な光りを放っていた。国道に出ると広いアスファルトは、星明りに白い河床のように横たわっていた。

こんな時刻に拘らず、高速度のヘッドライトが、余り間を置かず流れてゆく。

その光りの一端に、田倉はふと彼方から寄り添って歩いて来る男女の人影を認めた。

小さい瞬間の影像だが、田倉のとぎ澄まされた神経は、その女を京子と判断した。

田倉は素早く傍の電柱に身をひそめ、獲物をねらうようにじっと国道を透かした。

間もなく京子が男と連れだって、田倉の眼の前を通り過ぎた。

田倉は男には全然注意しない。注意してどうこう思う、あの夫婦間の最低のつながりさえ、この瞬間喪失していたのだった。

だがなんとかして京子から腕時計を奪おうという執念は、京子が男と歩いている、という事だけは強く確認する。それだけで時計を奪うに充分だった。

田倉は猫のような眼で二人の後ろを見送っていた。

十分程うろうろして田倉は家に帰った。

部屋では京子が洋服のまま、電熱で飯をたいていた。張りのある大きい眼が無表情に田倉を振り返った。

田倉はせき込んで言った。

「な、君は確か、プラチナの時計を持っていたな……」

京子の瞳に訝《いぶか》しげな影が走る。

「そいつを一寸貸してくれないか、実は今日賭で一万円程負けたんだ」

訝るような瞳がそのまま硬直し、

「まあ貴方は……」

飛び離れるように立ち上った。

「そうなんだよ」

「また、あれ程言ったのに……」

「いや、今度は本当に借りるだけだ。直ぐ返す」

「もう知らない」

京子は、そのまま縋るように窓辺にたった。何も考える気力もなく俯向いた。と足下に、田倉が毎日つけている罫線のグラフが散っていた。その青白い紙の上には、蜘蛛の足のような奇妙な線が無数に踊っていた。

一寸見ると何か意味ありげな線だが、じっとみると、将《まさ》に知能の足りない小児が書きなぐった痴画《ちが》に過ぎない。

京子にはありありとそれが分るのだ。

「もう止める、本当に今夜限りだ、なあーに直ぐ返す、必らず返すから……」

これ迄何回聞かされた空々しい言葉だろう。京子はこの前の時から、もう田倉には徹底的に愛想をつかしていた筈だった。

それなのに何故今迄一緒に居たのか……。

京子はきゅっと唇を咬《か》みしめ、紙のような顔で田倉を振り返った。

「貴方、はっきり言いますけど、今度こそ私知りませんから」

急に変った京子の言葉に、田倉はぎょっとした。と、さっきの男の姿が電光のように彼の脳裡を走った。

「ふん、知ってるぞ」

「………」

「君は僕が知らないと思って、他の男と逢曳《あいびき》しているんだろう、さっきも嬉しそうに家の近く迄連れて来やがって……」

「まあ、そんな恥かしい事をよく。東野さんは真面目な方よ」

「東野さん、まじめ、ぷっ、キャバレーの女に通う客じゃないか、恥かしいのはお前だろう、亭主の眼を盗んで間男をこしらえやがって……畜生、時計ぐらいで足りるか」

「悪魔！　鬼！」

「なに悪魔だと、俺が悪魔のように強かったら……ええ、やかましい、時計を出せ」

田倉は狂人のように京子を睨みつけた。

と肩で息をしていた京子の身体が崩れ、ひーという呻《うめ》きが奔り出た。

田倉は這うように傍に寄り、投げ出された京子の手首の時計を外そうとした。

「いや、これだけは嫌や……」

京子は必死で腕を振り放そうとした。そしてぺっぺっと田倉の顔に唾を吐いた。

が顔に唾を引掛けられたまま、荒い息を吐き、夢中で時計を奪おうとしている、浅間しい夫の顔を見ているうち、京子の腕の力はすーと抜けていった。

時計をしっかり握ると、田倉は逃げるように外に出た。灯を慕いよっていた野良犬が慌てて飛び去った。

何もかも最後、とうとう俺もここ迄おちたか……苦痛に近い佗しさが込みあげ、田倉は縋るように玄関を見た。

京子は自分と離れたら幸福になるかもしれない、少くとも今より……、冷たい砂風が田倉の眼に入り、涙がぽたぽた落ちた。

四

その夜浮浪者のように、難波の地下鉄の構内で一夜をあかし、田倉は昼頃、寝不足の眼をしばたいて会社に出た。

と部長の島田が何時になく緊張した顔で、一寸《ちょっと》、と田倉を二階の応接室に連れていった。

椅子に深く腰を下ろすと、足を組み、田倉にも坐るように手で合図すると、ネビーキャ

ットを口に咥《くわ》え、

「実は、多田君が昨夜亡くなったんだ」

「え……」

「今朝奥さんが来られてね、驚いたよ、首をくったらしいんだよ」

「ま、まさか……」

「そうなんだ、僕も色々事情を聞いて吃驚《びっくり》したんだが……」

島田の説明によると、秋以来の株の暴落で、多田の受けた打撃は想像以上だった。親類知人には借り廻り、それでも足らず、客から預かった株券や金を穴埋《あなうめ》に使い、その額は四十万ばかりになっていた。どうにもならなくなった時に昨日の暴落だった。而《しか》も何を血迷ったか、一昨日O百貨店を大引《おおびけ》の七百十円で、二千株も買っていたという事だった。

椅子にぐったり寄りかかり、田倉は遠い幻覚のように島田の言葉を聞いていた。第一の犠牲者、そして結局は自分もそうなるのではないか。すーと身震いするような寒い心に、なにくそ、田倉は掌を握ると立ち上った。

調査室には曽野がタイプを打っている以外誰も居なかった。

「曽野さん、及川知らない？」

「何時ものエスカイヤーでしょ、今日は田倉さんに賭で勝ったから、祝盃だ、なんてはしゃいでいらしたわ」

「祝盃だ……及川は多田が死んだのを知らないのか……」

「知ってるわよ、さっきも私を摑えて、多田さんの死んだ事くどくど話し、当った、当った、とにやにやしているの、本当に気持悪かったわ、お酒ぷんぷんさせて……」

「何んだって、当ったって……」

なにが当ったか、分らないながら、同僚の死に眉一つ動かさない、いやかえって嘲笑しているような及川の三白眼が、ありありと浮んで来た。

表通りから少し引込んだスタンドバー・エスカイヤーは、昼なのに、はや黄昏《たそがれ》を思わせる薄暗さだった。

窓ガラスに紫紺のビロードのカーテンを下ろしている為である。

及川はスタンドの端のボックスに腰を下ろし、さっきからオールドのサントリーを、ちびりちびりなめていた。そして時々思いだしたように、スタンドのマスターに声を掛ける。

「なあマスター、俺がもっとこの店をはやらせる方法を教えてやろうか……」

「そんな良い方法があったらお教え願いたいね」

「うん、俺は前々から思っていたんだが、あの酒棚の上に、とてつもなく大きい時計を据えつけるんだ。そして時計の針を真赤にしてさ、一時間毎に後ろでオルゴールかなにか鳴らす。どうだいマスター、こう言うと客は時計を気にして早く帰ると思うだろう」

「そりゃ。そうですな」

「ところが大違い、眼の前に大きな時計がどんと据ると、不思議に人間って奴は、時間に対する感覚が甘くなるんだ」

「及川さんはなかなかの心理学者ですな」

及川はぐっと、グラスをあおった。

「当り前だ、それでなくっちゃ賭なんか出来んよ。田倉なんか、あれでも昔は小説をやろうと思っていたらしいが、甘いもんだ」

その時田倉は及川を探して、エスカイヤーに入って来た。

「おい、ここだ」

なにもかも、打ちひしがれた田倉だったが、及川の顔を見ると、猛然と本能的な敵に対する敵対心に湧きたった。

田倉はぐっと、腕時計を握りしめると、及川と向きあって坐った。

「今部長に聞いたんだが、多田の奴やったそうだね」

「ふん、それを君は今日知ったのか、俺はもう昨日知っていたね」

「なんだって……」

余りにも意外な言葉だった。

及川は、ふんと薄い唇を舌でなめた。

「説明してやろうか、いいかい、多田の奴、昨日の朝ふらふら出て行ったが、直ぐ戻って来て、ああ嫌やな声だ、ぞっとする、とデスクに打ち伏しただろう。あの時の多田の様子が分らなかったか、奴は階段を下りかけて、何かの株、おそらく自分が買った株の暴落の値段をはっきり聞いたんだ、奴は買からしかよう出ない性格の男だ、俺は奴が青い顔で戻って来て、あの言葉を聞いた時、はっきり暴落が分ったよ、そして奴の死もね」

うーん、声のない声で田倉は呻いた。

及川はとどめをさすように言った。

「だから俺は君と賭けたんだよ、分ったかね」

負けた、なにもかも、田倉は息をのみ、うなだれた。

力なく腕時計をテーブルの上に置いた。

「プラチナのミドウだ、昨日の一万円、これでかんべんしてくれ」

「ほう、こりゃ、お釣りだな」

及川は腕時計を無造作に受け取ると、くるりと自分の手に巻きつけ、

「だが多田の奴、一体なにを買いやがったのだろう」

「島田の話では、O百貨店七百十円で、二千株買ったらしいぜ」

「へえ、O百貨店二千株、たいした玉を張りやがったなあ、えーと待てよ」

眉根に皺を寄せ、何か睨むように考えていた及川は、つと立ち上った。

「君、一寸ここで待っててくれよ」

「いや、それより、多田の所に線香だけでもあげに行かなくちゃ……」

「馬鹿言うな、別に君が行ったからと言って多田が喜ぶわけでもなし、それに社から葬儀専門の足立が行ってる筈だ、それより生きてるこっちは一寸面白い事になるかもしれんのだ、まあ一寸待ってろ」

押しつけるように言って飛び出していった。

行こうか行くまいか、一寸迷ったが、暗い家で妻子の泣き顔を見るのを思うと、結局立つ気にはなれなかった。

田倉は苦い声で言った。

「マスター、ジンを頼む」

二十分もたたないうちに、及川は勢《いきおい》良く戻って来た。

「ジンか、やけ酒はまだ早いぜ」

皮肉を飛ばしながら、中指で卓を無精《むしょう》に叩き始めた。なにか策謀する時の彼のくせだ。

異様に光った三白眼で、暫く空間を見ていたが、さっき受け取った腕時計を田倉の前に置いた。

「この時計君に返すよ」

「な、なんだって……」

思わず時計を摑んだが、流石《さすが》に田倉は直ぐ手を放した。

及川は、何んの理由もなく、人に恩恵を与えるような人間ではけっしてなかった。

田倉の身体は次第に細かく慄えて来た。その慄えを相手に悟られないように、ジンをあおると、グラスが歯にかちかちあたった。

及川が後ろを振り向いた。

「俺もジンだ」

そして叩きつけるように言った。

「多田が買ったＯ百貨店、今四倍増資発表で百円高の七百八十円に暴騰《ぼうとう》だぜ」

「…………」

「おい、百円高の七百八十円だぜ、この分じゃ、二三日のうちに、八百四五十円はあがるかもしれん」

「うむ」

身体がどんでん返しを受けたような強烈な衝撃だった。そう言えばここ数年、相場を見るのを忘れていたのは、いや相場が存在するのを忘れていたのは、今日が始めてだ。

「俺も朝のＯ百貨店の動きが、どうも妙だと思っていたんだ。昨日のあれ程の下げにも拘らず、今朝は五円高に寄りつき、一気に七百円迄戻していたんだ。それで気になって今見に行ったら案の定……」

二人は何故か多田の事は口に出さなかった。田倉は漸く酔が廻って来た頭で考えた。

多田は死んだ、Ｏ百貨店は大暴騰、一体どっちが重大事件だろう。

それが呟きとなって出たのか、及川が、

「そりゃ勿論Ｏ百貨店さ」

田倉は一瞬きょとんとした。が次の瞬間爆発的な笑いに襲われた。卓の上に顔を伏せ、笑いこけながら、

「多田の奴、たった一日待てばいいのに、なんて運の悪い奴だろう」

むせるように叫んでいたが、軈て強烈なジンの酔に意識を失っていた。

田倉が眼を覚ましたのは、もう五時過ぎだった。何時の間にか、マスターの部屋に寝かされていた。

ネクタイをぐるぐる首に巻きつけた及川が踊るように入って来た。酔えば酔う程青くなる男である。

及川は嚙みつくように言った。

「おい、Ｏ百貨店の大引は八百円だ、引跡は買物だ」

「多田の奴馬鹿な事をしたもんだ」

「多田の事なんかどうでもいい、それより」

どたんと横になると顔を寄せて来た。

「実あ、Ｏ百貨店の暴騰を知った時思いついたんだが、あの多田が買った二千株、俺が買

った事にしたいんだ、若し八百五十円にでもなれば、約三十万の儲けになる。一寸凄いぜ」

そうだったか、及川の考えそうな事だ。田倉は、何時の間にか自分の腕に巻いていた時計を外そうとした。

と及川は田倉の手を止めた。

「一寸待て、それには君にも助けて貰わねばならん、若し成功したら時計だけじゃない、五万渡そう」

「五万……」

田倉は鸚鵡《おうむ》返しに呟いた。五万あれば……勿論莫大な借金にとってはものの数ではないが、どうにか目先の苦境は逃れ得る金である。

田倉の沈黙を同意にとったのか及川は、

「ここで一番うるさいのは部長の島田だ、どうせ奴が黙っている筈はないが、その時あの玉は、俺がせわしくて、多田に頼んで買って貰った、という証人になって貰いたいのだ、証人さえ居りゃ文句は言わせんよ」

田倉はゆっくり言った。

「だが伝票には多田と書いてあるだろうし、株式課長の溝口が黙ってる筈はないだろう」

田倉は小僧から叩き上げた、溝口の太い首を瞼に浮べた。

　すると及川は嘲《あざ》けるように唇を歪めた。

　ポケットから黒皮の手帳を出し、ぱらぱらめくっていたが、

「いいかい読むぜ、株式課長溝口、昨年十一月末M化学より割当《わりあて》ありたる、プレミヤム付同社新株式八千株中、客に分譲すべき三千株を、己のが腹中におさむ……こりゃ一例さ」

　ぱたんと閉じると、例の蛇のような眼で田倉を見た。

　田倉は吐息をついた。立ち上ると身体がふらっとした。

「君って、俺が想像していた以上だなあ」

「なあに想像以下だろうよ、こんな調査表別に強迫する積りでつくったんじゃないんだ、ただ、俺が少しそれに似た事をやっていたから、防禦《ぼうぎょ》の積りで調べあげただけよ、まさかこんな時に役に立つとは思わなかった」

　及川の声を背中に聞きながら、ドアを開けようとして、田倉は立止った。

　腕時計を返そうかどうか、一寸迷ったのだ。

　が結局、そのまま表に出た。泣き伏した京子の姿が浮んだ。

　俺はまだ京子を愛しているのだろうか、それは、田倉が今迄感じた事のない、もの哀しい思いだった。

五

すでに辺りは黄昏だった。昼騒乱《そうらん》の坩堝《るつぼ》だった白堊の取引所は、西の空の真赤な夕焼の残映に、ドームの屋根を淡紅色に染め、はじらうように静まりかえっている。

田倉は怖いものでも見るように取引所を眺めた。金金金、ただそれだけに生命をすりへらす場所……ああ嫌やだ、女のように顔を蔽《おお》った。

と眼の前に車が急ブレーキでとまった。

ドアが開く。納戸《なんど》色に薄いピンクの大輪の花を浮かせた和服姿の赤木紀子が、夕顔のような表情で田倉を眺めていた。

「どうしましたの、そんな所にぼそっと立って……」

誘われるままに田倉は紀子の傍に坐った。ジャスミンの香が甘く匂った。

田倉はこの時程紀子が遠い人に見えた事がなかった。ああ、この人は別な世界の人なんだ、吾が心に言いきかせるようにその言葉を嚙みしめていると、紀子が顔を覗き込むようにして言った。

「昼から会社で待っていましたのよ、まあ今日も青い顔、お酒飲んだのね」

それには答えず、

「O百貨店大暴騰しましたね、赤木さんの言われた通り買っておいたら……」

紀子は小さく首を振った。

「そんな事どうだっていいわ、私ね、ほんと言うと株に余り興味ありませんのよ」

「そうですか……」

そう言われると田倉は淋しかった。紀子は知らないが、陰で田倉が紀子の為につくした努力は並大抵でない、而も紀子に儲けさせた額は、この半年程で二十万以上になる。勿論それは紀子にとって、たいした額ではないかもしれない。

だが田倉にとっては……彼は今五万の金で、己れの最後の良心を売ろうとしているのだ。

紀子はいたずらっぽい口調で、

「ただ一寸刺激を味ってみたかっただけ」

「刺激……」

田倉は青い顔のまま紀子を見た。

「じゃ僕とこうして車に乗っているのも」

紀子は両掌の上に顎を乗せ、きゅっと唇を結んだ。そして今迄見た事もない厳しい眼で前方を見た。

車は御堂《みどう》筋を梅田新道の方に走っていた。もうつき始めたネオンが、打水した鋪道に都会の夕暮れの光りを滲ませていた。

田倉はがくんとクッションにもたれた。車が梅田新道の交叉点で止った時、田倉は腰を浮かせた。

「乗ってて頂戴……」

と紀子が命令するように言った。

梅田で車を下り、曽根崎署裏の露路のような食堂街を、二人は人波に押され、肩をぶっつけあいながら、かなり有名なすし屋に入った。

腰を下ろすと紀子は、

「あたし、お酒いただくわ……」

はっとした程艶っぽい眼で田倉を見た。

普通なら飲めないところだが、田倉はなにか、とことん迄酔ってみたい気で、また盃を手にした。

紀子は余り強い方でないらしく、盃五六杯あける頃には、もう眼元が赤くなって来た。

田倉はたて続けにぐいぐい飲んだ。なおもあおろうとすると、紀子の白い手首が、田倉の手首を押えた。

「田倉さん待って……さっきの御返事しますわ、紀子ってね、男の人に刺激を求めるようなかたの女じゃないの……分って下さる」

盃を持つ田倉の手が慄えた。

「すみません、分っていたのです」

紀子の手がそっと離れた。

「あたしね、古い女ですのよ、きっと田倉さんが軽蔑する程……」

古い女、それはまた遠い人という事にも通じるのだ。田倉は泣くような声で言った。

「分っています、それも……」

そこを出て二人はモコでお茶を飲んだ。何か離れ難い気持が二人を結びつけていた。がそれがどうにもならないものである事も、田倉は感じていた。

店の中は薄暗く紫煙が蠟灯《ろうそく》のような光りに夜霧の如く漂っている。紀子は思い出したように田倉の顔を見ると、小さく微笑した。

十時過ぎた頃、紀子は腕時計を覗き、次に田倉の顔を見た。訴えるような表情だった。

田倉は立ち上った。

表に出た時、思い切って右手を差し出した。

と紀子は、白いレースの手袋を静かに外《はず》し、柔かく田倉の掌を握った。

田倉は呻くように言った。

「さようなら、株はもうお止めなさい」

紀子はこっくりした。

「さようなら田倉さん、紀子ね、田倉さんて一度愛した奥さんなら、きっと最後迄愛し抜く、いいえ愛し抜く事の出来る人と思いますわ、始めてお逢いした時そんな感じがしましたの」

よう、よう、酔客がからかって通ったが二人の手は暫らく放れなかった。

紀子の言葉に対して、田倉は何も答える事が出来なかった。

「田倉さん、明日もう一度おうかがいしますわ、最後にもう一回だけ株を買っていただく為に……」

紀子の姿が雑沓の中に隠れると、田倉はまだ女の暖かみの残っている掌を、何回も握ってみた。

その夜十一時過ぎ、田倉はキャバレーパリスの、通用門の向いのホテルの塀にもたれ、京子を待った。

キャバレーの中からは、おそらくラストに近い、セレソローサが微《かす》かに流れて来る。

勿論田倉は、京子が難波のあの家に帰るとは思っていなかった。だから待ちうけて無理にどうの、こうの、と言う積りはなかった。ただ、昨夜奪った腕時計だけは返したかった。

一度愛したら必ず愛し抜く事の出来る人、紀子のさっきの言葉が消そうとしても耳の中で消えない。

結局は俺も紀子と同じ、古い男なのか、だが転々と移り変る愛情のみが現代ならば、かような古さは別な意味で、最も清新なものと言いうるかもしれない。

だがそれも所詮、田倉が今の生活から足を洗わねば、実現出来ないものだ。

軈てバンドも終り、女達がぞろぞろ通用門から出て来た。

田倉は直ぐ傍に並んでいる高級車の間に入った。多い人数だが京子の顔は見逃す筈はなかった。

空しい十数分が過ぎた。京子の姿はなかった。

考えてみれば昨夜の今日だ、京子がキャバレーに出ると思ったのが間違いかも知れない。

或はひょっとすると家に居るのかもしれない。

ふとそんな考えが浮び、田倉は地下鉄の終電に間に合うべく一目散に走った。

自宅の見える四辻迄来て、田倉はがっくりうなだれた。黄色い灯のともっている筈のガラス窓は真暗だった。

戸は閉っていた。鍵を開けて中に入り、電燈を捻《ひね》った。部屋の中はきちんと片づいていた。京子の鏡台はなかった。

机代りの蜜柑箱の上に置き手紙があった。田倉は暗い窓辺にもたれて読んだ。ガラス窓の夜霧が頬に冷たかった。

……恥をしのび、帰れる筈のない実家に帰ります。京子もこれを機会にキャバレーから身を引き、地道な仕事を探します。若し貴方が貴方自身と京子を可愛想に思うなら、どうか今の会社を止め、どんな仕事でもいいから新しい仕事を探して下さい。そしてその時、若し京子が一人で居り、そして貴方にその気があるのなら、京子を迎えに来て下さい。

手紙の要旨はそんなものであった。田倉は手紙を背広のポケットに入れると、窓を開けた。

街路樹の若葉の匂いがする夜の闇の中に、ちろり灯をともしたような紀子の瞳が浮んでいた。

田倉は呟いた。

「赤木さん、今の僕には京子を愛し抜く力はないんです」

六

翌朝、田倉はまたも遅れて北浜に出掛けた。社の近く迄来ると、門口できょろきょろしていた及川が、田倉の姿を見付けて飛んで来た。

何時もの底光りのする三白眼で、今日は血走って落付かない。

問題が難かしくなったな、と思う一方、思い掛けない及川の弱さを見た思いで、田倉はざまみろ、と思った。

素早く辺りを探ると及川は、小走りに左側の露路に走り込んだ。そして手招いた。

二人は露路の突当りの饂飩《うどん》屋に入っていった。

丁度場がたっている時刻なので、中に人影はない。

「おい酒頼む」

坐ると及川は低い声で話した。

「Ｏ百貨店、今日もまた四十円高の八百五十円になりやがった、この調子じゃ九百円はあるぜ」

ゆっくり煙草の煙を吐きながら、

「それよりどうなんだい、島田や溝口の方は……」

「うん」

眉根に皺を寄せると、奥に向い、

「おい、酒早く持って来てくれ……」

コップが二つ並べられると、及川は飢えたように手をかけた。

「いやその事なんだ、溝口の方は例の手帳でいちにもなく参りやがったんだが、島田の奴め、俺の言う事終《しま》い迄聞いていてなにもいやがらんのだよ、流石に薄気味悪くなって、了解してくれたか……と念を押すと、奴の言い草がふるっているじゃないか……」

「なんと言ったんだ……」

「それじゃ多田君の霊が浮ばれんだろうって、ぬかしやがった」

ふと、多田の奴死なくてもいいのに、呟くような島田の声が思いがけなく胸を刺し、田倉も慌ててコップに手を掛けた。

「で……」

「くそっ、と思ってね、じゃ部長は僕が嘘を言っていると思ってるんですな、田倉君も知っている事なのに、と尻をまくったよ」

田倉は唇にあてたコップを咬んだ。無抵抗な、そのくせ冷やかなガラスの感触は、何故か彼の心を暗く沈ませていった。お前はそこ迄して金がほしいのか、そこ迄して……

「それで……」

「田倉君とも逢って一応話はきいてみるが、その上で部長と相談して決める、という話さ」

探るように見たが、田倉の妙な気のない顔色を読むと、

「だが君さえ頑張ってくれれば絶対大丈夫だ。おそらく今行ったら、直ぐその話が出るだろうから、頼むぞ」

あせったような及川の言葉を聞いているうち、田倉の心は増々冷えていった。とこんな男に操られる馬鹿らしさが、急流のように湧き上って来た。

結局この男の持っているものはなんだ、はったりと、小手先の技巧だけじゃないか。

田倉は話に乗るのを止めようかどうか、迷い始めた。と手はポケットの骰子を摑んでいた。ええい、奇数だったらのってやろう。

転がした骰子はまたも三の目だった。

田倉は無感動に言った。

「じゃ君と僕とは共同正犯じゃないか、五万じゃ足らん、三十万の利として、半分の十五万は出せよ」

「なに……」

及川は憎悪のこもった眼で睨んだ。

「おい、慾ぼけたらいかんぜ、この計画は始めから終り迄俺の一人舞台なんだ、君は端役《はやく》じゃないか」

田倉は立上った。

「慾ぼけとはなんだ、十五万で気に喰わなかったら僕は手を引くぜ」

なにか叫びかける及川には構わず、田倉はさっさと歩いたが、入口で振り返ると、

「金よりもな、僕はこんな事嫌《い》やになったんだ、だが十五万はなんと言っても大金だ、三時頃エスカイヤーに行くから、ノーかイエスか、はっきり考えておいてくれ」

田倉は島田に見付からないように、通用門から入り宿直室の窓から店内の客席を眺めた。

そこは何時ものように立ったり坐ったりして黒板を眺めている客達であふれていた。

紀子の姿は直ぐ分った。淡黄色のワンピースの上に、シルバーグレイのスプリングコートをはおった紀子は、何時も坐る外れの椅子で、ぼんやり前方を見詰めていた。

店内のざわめきも紀子の所だけは避けているようだった。それ程紀子の顔は厳しい静けさに包まれ、姿は異彩を放っていた。

田倉は名刺の裏に走り書し、丁度お茶を飲みにやって来た小僧に持たせてやった。

そして紀子がそれを読み、立ち上るのを見て外に出た。

かなり激しい突風が吹いている。

三越わきのA証券の前で、田倉は真直ぐ自分を見詰めてゆっくり歩いて来る紀子を、砂塵が入らないように眼を細めて眺めていた。
二、三間前迄来た時、田倉は軽く頭を下げた。
「どうも、呼び出したりしてすみません」

「いいえ」

紀子は眼で答えると、なにも言わず、田倉の傍に寄り添った。

「多田君、僕と同じ調査部員ですが、突然自殺しましてね、店の中がごたごたしているから……」

田倉は弁解がましく言った。

紀子は驚いたように、唇を開いたが、なにか押えるように、

「何処《どこ》へ行きます?」

「三越の屋上にでも行きませんか、静かですよ」

眼下に蜘蛛の巣のような北浜の街が横たわっていた。土佐堀川と堂島川は、曇り空の下で鈍く光り、赤煉瓦の中央公会堂の前の、葉のない大銀杏やポプラが、刺繍《ししゅう》模様に見えた。

二人は危険防止の金網の前に立っていた。

田倉は言いようのない切ない気持が込み上げて来るのを覚えた。金に翻弄されている毎日の地獄の街の出来事も、紀子とこうしていると遠い世界の事のように思える。

「今日あたし、最後の株を買って貰いに……」

田倉は後を続けさせなかった。

「分ってますよ、そしてお別れでしょう」

紀子は田倉の傍を離れ、建物の陰になった反対側の金網の方に歩いていった。

田倉は直ぐ後を追った。

雨が近いせいか、何時もは紫がかった生駒山が、怪しい程の美しい緑で眼の前に横たわっている。

田倉は金網に手を掛け、思い切りゆすぶった。これが最後そして今日の午後及川と逢い、嫌やな取引を決めるのだと思うと、もの狂しい情熱が涌き上って来た。

後ろを振り返ると、建物の蔭で人は見えない。思い切って紀子の肩に手を廻すと、白い顔を引寄せた。

紀子の身体はなんの抵抗もなく田倉の胸に崩れて来た。柔かい身体だった。

唇を放すと紀子は田倉に背を向け、ハンドバッグから手鏡を出した。そして振り返ると手鏡を田倉の口の前に向け、にっこり笑った。

田倉は紀子の差出すハンカチで唇を拭った。

「いけない人ね、奥さんに悪いわ」

「京子は昨夜家を出ました。里に帰ったのです」

「まあ、どうして、どうしてなの……」

余程驚愕したのか、紀子は一二歩後ろに下った。

紀子の青い顔を見ているうち、田倉は涌きたつような血のざわめきが、静かにおさまってゆくのを覚えた。

「そんなに驚かれなくてもいいですよ、貴方が原因ではないのだから……」

と紀子は、昨日あの自動車の中で見せたのと同じ、厳しい瞳で田倉を見返した。

「ひどい事おっしゃるのね——」

口紅を取り微かに開かれた紀子の唇は、少女の日遠い道に迷ったような稚げな淋しさにあふれていた。

田倉の顔は次第にうなだれていった。自分のいじけた気持が堪らなく哀れだった。

紀子に対して皮肉を言うのなら、その前に何故京子が逃げた理由が言えないのか。

ただ一つ残された母のかたみの腕時計迄奪った京子への仕打ちを……

田倉は顔を上げると、強いて微笑した。

「許して下さい。思い掛けない愛情を受けたので昂奮したのです」

紀子は激しく首を振った。

「許していただきたいのは紀子の方です。私ね、今度結婚する事になりましたの……」

「結婚……」

「ええ、良人《おっと》の先輩で、一人子供のある方ですけど、紀子にとっては落ちつけそうな人なの」

田倉は紀子に背を向けると眼下を眺めた。マッチ箱のような家々がぽーと霞み、ざまみろ、これが当然なんだ、と心の中で呟いた、がその自嘲は晩秋の海の中に入ったような、身動き出来ない冷たさに蔽われ、刺すような痛みで胸がつまった。

所詮、始めから遠い人だったのだ。それが分っていて何故俺は……

田倉は郊外電車のスパークを思い出した。手の届かない瞬間の、青い美しい光りを。

「許して下さいね、紀子は古い女なの」

田倉は紀子に分らないように大きく深呼吸した。

「昨夜言ったでしょう。それは始めから分っていたのです。だからおつき合したのです」

「じゃ笑って……」

田倉は笑おうとした。がどうしても笑えなかった。紀子はまた激しく首を振った。

「いや、そんな悲しそうな笑い方……始めて逢った時のように大きく笑って……」

「酷い注文ですね」

田倉は紀子の手を取った。

「何時かきっと笑える日が来ると思います」

「本当にね……」

「もう帰りましょう」

「ええ」

一寸頷いたが、

「ね、昨夜お願いしたように、何か株を買って下さいます？　最後の株を……」

「そうですね、前々から良いと思っていたのがあるんです、石油株でね、僕も最後に貴方に儲けさせてあげたい、結婚式は何時ですか」

紀子は言い澱《よど》む風だったが、今は落着いた田倉の顔を見ると、

「多分夏頃だと思うの」

「そりゃいい、それ迄に上りますよ」

紀子はハンドバッグから封筒を取り出した。

「小切手が入ってますの、それと手紙と」

田倉は幾らともきかず、内ポケットにしまった。

「買えたら通知しますから、誰か使いの方にでも取りに来て貰って下さい」

「じゃ、もうこれっきりでお別れですのね」

「ええ……」

田倉は、はっきり答えた。

と紀子は、

「田倉さん、どうかここでもう少し立っていて、紀子先に帰ります。紀子ね、田倉さんて愛している方でなくっちゃ結婚しない方だと思いますわ、紀子と違って……」

そのまま、小走りに去っていった。

七

田倉は封を切った。中には十万円の小切手と次の手紙が入っていた。

今朝矢杉さんが来られて、貴方が相場に失敗され、かなりの借財を背負っておられると話して帰られました。紀子はその時始めて、貴方の紀子に対する深いお気持の一端を知ったように思います。だって、貴方は、紀子に対しては、一度も失敗された事がないんですもの……貴方が紀子に得させて下さった二十万円は、紀子一人のものではありません。このお金、僅かですが貴方のお役にたてばどんなに嬉しゅう御座いますか。若し貴方が一時にせよ、紀子を愛して下さいましたのなら、どうかお気を悪くせずお受け取り下さいませ。そうでなければ、紀子は安心して結婚出来ませんもの。

田倉は紀子の後を追って走った。エレベーターで一階に下り辺りを探したが紀子の姿はなかった。

田倉は人波に向って叫びたかった。

赤木さん、この金は一時お借りします。そして北浜から足を洗い、妻と共に第二の人生を踏み出します。何時か貴方に笑ってお逢い出来る日を楽しみに。

田倉がエスカイヤーに入って行くと、及川が待ち兼ねたように言った。

「おいどうだった……」

田倉は冷めたく及川を見た。この時程及川の三白眼が醜く見えた事はなかった。

「あれから良く考えたが、やっぱりあんな事は嫌やだ、僕は証言せんよ」

「おい気でも狂ったのか……」

「いや正気だ……」

「心配するな、分け前は十五万渡すよ」

「たとえ三十万貰っても嫌やだ」

田倉は一万円を及川の前に突き出した。

「昨日、賭けに負けた金だ、取っといてくれ」

及川の顔は土気色になった。彼は出された金には見向きもせず、摑みかかるような勢で言った。

「もう俺は行動を開始したんだぜ、今君に手をひかれたら、俺の立場がどうなるか、分るだろう」

「君は、朝、始めから終り迄君の一人舞台だと言ったじゃないか……なんと言われても嫌やだ……」

突然及川は、卓の上に頭を下げ、両腕をついた。

「この通りだ、頼む」

ああこれが、何時もあれ程俺を軽蔑し、馬鹿にしていた男なのか……いや、今迄の自分の方こそこの及川以上に浅間しい人間だったのかもしれない。

田倉は骰子を握ると及川の前に見せた。

「じゃこうする、骰子で決める、これが一番俺らしくていい、いいかい、奇数なら証言しよう、偶数なら嫌やだ……」

軽く骰子を卓の上に転がすと、ぱっと掌で伏せた。

いいかい、良く見ろ、田倉はさっと掌をのけた。

そこには、汗ばんだ骰子が四の目を見せ、無心に天井を眺めていた。

田倉は立上ると息のとまったような及川の顔に、

「だが君のやる事は邪魔しないから心配するな、島田に訊かれたら、さあ僕もいそがしかったんで、はっきり聞いていなかった、ぐらいに言っとくよ」

外に出ると田倉は、手にした骰子を、力一杯路上に叩きつけた。白い玉はひと撥ねすると道路を転がり、折りから通りかかった車にまた撥ねられ、見えなくなった。

田倉には、今の目は始めから分っていたのだ。何故なら彼は慣れた手先で、四が出るように伏せたのだから。

田倉は、始めて骰子を征服した。彼はもう骰子に用のない身となったのだ。

赤い肉は固い

一

矢野はこの春、やっと長い赤新聞記者の足を洗い、私立探偵所を開いた。彼は昔、大新聞に居た時、若気のいたりで社会部長を擲《なぐ》り、その新聞社を止《や》めたのだ。同じ新聞社といっても赤新聞と大新聞社では、虎と張り子の猫程違った。彼は絶えず、赤新聞を止めたいと思っていた。

そして五十前になった昨年、偶然のことから会社乗取り事件に巻き込まれ、旨く株の値上りを利用して、百万ばかり儲けることが出来た。人間と社会の裏を見続けていると今更まともな商売など出来ない。私立探偵所ぐらいが、最適の職業だった。

場所は梅田新道裏の、小さな事務所を借りた。女子事務員も一人傭《やと》い、どうやら恰好《かっこう》だけはついた。赤新聞時代知遇を得た名士や重役連中に挨拶状を送り、細々ながら仕事は軌道に乗りだした。

三月たったある朝、一人の女が矢野のもとを訪れた。あどけない、まだ十九か二十ぐらいの女だが、髪はアルサロ娘のように、前を高くふくらし、化粧もきつい。

私立探偵の第一の原則は、依頼者のことに触れないことだが、その女は自分の方から、べらべら喋《しゃべ》った。名は、吉岡和子という。和子の話は次のようなものであった。

和子は一年前まで、大阪難波のアルサロ・バージンに勤めていた。その名に反して、余り品の良いアルサロではない。和子のもとに通って来た客に、吉岡という中年の紳士がいた。吉岡は和子の何処《どこ》が気に入ったか熱心に通った。丸顔で表情の柔かい、いかにも大阪の商売人らしい男であった。

「わしは養子でな、長い間女房の尻に敷かれて来た。ところが女房のやつこの間亡くなりよってなあ、これで店もわしのもんや」

吉岡は始めから金で、和子を口説《くど》いた。吉岡は日本橋の履物屋の主人だった。関係するうち、吉岡は和子に、結婚しよう、といった。余程、和子の若い身体にひかれたのか。

「そらうち若いけどな、将来のことを考えた方が賢いやろ。うちの友達なんか今はええ気になって遊んどるけど、もう二三年したらパン助になるのがおちや、それでうち思い切って吉岡と結婚したんや」

和子は煙草を咥《くわ》えると火をつけた。足を組むと膝頭にひじをつき、手首を曲げて煙草を吸った。今にも皮膚を破って中の肉が、飛び出しそうな太腿である。短いタイトのスカートだから膝頭は完全に露出していた。矢野は眼のやり場に困った。でも和子は別に意識して、そんな恰好をしたのではないようだった。生れながらに、きちんと身を維持することの出来ない女なのだ。太腿と同じように肉の盛り上った唇から、和子は旨そうに煙を吐いた。

「ところが結婚してみたら、えらい喰わせもんやねん、どけちで、おまけに、よそのアルサロ娘もひっかけてるんやないの、ほんまに驚いたおやじや」

漸く和子が訪れた理由が判明した。和子は主人の浮気の現場を押えて欲しい、というのであった。それを証拠に慰藉《いしゃ》料を請求し、離婚するというのだ。矢野は流石にあきれた。商売柄色々な事件を扱って来たが、こんな馬鹿げた夫婦は始めてだった。こころみに、籍は入っているのか、と尋ねると、

「勿論結婚する時の約束やないの」

和子も和子なら、吉岡も吉岡だ、一体吉岡という履物屋の主人は、どんな男なのだろう、と矢野はその顔が見たくなった。

「奥さん、事情は良く分りました、一つお尋ねしますが、なんでうちへ来たのですかな」

和子はハンドバッグから畳んだ新聞を取り出した。矢野は頷いた。彼は昨日二流日刊紙に広告を出した。その文句は……心の迷いを解きましょう、迷いは生活を暗くします……私立探偵所の広告にしては、全く奇抜なものだった。がそれを見て初めてやって来た客が、

迷いなどには縁のなさそうな和子であったことは、矢野の商売感覚がずれていたのか。

「こんな広告出すよって、もの分りの良いおっさんや思て、やって来てん」

と和子はいった。そして和子は矢野のいい値通り、一万円置いて帰った。

二

吉岡商店は堺筋日本橋の裏通りにあった。この辺りは履物屋の問屋街で、下駄、草履、サンダルなどを店いっぱい積んだ、履物屋がずらりと並んでいる。同じような店なので、探し出すまでは二三人に聞いた。間口三間程の店で、若い店員が二人居た。一人は田舎から出て来たばかりのような坊主頭の男で、今一人はこんなところの店員には惜しいようなハンサムな男である。矢野は口髭をつけ、変装用の眼鏡をかけていた。

「おいでやす、なにしまひょ」

坊主頭はぼそっと立っているが、二枚目はなかなか愛想が良い。矢野はあれこれと値段を聞いたあげく、主人を呼んでくれ、といった。

吉岡が奥からのそっと出て来た。太ってはいるが顔色の良くない、眼のとろんとした、取り柄もない中年男である。昼日中店へも出ず、奥にすっ込んでいる所をみると、余り商売に熱心でないようだ。長い間尻に敷かれていた妻がなくなり、吾が世の春とばかり女色にうつつを抜かし、精気を抜かれると、こんな顔になるのか。矢野は十分ばかりねばって、外に出た。矢野が店に居る間、和子は姿を現わさなかった。

矢野は叩き上げた私立探偵でないだけ、職務以外のことに非常に興味をひかれるくせがある。私立探偵の人生派とでもいうところか。彼は張り込みながら、吉岡の家庭のことを、近所で色々聞いてみた。

吉岡の死んだ細君というのは、色の黒い頑丈な女であったようだ。器量が悪く酷く商売熱心であった。吉岡は可愛そうな程細君に頭が上らなかった。彼は丁稚上りの養子なのである。細君は胃癌で昨年の春亡くなった。

細君の亡くなった後の、吉岡の女遊びは、近所でも評判であった。店の仕事には気を入れず、日が暮れるとキャバレーやアルサロに出掛け、必ず朝帰りだ。番頭が幾ら忠告しても聞き入れない。中年になって覚えた女遊びは手がつけられない、と良くいわれるが、吉岡の場合、その通りであった。番頭は、吉岡が到頭和子を家に入れるに及んで、喧嘩をして止めてしまった。でも、和子を家に入れても吉岡は、まだ女遊びが止められないらしく、三日に一度は、夜、遅くまで家を空けるという。

「今度来た奥さんも、奥さんやけど、吉岡はんもあれじゃしようありまへんな、店がどうやら持っているのは、甥の茂はんがよう働くからでっせ」

茂というのは、ハンサムな店員のことらしい。和子の話を聞いた時は信じられなかったが、実情を知ってみると、矢野は、吉岡という男の馬鹿さ加減に、もう唖然としてしまった。

吉岡が夕刻家を出たのは、張り込み始めて三日めであった。

吉岡は家を出ると背を丸め、考え込むようにとぼとぼと歩いた。矢野はつけていてなにか不自然なものを感じた。年を取り若い妻を貰い、幾ら精気を失ったからといって、妻以外の愛人に会いに行くのである。もっと元気があっても、よさそうであった。

吉岡は日本橋から道頓堀に出、更に心斎橋を歩いた。商店の灯は明るく、多勢の通行人達は幸福そうであった。吉岡の姿は、華やかな夜の色彩の中にあって、孤影悄然としていた。

吉岡が入ったのは婦人装身具店であった。これから会いに行く女に渡すプレゼントを選んでいるのであろう。ショーウインドーの中を覗く吉岡の眼は、さすがに光っていた。吉岡は蝶の形のアクセサリーを買った。

難波から南海電車に乗ると堺の一つ手前の、浅香山という駅で下りた。電車の座席に腰をかけている間も、吉岡は、考え込むように俯向いていた。生え際の白髪が眼立ち、酷くふけた感じであった。

駅前の小さい商店街を抜けたところにアパートがあった。昔からあるような古びた建物である。吉岡はそのアパートに入っていった。

靴を脱いで手に持つと、吉岡は入口の傍の階段を上った。矢野も吉岡が階段を上り切るのを待って階段を上った、廊下を覗くと、吉岡は中程の部屋のドアを開け、入ったところであった。

矢野も靴をぶらさげ、その部屋の前に行った。誰も出て来る様子はないので、矢野はそっとドアに耳を当てた。ぼそぼそ男女の話し声が聞えるが、意味は分らない。なおも耳を当てていると、向いの部屋で、人が立った気配がしたので、矢野は慌てて階段を下りた。彼はそれから一時間ばかり、アパートの前の電柱の翳《かげ》で、吉岡が出て来るのを待った。

女も出て来ないか、と思っていると、吉岡は期待通り女と一緒に出て来た。

淡い門燈の光りに照らされた女の顔を見た矢野は息を呑んだ。化粧こそ和子のようにどぎつくなく、髪の形も大人しいが、その顔は実に和子に似ていた。年は和子より二つ三つ上だろうか。

二人は肩をならべ駅の方に歩いていった。途中で吉岡がなにかいって、その女の手を握ると、女は激しく首を振り、手を振り放した。

良いざまだ、痴話喧嘩をしてやがる、と矢野は唾を吐いた。なにか言い様のない、不快感が矢野の胸に込みあげて来た。

人生の裏街道に入り二十年、矢野は男女の愛欲の百態を見て来たが、彼は浮気など余りしなかった。家にはしなびた妻と四人の子が居る、生活のために浮気などする余裕がなかった。やっと百万円つくったが、私立探偵所を開いたので、遊ぶ金は一銭もない。矢野の不快感は、同年輩の、しかも自分よりずっと無能力な男が、娘のような若い女とたわむれていることに対する嫉妬もあったようだ。

女は駅の構内に入り、電車が動くまで、吉岡を見送っていた。その女は和服を着ていたが、歩き具合から、その低い話しかたから、和子とは正反対の、つつましやかな女のようであった。

和子なら幾ら若くても真平《まっぴら》だが、この女なら妻にして良い、と矢野はふと思った。が、この女が吉岡の妻なら、矢野はもっと救われない思いをしただろう。

三

矢野が使っているただ一人の女子社員、藤堂文子は、去年短大を出た知的な娘であった。結婚するまでに人間の裏を見ておきたいと、新聞広告で採用試験に応募したのである。

「な、藤堂君、どう考えても妙だな、女というのは金のためだけで、どんな男にも平気でいそいそとつかえることが出来るものかな」

矢野は吉岡の風貌を述べ、昨夜見た光景を説明した。話しているうち矢野は、そうだ、昨夜自分が不愉快になったのは、女がいそいそとつかえる態度を見せたからだ、と気付いた。気付いて、矢野は実に自分が嫌になった。

「それは、女という全体の問題でなしに、個人個人の趣味の持ち方じゃありません？　女というようにきめつけるのは先生のお考えが古いですわ」

矢野は自分のことを先生と呼ばせていた。その方が客に対しても、貫禄がある、と考えていたからだ。でもそんな考え方も古いのかもしれない。どうもこの頃の若い女は苦手だ。理屈屋は理屈だけ、行動派は行動だけ、その点昔は、理屈を内に秘めた、しとやかな女が多かったっけ……

矢野が煙草に火をつけた時、電話がかかって来た。行動派の典型のような和子からだった。

「どう、おやじが浮気している現場押えてくれた？」

「だいたい分りましたな、今から報告書を書こうと思っていたところですよ」

「報告書なんかええわ、それより私、はよ聞きたいなあ、今から直ぐ行くわ」

やれやれ、と矢野は思った。和子はスラックスにダスター姿だった。真赤なシャツブラウスを覗かせている。和子はさっそうと入って来た。矢野などから見るとけったいな服装だが、和子は和子なりに一つの美をつくっているようであった。マンボズボンやジーパンツの若い雄どもを魅了する雌の色彩であった。

この女は、どう考えても吉岡に不似合だった。結婚は初めからすべきではなかったのだ。

矢野は和子を近くの喫茶店に連れて行った。少々の慰藉料ですむことなら、この女とは別れた方が吉岡の身のためであろう。

「御主人は南海電車の浅香山駅の近くのアパートに女を囲っているようですな、いや、囲っているかどうかはまだ調べてないが、その女のところに通っているのは事実です」

「一体どんな女やねん？」

「奥さんに実に良く似てます、でも奥さんよりもじみな人ですよ、御主人は奥さんのような顔が好きなんですな」

「ふーん、けったいやな」と和子は唇を歪めたが、「で、あんた、やってるとこの写真うつしてくれた？」

矢野は侘しくなった。二十数年前、彼は法王のような社会部長をなぐったのだ。が、今は、こんな得体の知れない小娘に、商売上とはいえ、敬語を使わねばならない。矢野は憤然としていった。

「幾ら探偵だといっても、そんな写真は取れないな」

「せやけど部屋の中で、キスしてるぐらいの写真は取らなあかんやろ」

確にそうである。女と一緒に歩いている所だとか、アパートに入るぐらいでは証拠としては薄弱だ。矢野が難かしい顔をしていると突然和子は手を拍《う》った。

「そうや、おやじがいちゃいちゃしてるとこへうちが踏み込んだろ、あんたも一緒に入って来てーな、あんたに証人になって貰お、ねえ、それやったら良いやろ」

馬鹿らしい、とは思ったが、金次第ではやっても良い、と思った。こんな商売に入った以上、今更善人面《づら》をしても始まらなかった。

矢野が意を伝えると、和子は当然といったように頷いた。

「どうせ慰藉料たんまり取るんや、うちの自由になる金やったら構めへんよ」

「二万円は貰いたいですな」

「そのぐらいやったら、なんとかなるやろ」

と和子はいった。

二人はそれから打ち合せを行なった。先《ま》ず矢野が吉岡をつけ始めると、和子に電話する。和子は家で待機している。矢野は吉岡がその女の部屋に入り込むのを見届けて、また和子に電話する。和子は車を飛ばして駈けつける、という手筈にした。

日本橋から浅香山までは、車で二十分ぐらいのものであった。

四

その日の昼、矢野は浅香山のアパートを訪れた。先日は夜であったので、もっと詳しく下検分するためだった。

光風荘という戦前のものらしい建物であった。矢野は二階に上っていった。先夜吉岡が入った部屋には、北見芳子という名札がかかっている。両隣りは男名前なので、北見芳子が吉岡の愛人に違いなかった。矢野はドアをノックした。出て来たら、管理人の部屋を聞く積りだった。顔を見たい、と思ったのは興味からである。矢野には、そんなおっちょこちょいの性格もあった。

芳子は留守のようであった。ドアを引いてみると鍵がかかっていた。廊下の突き当りの右側にトイレがあったので、矢野は用をたした。

廊下の突きあたりはドアになっていたので開けてみると、外は物干台兼用のベランダであった。ベランダの端から非常梯子《はしご》が、アパートと、隣りの倉庫の間の露地に落ちていた。

矢野は、近くで管理人の家を尋ねた。筋向いの駄菓子屋がそうであった。矢野はそのおかみに、芳子のことを聞いた。

「縁談の話で聞きたいんですが、十二号室の北見芳子さん、何時《いつ》頃から、光風荘にお住いですか？」

おかみはそっぱの、口の軽そうな女であった。五つ六つの鼻たれ子供が、その女の汚れたエプロンを摑み、きょとんと矢野を眺めていた。

「ふた月程前でんが、近所付合いも全然あれへんし、昼間本町の会社に勤めてはるらしいでっけどもな、ものいわん人やよって、あても詳しいことは知りまへんけどな」

おかみはそこで辺りを見廻し、唇を突き出して手を振った。

「あんた、ここだけの話でっせ、北見はんはこれが居はりまっせ、五十年輩の、なあ、大人しい顔して、そらなあ、今時女一人で、会社の勤めだけで、喰うていかれへんのは、分りまっけどなあ、仲良うおまっせ」

おかみはそっぽを突き出し、下卑《げび》た笑い声をあげた。

二三日たって、吉岡はまた夕刻家を出た。難波駅の構内に入ったので、浅香山に行くことは間違いなかった。矢野は難波から和子に電話した。和子は留守であった。

茂という店員が電話を聞いた。

「直ぐ帰って来はると思いますから」

と茂はいった。

今日の吉岡の足は勢い良かった。彼は珍しくきっと前方を見詰め、土を踏みしめるようにして歩いた。悄然とした今までの姿を見ていた矢野は、吉岡がなにか重大な決意をしたのではないか、と疑った程だ。重大な決意とは和子と別れ、愛人と一緒になることであった。

アパートの芳子の部屋には淡い灯がともっていた。春の夜である。その部屋の差し出しに鉢植のガーベラが真赤な花を咲かせていた。下町のごみの微かにすえた闇の中で、その花は異様に美しかった。人間には色々な生き方があるものだ、まして女には……矢野は電杜によりかかり、煙草をくゆらしながら、柄にもなく感傷にひたった。

矢野は自分が、今度の調査に、かなり興味を持っているのを感じていた。単に金になると、いうこと以外に、矢野は、吉岡という男に興味を持った。年も余り変らない。矢野は生きるために、せい一杯働いているが、吉岡は女のため、せい一杯生きている。矢野は心の底で、吉岡がなにか苦しみを味うのを、期待していたのかもしれない。

吉岡が部屋に入ったら、電話することになっていたのを思い出し、矢野は電話した。

受話器を取り上げたのは茂であった。

「奥様は今さっき帰りはりました」

茂が奥さん、奥さんと呼ぶのが聞えた。和子の声がした。

「うちや、和子や、今日えらい喧嘩してしもてな、今まで黙っていたんやけど、女のことゆうてしもうたんや、それで、うち死んだる、ゆうて暴れたんや、待っててや、今直ぐ行くわ」

一人で喋ると、和子は受話器を置いた。矢野に全く喋るすきを与えない。非常に昂奮しているようであった。

こりゃ大変なことになるぞ、と矢野は思った。事実今の調子で、和子が、吉岡と女がいちゃいちゃしているところへ行けば、ただ事では済みそうになかった。

和子がやって来たのは、それから三十分程たってからであった。スラックスにセエターという例の服装である。

「まだ出よれへん？」

と和子は矢野の顔を見るなりいった。

「ええ、まだですよ」

「今頃、盛んにやっとる頃やな」

和子は、アパートの灯を見上げながらいった。和子の眼は異様に光っていた。和子の直截な言葉は矢野に部屋の中の光景を、ありありと想像させる現実感があった。彼は皮膚のぶよぶよした吉岡が、しなやかなあの女の、青い肌に蔽い被さっている姿を思い浮べた。

矢野は生唾を飲んだ。

「奥さん、行くなら今ですよ」

と矢野はいった。

五

和子と矢野は、そっとドアに耳を寄せた。が、中からはなんの物音も聞えない。和子はドアをノックした。返事はなかった。

「畜生、知らん顔をしているんやわ」

和子はいまいましそうにいって、ドアのとってを引いた。まさか開くと思わなかったが、簡単に開いた。

吉岡と芳子は死んでいた。二人共苦しそうに畳に爪をたて、俯向いて倒れている、ビール瓶が倒れ、コップが二つ転がっていた。

矢野は一度嗅いだことのある、あのつんと鼻をつく匂いを嗅いだ。青酸の匂いであった。

「大変だ」と矢野は叫んだ。

「きゃっ」と和子は叫び、矢野にしがみついて来た。

事件は奇妙な、そして侘しい結末をみせた。吉岡が何故自殺したか、矢野には理解出来なかった。だが死んだところを見ると、吉岡とその女の仲は、余程深かったに違いない。それに一番事件を悲劇的にしたのは、和子が、自分の心を知らせていなかったことだ。慰藉料さえ出せば別れる意志だ、ということを、吉岡に知らせてさえおれば、こんなことにならなかったのではないか。

翌日の新聞には、次のように記載されていた。

昨夜、夜八時二十分、日本橋の履物屋、吉岡良助氏の妻和子さんが、私立探偵の矢野治夫氏と共に、夫の愛人北見芳子さんのアパートを訪れると、良助氏、芳子さんが死亡しているのを発見した。死亡時刻は八時十分頃で青酸カリをビールに入れて飲んだものと思われる。死亡の原因は三角関係を清算するための自殺とみられているが、警察では妻和子さん始め、関係者から一応事情を聴取している。

「全く人間というのは妙な動物だな、年を取れば取る程、分らなくなって来たよ」

警察から帰って来た矢野は、疲れたような表情で、社員の藤堂にいった。

矢野の話を聞いていた藤堂文子は、なにか考え込むように窓の外を見た。外は汚れた電柱と商店の看板が見えるだけだった。

「先生、どうもおかしいわ、私なんだか、先生が一杯喰わされたような気がしてならないの？」

「なんだって、わしが喰わされたって……」

「ええ、金のためなら、その女の人が吉岡さんと関係していた、ということも頷けるの、でもね、自殺したとなると、また別問題ですわ」

「君は若いよ、男女間の愛情というものは、もっと複雑なもんだよ、おやあんな男と女がと意外に思う取り合わせが良くあるものだ」

「あり得ると思います。でも吉岡さんと、その人との場合、死に到るような激しい愛情が起り得る確率は、百万人に一人ぐらいじゃないかしら……」

矢野はなんとなく不快そうな顔になった。矢野のような男にも、まだ若い女と恋愛することへの夢が、ないでもない。ひょっとしたら、どんな女と人生の最後の青春を味えるかも分らない、そんな侘しい思いが胸の底にあったのだ。藤堂文子の言葉は、矢野の夢を打ち砕いた。

「先生、吉岡さんの愛人の名前は、なんていいますの？」

「北見芳子だよ」

「ね、先生、私に北見芳子さんのこと調べさせていただけません？　一週間だけ……」

矢野が、わしがどんな風に一杯喰わされたのだ？　と尋ねたが、文子は答えなかった。一週間だけ調べさせてくれ、という。

「一週間だけだよ、それ以上はだめだ」

と矢野は答えた。

北見芳子が、吉岡の隠し娘であることを藤堂文子が探り出したのは、五日めであった。文子は、北見芳子の勤務先をアパートの住人から聞き出し、勤務先を訪れたのだ。そして芳子の仲の良い友人から、芳子が複雑な家庭の事情で悩んでいたことを知った。芳子はその友人にも、詳しいことは話していなかった。

ただ、その友人は、芳子がアパートに来る前住んでいた住所を知っていた。そこは尼崎の煙草屋の二階であった。文子は、煙草屋の主人から、芳子の母が、昔、吉岡履物店に女中奉公していたことを聞き出したのだ。

吉岡和子と、茂という店員が、吉岡殺害容疑で警察に引張られたのは、それから四日めであった。

和子の供述は次の通りである。

私は奥さんが死んでアルサロに遊びに来た吉岡に眼をつけました。吉岡が私を、一人娘の芳子さんに似ている、といったのを聞いて、私はなんとかして吉岡をものにしようと思いました。私は金が欲しかったのです、そのうち芳子さんが隠し子であることを知りました。その時までは吉岡の世話になれさえすれば良い、と思っていたのですが、それからは本気で結婚しようと思いました。その結果到頭結婚することが出来ました。結婚当時芳子さんは、父である吉岡に反感を抱き身を隠していたのです。奥さんが生きていた当時、吉岡は奥さんの気ばかりを窺い、芳子さんに対して、殆んど見捨てたような態度を取ったからです。でも奥さんが死んで、娘に対する愛情がぼつ然と湧き起ったのでしょう。吉岡は熱心に芳子さんの居所を探し、ついに探しあてました。いい忘れましたが、芳子さんのお母さんは、亡くなっていました。吉岡は芳子さんを家に入れる、と私にいいました。私としては、吉岡は私がやっと摑まえた財産です。芳子さんが家に入れば私の財産は減るわけです。私は反対しました。すると吉岡は私を離婚するといい出しました。勿論その頃には、私は大人しそうな仮面を脱ぎ、素顔の私に返っていたわけです。

私は色々考え、到頭吉岡を殺害する計画をたてたわけです。そして甥の茂を誘惑し関係し、共犯者に引き入れました。

あの夜私は吉岡に、芳子さんを家に入れることを承諾した、といったのです。吉岡は喜んで芳子さんのアパートに出掛けました。私は直ぐ車で、芳子さんのアパートにかけつけました。私がアリバイの証人に利用した、お人好しの私立探偵は、アパート前の電柱の翳に立っています。私は彼に見付からないように、非常梯子からアパートに上り、芳子さんの部屋に入りました。私は青酸カリ入りのビールを持って行き、二人にこれからの前途を祝し乾杯しようといって、飲ませたわけです。二人が死ぬのを見届け、私は非常梯子から下りると、適当な時間に、今、車で駈けつけたといって私立探偵の前に現われました。そしてまた芳子さんの部屋に入ったのです。

そうそう、私立探偵が電話して来た時、私が電話に出て、今日吉岡と喧嘩した、などといったのは、勿論吹き込んであったテープレコーダーを茂が電話で流したのです。

あのテープさえ、直ぐ捨てていたら、私も最後まで犯行を否認出来たのですが、うっかり家に置いて、刑事に発見されたのは残念です。

矢野はソファにぐったりと、身体を投げ出し、怠儀そうな声でいった。

「藤堂君、君は何故芳子さんが、吉岡の愛人でない、と思ったのかね」

「理屈ってありませんわ、でもね、先生が、良い女だ、とおっしゃったような女の人が、吉岡さんのような年輩の人を、死ぬ程愛するとは考えられなかったからですわ、それだけですわ」

と文子は、賢そうな眼をくりくりさせていった。

矢野は、ほっと溜息をついた。そして、藤堂君、君はまだ子供だ、この人生には君には分らないことがきっとあるよ、といおうと思った。が、矢野は喋る代りに今一度溜息をついた。

ぜいたくなホテル

一

六甲山脈は関西の景勝地というより、日本の南仏として、最近とみに声価を高め始めた。百万ドルの夜景と、盛夏でも二十度という涼しさ、大阪、神戸という大都会から自動車で三四十分という距離も、日本では珍しい。

これが、レジャーブームによって再認識されたのであった。

大体、もっと早く、伊豆、箱根なみに発展してもおかしくはないのだが、温泉がないことが、豪華なホテルの進出を消極的にしていたのである。

めぼしいホテルと云えば、六甲山の頂上にあるLやOホテルだけであったが、二年前六甲山脈の一隅に、ホテルニュー六甲が出来、その構えの豪華さ、設備の贅沢さが評判になり、冬期の客の誘致に成功してから、電鉄、大資本の観光会社など、土地争奪戦に憂身をやつし始めた。

つまり、戦後十七年、日本人のレジャー文化は、温泉がない土地にも、一大観光ホテルの建設を許容する程、発展したのである。

勿論、ホテルニュー六甲は、独立会社ではない。親会社は、ここ数年来とみに、観光界にのし上って来た千田日本開発株式会社であった。

日本開発とは、名前は良いが、内容は観光業で、全国に六つの大ホテル、三高級レストラン、船会社、航空会社、バス会社などを経営、全従業員は一万五千人、専門観光業者としては、F観光としのぎをけずる大会社であった。

安西嘉次は、従業員二百名のホテルニュー六甲の支配人であった。四十五歳、額は禿《は》げ上り、がっしりした身体で、いかにも精力家といった感じである。

骨太で、英国製の背広を何時《いつ》も今仕立《したて》おろした、といった風に着込み、笑顔を崩したことはないが、胸毛や足の毛の濃さは、日本人離れしていた。

そんな身体によくあるように、元来の顔付は精悍な方であるが、永年ホテル生活を過して来た間に身につけた、物腰の柔らかさ、洗練された口のきき方は、他の従業員が真似ようとしても真似られるものではなく、客の評判は非常に良かった。

大体ホテルの支配人と云っても、いろいろある。ホテルの企画宣伝、従業員の人事一切、客のサービスの陣頭指揮までやらねばならないのも支配人なら、安西のように、支配人室にでんとおさまり、ホテルの高等政策を考えておればよいのも支配人である。

前者は、小ホテルの支配人であり、後者はニュー六甲のような大ホテルの支配人の場合が多い。

勿論、安西の場合はこの他に、知名客と、グリルや、ナイトクラブで食事や飲みものを共にしなければならない、という、良く云えば外交官、悪く云えば幇間《ほうかん》的な仕事もあった。

ホテルニュー六甲のナイトクラブは、地下にあった。場所がらホテル客だけではなく、神戸、大阪から、やって来る客もある。

勿論品位を落さないため、外来客には一流ナイトクラブも顔負けするテーブルチャージを取った。

それでも、百二十人程入れる席は、毎夜八分どおりつまった。

入口正面には、円型のスタンドバーがあり、各国の最高級の洋酒がならんでいた。ホステスはかなりいるが、ものを運ぶだけで、客席にはつかない。これは、高級観光ホテルという性格上、仕方がないことであろう。

ニュー六甲ナイトクラブの呼びものは、八時半、十時、十一時半、三回行なわれるフロア・ショオであった。

ショオは、ヌード、フラダンス、コミック、日本舞踊と様々であったが、ナイトクラブ開設以来、ホテルの一室をわが家として、常時出演しているのは、東郷麗子であった。

身長五尺三寸五分、肌の色は小麦色で四肢は若鹿のようにしなやかであった。肌がオリーブ油を塗ったように光っているのも、東郷麗子の他の女にはない魅力であった。

その夜安西は、ニュー六甲の上客であり、関西財閥の重鎮、池川繊維の専務と同席していた。池川の連れは陣笠代議士のようであった。

池川はゴルフをする時は、必ずホテルニュー六甲に泊った。

「安西君、僕はホテルのマネージャー程、気楽な商売はないと思うね、聞くところによると君は独身で、凄い高給取りで、ホテルの最上級の部屋を住居にして、女はよりどりしだい、ということじゃないか、羨しいね」

「うあ、ははは」

と陣笠代議士が笑った。この代議士は喋ることと云ったら、ゴルフと女と選挙の話だけで、あとは腹をゆすって哄笑ばかりしている。

「おそれ入ります、でも専務、他人の花は赤いと申しますが、接客業と云えば、そりゃ気を使わねばならないものでして、私なども、お客様に気ばかり使っていますので、女の方はさっぱり気が行きません……」

「うまいこと云いよる、君ならわが党の弁解演説にはうってつけのさむらいじゃ……」

陣笠代議士は、また、うあ、ははは、と哄笑した。

安西は、こんな男がよく政治家でおれるものだと、今更のようにあきれたが、それは色には出さず、おそれ入ります、を連発した。

安西に取って、一番しんどいのは、このような客を相手にする時であった。

確かに池川が云ったように、安西の生活には、なんの苦労もないように見える。月給は三十万、ニュー六甲の中では最高で群を抜いていた。定められた出勤時間も、退社時間もない。これは、深夜突然到着した外国高官や特別客があると、出迎えねばならないためで、見方によれば二十四時間勤務ということにもなろう。

確かに五百十号という見はらしの良い二間続きの最高の部屋を無料で住居にし、昔の将校につく兵隊のような支配人付ボーイが、身の廻りの世話から、食事の献立まで一切やってくれる。勿論、食事の上げ下げまでもだ。

が、ボーイが接する客に頭を下げねばならないように、支配人もまた上客には頭を下げどおしであった。

ところが、支配人が接する客は、上客ばかりだから、結局、客には頭を下げどおし、というわけで、上客だけに気苦労も多い。

安西は、四月程前関係したナイトクラブのセミヌードダンサー東郷麗子に、つくづく云ったことがあった。

「年がら年中、職場に居ると、ちっとも気が休まらないよ、ベッドに寝ていても、何時客から、支配人呼べ、と声がかかるかも分らないし、なみの客なら、ていよく断われるが、上客や外国客なら、眠い眼をこすりながら、背広をきちんと着て顔を出さねばならない、客が食事を誘えば、二度に一度はつき合わねばならないし、腹具合も一日中、それに応じられるようにしておく必要がある、コーヒーなど、一体一日に何杯飲むかなあ、こりゃとても、素人には出来ない芸当だぜ」

事実、池川のようななじみ客は、得意顔で、用事もないのに安西を呼んで、お茶や飯を御馳走し、連れの客に、俺はこのホテルでは、こんなに顔が広いんだぞ、というところを見せようとする。

田舎大尽《いなかだいじん》の匂いが消えない悪いくせであった。断わろうものなら、「ここの支配人は生意気だ……」ということになり、顔を出すと、「サービスが良い」と評判が良くなる。

だから安西は、たとえ満腹の時でも、すすめられれば、おいしそうに喰い、「御同席出来て、これ以上光栄なことはありません」と態度で示すことにしていた。

その日も節制したのだが、池川のような客が四組もいて、安西は飲み過ぎと喰べ過ぎで、胸がおかしくなった。

それに、東郷麗子と関係し、今までになく情事に溺れるようになってから、身体の調子がどうも、少し狂ったようであった。

陣笠代議士の馬鹿笑いを聞いていると胃の中が、むずむずする。

その時、銀のツンパとやはり銀の乳当てを赤いライトに燦《きら》めかせた麗子が、南国風の強烈なリズムに腰を振りながら、安西の席にやって来た。オリーブ油を塗ったような、琥珀色の肌が汗で濡れ、手をツンパの前に当てながら、挑発するようにパンプすると、毛唐女のような麗子の体臭が安西の鼻腔に、はっきり匂った。眼が不敵な媚《こび》を浮べながら池川と陣笠代議士に注がれ、やがて艶っぽい笑みに変って安西に停ると、ヒュッと口笛に似た異様な声を発して移動していった。

代議士が鼻を動かして池川に云った。

「池川さん、いい女ですなあ、あれは今夜どうです？」

池川もこれには、ちょっと驚いたようだが、代議士の手前上、仕方なく安西に意を伝えた。

「いやあ、これはお眼にとまって光栄ですが、実はあれでも亭主がありまして……」

安西は喋っているうち、胸がますますむかついて来た。これ以上席にいれば、支配人業を廃業せねばならないような失態を演じそうであった。安西は、ちょっと失礼と云ってトイレに行った。

喉に指を入れて吐いたが、身体がふうふうして、めまいが取れない。今までどんなに喰べても吐いたことはなかった。職業用の胃袋がそのように訓練されていたのであった。

年のせいかもしれない、と安西は思った。

洗面所で顔を洗っていると、クラブのボーイがトイレにやって来た。ボーイが客用のトイレに入ることは規則違反であった。ボーイが慌てて戻ろうとしたので、安西は呼び停めた。

「君、池川さんのテーブルに行って、僕は急用が出来たから失礼する、と云ってくれ」

「はい、申し伝えます」

「ていねいに云うんだよ」

ボーイが最敬礼をして、出て行ったのを見送って、安西はクラブ備え付けの手拭いで顔を拭った。これは真白い西洋タオルを金属棒に無数に通してあり、客は用を達すると、下の箱に落すようになっている。これがあれば、別にトイレットガールを置く必要もなく、客はトイレに入るたびに、百円のチップを、この女、一体一晩に幾ら儲けやがるのか、とあさましいことを考えながら渡す必要もない。

鏡の前に立つと、眼がくぼんでいるのが分った。

安西は生れて以来、病気は、はしか以外したことはない。頭が痛い、とか、腹が痛いとか、なにかあるとすぐボーイ連中が訴えるのが、不思議であった。長い間アメリカにいた安西は、故国に戻り日本人と接した時、こんな日本人なら、戦争に負けたのも当然だ、と思った。

それ程身体に自信を持っていた安西に取って、今夜の嘔吐は、確かにショックであった。今まで病気一つしたことのない人間が、身体に異変を覚えた場合のショックは、病身な人間が高熱を発した場合よりも大きいのではないか。

安西は、今夜は早く寝ようと思った。麗子と会うのは午前二時半頃だが、今夜は会わない方が良いようであった。

その時、安西の顔が写っている鏡に、女の顔が現われた。

二

女はクラブのホステス主任格の、三田道江であった。と云ってもそれは正式な階級ではない。ホステスの統率上安西が決めたのであって、道江も他のホステスと同じように、客の注文を客席に運んでいる。

「支配人さん、お話があるのですけど……」

ホステスは、夏季は青い揃いの和服を着ていた。道江は二十七歳五尺二寸程あり、面長《おもなが》で日本的な美人であった。

安西は、千田日本開発の社長、千田大三に連れられて三年前、日本に来て以来、関係した女はみな、道江のようなタイプであった。

アメリカ的な女とばかり交際していた反動だったが、味わってみると、やはり長い間の習慣か頼りなかった。

麗子を知るようになってから、女性に関して日本熱は醒めた。云ってみれば三田道江はそんな女性の最後の女であった。

「別な日にしてくれないか、今日は気分が悪いんだ」

と安西は周囲に眼をくばりながら云った。道江は信じない顔であった。当然である。安西と病気は結びつかなかったから……

「重大なお話なんです、支配人さんのことでいろいろ……」

「僕と麗子のことだろう、云いたいやつには云わしておけばいい、やましいことはないのだから……」

「もっと、別なこともあるんです、御相談したいことが……」

「今日は気分が悪い、と云ってるじゃないか、それにこんなところで、こそこそ話しておればおかしいよ、明日にでも聞こう」

安西はナイトクラブを出た。安西の部屋は五階にあった。最上階である。

廊下で行き交うと、ボーイやメイドが、客に対するように丁寧に頭を下げる。初めはアメリカ式に、そんな必要ない、と云っていたが、半年程して必要があるのを悟った。外人のように、自主的に規律を守れないのだ。日本では形式と権威が必要であった。

安西は部屋に入った。やはりまだ頭がふらふらする。急いでネクタイを外し、洋服を脱いで、ナイトガウンに着換えた。バスの栓を捻《ひね》り、電話をかけて、支配人付ボーイの兵頭を呼んだ。

兵頭は二十二歳、色白のハンサムで頭はなかなか切れた。こんなタイプは概して仲間の評判は良くはない。きざだとか、ごますりだとか、安西の耳にもそんな噂が入らないでもない。が、安西は兵頭が切れるということと、支配人に対して献身的であるという点で、兵頭を可愛がっていた。ごますり、出世主義者、と云われる人物は、確かに人間的には面白味はないかもしれないが、部下として使うには、最も信頼出来た。上司の悪口を云ったり秘密を洩らしたりしないからだ。

「なにか御用でしょうか？」

「うん、頭がふらふらするんだ、薬を持って来てくれないか……」

「はい、そのほかには？」

兵頭はすぐ持って来た。どうして気分が悪くなったのか？　とか、べたべた、心配そうな顔をして聞かないのが、気持が良い。兵頭は魔法瓶からコップに水を入れ、薬と一緒に安西の前に置いた。ドイツ製の薬であった。

「まあ、坐れよ」

兵頭は一礼して安西と向い合って坐った。安西は煙草をすすめた。兵頭は安西が質問すると、いろいろな情報を知らせてくれた。ボーイの誰が、どのメイドと関係あるとか、誰が勤務をさぼって遊びに出たとか、様々な情報があった。

「今日はちょっと話が違うがね、私に関する情報を知らせて欲しいんだ？」

「と、申しますと……」

「私と麗子のことだよ、評判になっているのは知っていたが、今日、ちょっと耳にしたところによると、かなり悪質なデマが飛んでいるらしいね」

「はあ、これは一度、お耳にお入れしようと思っていたのですが……」

兵頭の話は、安西にとって、思いがけないものであった。つまり、安西と東郷麗子の関係どころか、ホテルニュー六甲の支配人は安西だが、事実上の支配人は東郷麗子である、という噂が飛んでいる、というのであった。

東郷麗子が、ホテルニュー六甲に住みついて以来、もう一年たつ。麗子は初め、客としてニュー六甲に遊びに来ていたのだが、安西に頼まれ、ナイトクラブの専属として踊るようになったのだ。それ以来ホテルの一部屋を住居にした。

それと同時に、泊り代を払わなくなった。これは当然であるが、そうなると、従業員が麗子を客扱いにしなくなったのも、また当然である。良く云えば従業員、悪く見れば、居候と見なすようになった。

麗子の部屋の掃除を忘れたり、枕カバーが汚れても取りかえないことが多くなった。

麗子は腹を立てたが、暫くは我慢していたようだ。ところが、安西と関係するようになってから……

「これは、一般の噂でございますから、どうかそのおつもりでお聞き願いたいのですが、つまり三月程前から東郷さんが、そんなことで、よくボーイやメイドを怒鳴られるようになったのです」

さすがに安西は一瞬苦虫を嚙み潰したような顔になった。

直ぐいつもの笑顔に戻った。

兵頭は話し続けた。

「ボーイ連中というのは、ご存じのように、チップをはずむ客なら、少々の無理難題でも、御無理ごもっともで、云うことを聞くのですが、そうでなければ、頭を下げないだけじゃなく、レジスタンス的な態度を見せるものでして……」

つまり、ボーイやメイドが、東郷麗子に反撥すると、麗子はそれを一つ一つ、安西に告げる。すると安西がまた麗子の云うことを一々取り上げ、ボーイ達を支配人室に呼びつけて叱責する。これじゃ、支配人は、東郷麗子のロボットだ、という評判になっている、というのであった。

兵頭は話し終えると、安西の顔を窺った。

「御不快では、ございませんでしょうか？」

「不愉快ですな、しかしよく云ってくれた、まだあるなら、全部云ってくれ給え……」

「支配人、今まで申したことには、僕の意見は少しも入っていません、すべて噂をそのままお伝えしただけですので」

「分っているよ」

ここ一二ヵ月、東郷麗子の横暴ぶりはますます酷くなって来た。麗子自身のことでなく他の客に対するボーイの態度、ホテルの庭の手入れの可否、ナイトクラブの設備の改善にまで、口を入れるようになった。

一日、千円だった筈の出演料も、何時の間にか三千円になった。

ホテルの美容室でやったパーマ代から、売店で買う煙草まで、客なみにルームキーナンバーで買い、その伝票も安西の交際費から処理されるようになった。

現在、安西と東郷麗子の関係は公然の秘密になっているが、現場を見た者は、まだ誰もいない。

兵頭の話は、大体以上のようなものであった。

安西は呆然とした。怒りもあったし、恐怖もあった。が、彼はさすがにそれを顔には出さなかった。

安西は微笑した。

「驚いたよ、でも、よく云ってくれた、しかしねえ、君は一体誰からそんなことを聞いたの、君は支配人付ボーイで、他の連中は君を警戒しているだろう、よくそんな噂が君の耳に入ったね」

「はあ、勿論これは僕が直接聞いたことではありません、ただ、僕にも助力者がいるのです」

「女か……」

兵頭は困った顔になった。おそらく、メイドか交換手、エレベーターガール、ウェイトレス、ホステス、そんな中の誰かが、兵頭に対する情報提供者なのであろう。

そこまでは、追究する必要はない、と安西は思った。

「まあ、そりゃいい、君はその噂に対し、どう思う？　すべて事実だと……」

兵頭は首を振った。

「僕には全く分りません、僕は支配人から命じられたこと、支配人にお役に立つようなことには、絶えず神経をとがらしています、支配人のプライベイトな点には、無関心ですので……」

君はマネージャー候補だよ、口まで出かかった言葉を、安西は押えた。支配人は大学を出ていなければなれない。兵頭は高校卒であった。安西は一万円札を兵頭の手に握らした。

「支配人、結構です、いつもこんなことをしていただいては、いけません」

安西は、兵頭の拳を丸め、ぽんと叩いた。なにも云わずに取っておけ、という合図であった。兵頭は恐縮したように頭を下げた。

入口で、安西は最後に尋ねた。

「君だって、どんな噂を立てられているか分らないね」

兵頭は初めて白い歯を見せて微笑した。若いが、兵頭はなかなか、ふてぶてしい性格の男のようであった。

安西はベッドに寝転ぶと、兵頭が云ったことを考えてみた。その噂は、確かにオーバーであったが、事実も、かなりあった。

安西が、ボーイやメイドを支配人室に呼びつけて怒るのは、何にも麗子の告げ口をう飲みにしているわけではない。客観的な判断のもとに、叱責すべきものを、叱責していた。しかし、叱責される者は、そうは取らないのであろう。麗子に対する反感から、すべて麗子の告げ口に結びつけるのだ。

それに、確かに麗子の我が儘は眼に余るものがあるのだろう。皆に、そんなに反感を持たれている以上、事実に違いなかった。注意しておく必要がある、と安西は思った。

しかし、センスもあり、なかなか才走った麗子が、噂半分としても支配人を笠に威張ったり、勝手な行動をしているというのは、安西には、意外であった。

二人の関係を秘密にしておくことは、麗子にも充分云っている筈であった。

とくに、重大に感じられたのは、麗子が、ルームキーナンバーで相当な金額のものを買ったり、使ったりしている、ということであった。

これは、後で月給から差し引く約束であった。まさか、自分の交際費で落されているとは、知らなかった。

麗子が黙っているのは、まあ仕方ないとしても、経理主任の吉岡が、それに関して一言も云わないのは、全くふとどきだった。しかも、噂になっている以上、その種は吉岡が流したに違いない。麗子の出演料が、千円から三千円に上ったことも……

安西はベッドに起き直ると、窓から外の夜景を眺めた。

百万ドルの夜景が眼下にあった。神戸、大阪、西の宮は勿論、晴れた夜には遠く紀伊半島、岸和田あたりの灯も、星群のように点滅していた。神戸、大阪の灯は、灯同士たわむれ笑いさざめいているようである。

このような夜景を挑めていると、安西は苦しかったアメリカでの少年時代を思い出すのであった。

三

安西は紀南の田辺の近くで生れた。家は漁師であった。子供の時代からきかん気で、何時も餓鬼大将であった。小学校を出るとハワイで農園を経営している伯父のもとに自分から進んで出かけた。が、間もなく伯父と喧嘩し、単身アメリカに渡り、ありとあらゆるアルバイトをやりながら、ハイスクールを卒業した。が、向学の念に駆られ、今度はホテルのボーイをしながら州立大学をまがりなりにも卒業、あとはずっとホテル勤めであった。

日米語は、ぱりぱりである。千田日本開発株式会社の社員として日本に来た時は、ハワイ、ワイキキのLハワイアンホテルの接客主任をしていた。ちょうど海外のホテル業界視察にやって来た千田大三に認められ、骨を埋めるなら、祖国の方が良いと日本に戻り、二年前、ホテルニュー六甲の支配人に、就任したのであった。

負けず嫌いで餓鬼大将であった安西が、客に対して頭ばかり下げているホテル人になったのは、やはり人生の奇妙さ、と云い得るだろうか。確かに安西は、苦労して大学を卒業したが、卒業する頃には、性来の負けん気を殆んど消耗しつくしていた。云ってみればエネルギーを絞りつくして大学を出たのである。

時には、果してホテル界でやって行けるだろうか、と自分でも不安に思ったことがあったが、月日が経ってみると、あの時、喧嘩しないでよかった、と胸をなでおろすことが多い。

つまり、四十五歳という年齢は、往年の覇気に富んだ餓鬼大将を、一流ホテルの名支配人に変えていたのである。

が、往年のきかん気は、年と共に或る偏屈さに変って来たのを、安西は自覚していた。

妻を持つ気が全く起らないのも、その一つであろう。家庭という小さな巣に閉じ込もり、女に束縛されるのは、想像しただけで、ぞっとした。恋愛を楽しみ、女に溺れる、というのはまた別である。それは自分を束縛しているようで、事実は結構楽しんでいるのである。

安西が今まで関係した女は数え切れない、毛唐も居たし、半黒もいた、インディアンもいた。日本に来る時、安西が心をわくわくさせたのは、日本の女であった。

世界の男性が求める祖国の女性。しかし安西は、憧れた女性に失望した。おとなしい、という評判の裏には、割り切れない、洗練されていない、しつこい、無知、そのようなものが、絡みあっているのを、悟ったのだ。

その点、東郷麗子は違っていた。いや、兵頭に聞くまで、そう思っていたのである。もし、兵頭が伝えた噂が真実なら、麗子は恥知らずなヤンキー娘と何等違わない。

窓からぼんやり、灯を眺めたり、ベッドに横になっているうちに、次第に気分がおさまって来た。

兵頭の話も気にかかるし、やはり今夜は会おう、と思った。すると麗子の、脂がまんべんなくにじんだ、なめし革のような肌と、酸っぱい微かな腋臭《わきが》のような体臭が、思い出され、身体が熱くなるような気がする。毛唐女のように強くはないが、安西に云わすと微妙な匂いであった。それが腋の下からも下腹部からも発散するのであった。

安西が、人眼のうるさいホテルの中にあって、麗子との現場を押えられていないのは、それなりに、苦心しているからである。アメリカでは幾ら怪しいと睨まれても、現場を人に見られない以上、問題にされない。その習慣が、麗子との関係においても守られた。

現場を見られる、というのは夜遅く麗子の部屋に入るところを見られることであった。安西は午前二時に部屋を出た。五階は部屋数は少ない。三階までは部屋数も多く建物の広さも広い。つまり四階と五階は、三階の屋上に三分の一程の広さで建てられたような形になっている。

安西は自動エレベーターのボタンを押す。一階に下り、フロントの前を通りホテルの庭園を三十分程散歩する。支配人の深夜の散歩は有名であった。

二時半きっかりに、安西は自動エレベーターの前に立つ。彼が下りるのは四階であった。安西はひっそりした絨毯の廊下を歩き、三階の屋上につくられた、つまり四階の広いベランダに出る。夏には熱帯植物の鉢植がずらりと置かれ、色とりどりのベンチが、植物と植物の間に配列されている。星は手で摑んで掻き廻したい程美しく冴え、山を這い下り拡っている灯群れが、部屋から眺めるより、一層見事であった。

外人のアベックの客が、よくこのベランダで熱烈なベーゼを交している。時には情熱の余りベンチで抱き合う者も居た。

しかし、午前二時半ともなれば、人影はまずない。あっても、一組か二組であった。今夜は一人も居ないようだ。

安西は辺りに注意しながら、ベランダの右隅に歩む。そこには、庭園から安西の身体を隠すように正方形の煙突が立っていた。

煙突には鉄の梯子がついているが、それはベランダから二尺足らずの距離なので、た易く、取っつくことが出来た。

そして三米程下りると、東郷麗子の部屋が突き出ている小さな石のベランダの傍に達するのだ。

麗子と関係してから約四ヵ月、週二回の割合で通っているが、まだ誰にも発見されたことはなかった。

安西は低い石の柵を乗り越えた。彼の身体は鉢植の棕櫚《しゅろ》の翳《かげ》になり、ベランダからは見えない。庭園の方から見て煙突と棕櫚とにさえぎられ、真暗なので分らない筈であった。それでも安西は慎重に辺りをうかがった。人影はない。

煙突とベランダの距離は二尺足らずだが、一寸、上体を前のめりにしなければ、鉄梯子に手はかからなかった。

安西が手を伸ばしかけた時、棕櫚の隣りの大きなサボテンの鉢植の外側に身をひそめていた人物が、裸足で安西の背後に近寄ったかと思うと、安西の背を力一杯突いた。あっと叫んだ瞬間、安西の足は空をついていた。右手が鉄梯子に当り、撥ね上った。

安西は真さかさまに落下した。下はコンクリートの石畳であった。生への本能は一二秒の間に安西に超人的な活動をなさしめた。安西は本能的に麗子の部屋のベランダに喰いつこうとした。

が、それは本能だけであって、安西の身体はベランダの鉄柵に叩きつけられ一回転して、今度は煙突の鉄梯子に撥ね飛ばされた。眼から火花が散り唇に電気をあてられたような衝撃があった。

が、安西の腕はそのチャンスを逃さなかった。彼は無我夢中で煙突の鉄梯子を抱きかかえたのである。

安西が、助かったことを感じたのは、それから二三十秒たってからであった。彼はまるでヤモリのように、鉄梯子にへばりついていたのであった。

安西に取って具合が良かったのは、犯人が真直ぐ突いたことと、彼の身体が麗子のベランダの鉄柵にぶつかったことであった。

落下の加速度が、それ程強くなかったのだ。

長い間安西はじっとしていた。少しでも身体を動かすと、落ちそうな気がした。

鼻からぬるぬるしたものが流れているのは鼻血であろう。歯も折れ、唇も裂けた様子である。腰骨に鈍痛があり、鉄梯子を握りしめている拳が焼けるように痛い。

それより安西が最も怖れたのは、腕の力が残っているか、どうか、ということであった。残っておれば片手を伸ばして麗子の部屋のベランダの鉄柵に縋《すが》りつき、部屋に入ることが出来る。

妙なことは、ベランダの鉄柵に当った時、大きな音がしている筈なのに、麗子が姿を現わさないことであった。

この時、安西の脳裡に疑惑とも云えない疑惑が浮んだ。彼はそれを払いのけるように、左手をそろそろはなし、鉄柵の方に伸ばした。

どうやら、力はあるらしい。ふと上を見た。人影はない。月はなく星だけが鋭い程の光をばらまいていた。

安西がやっとベランダにたどりついた時、麗子の部屋に明りがついた。

「寝ていたのよ、今夜は遅かったわね」

麗子は薄いナイロンのネグリジェを着ていた。安西は無言で部屋に入った。

「まあ、どうしたの？　血、大変だわ」

麗子は眼をむき、バスルームに駈け込むと、タオルを水に濡らして持って来た。

顔の血や洋服の血を拭い始めた。

歯は折れていなかったが、唇は切れていた。額に青い大きなこぶが出来、血がにじんでいた。右手は、手首から先が皮がむけ無数のすり傷が出来ていた。

麗子は安西の服を脱がした。

「ねえ、どうしたの？」

「うん、手をすべらせて落ちたんだ」

「まあ怖い、ねえ、注意してよ、まあ腰に青いあざが出来ているわ、冷やしたらいいのかしら、暖めたらいいのかしら……」

「大丈夫だ、下に落ちたんじゃない、外見ほど酷くはないよ、暫《しばら》く横になっていよう」

安西は裸のまま、麗子のベッドに横たわった。おかしい、と安西は思った。今まで寝ていたのなら、もっとベッドは暖かい筈であった。暖かみがないのだ。安西は眉をひそめた。

「どう、痛い？」

麗子が心配そうに顔を寄せて来た。

「マイディア……気をつけて、あなたは、私の生命よ」

麗子は囁《ささや》くように云うと、安西の額にそっと唇を触れた。こぶの上である。痛みが背筋を走った。落ちてから麗子の部屋に入るまでどのくらいかかったか。

はっきりしたことは分らないが、数分ではないか、その間に、麗子が現場から部屋に戻り、ネグリジェに着換える暇はあるだろうか。人眼に触れずに……可能だ、と安西は思った。三階屋上のベランダの入口の傍に、従業員専用の階段がある。そこから下りれば二分で部屋に戻れる。更に二分あればネグリジェに着換えることは充分可能であった。

「痛い……」

「心配だわ、愛しているのよ」

麗子は額から唇を離すと心配そうに、安西を見下ろした。豊満な乳房がネグリジェを持ち上げていた。体臭が濃く匂う、そうだ、汗を流した時、麗子の体臭はとくに匂った。おそらく走って来る間に汗をかいたのではないか。

麗子が寝ていなかった、ということは、確定的なことに思えた。

しかし、麗子に、俺を殺すだけの動機があるだろうか。

「ベッドが冷たい」と安西は真上の麗子の眼を見詰めて云った。茶色のかった大きな眼だ。情事の最中は怖い程赤く見える。時には豹《ひょう》のように光る。ヤンキー娘にも、これ程セクシーな女は少ない。

「どうしてかしら、今まで寝ていたのに、きっと皮膚の感覚がおかしくなっているのよ」

麗子は安西の視線を外さずに答えた。安西は眼を閉じた。東郷麗子には、俺を殺す動機はない。麗子が気儘に振舞え、ホテルニュー六甲で贅沢な生活が出来るのは安西の庇護があるからであった。

四

麗子は泊り客として来ているうちに、安西に頼まれて、ナイトクラブで踊るようになったのだが、それまで踊りで飯を喰ったことはない。四年前までは潰れたC映画で、バンプ役として一寸名を売ったことがある。

　映画会社が潰れたあと、アメリカに踊りを二年程勉強しに行った、ということだが、多分かなり有力なパトロンが居たのであろう。

　ニュー六甲には一人で遊びに来ていたが、アメリカから帰って日がたっていなかった。

　安西は、パトロンとの間がうまく解決したのかと、心配して尋ねたが、麗子は後腐れなく別れた、と云った。どんなパトロンかは知らないが、麗子が一人でニュー六甲に遊びに来ていたのは、傷心を治すためだったのかもしれない。

　ニュー六甲に住みつくようになってから、余り外出もせず、尋ねて来る者も、時たま、かつての映画関係者が、来るだけで、パトロンらしい人物は来たことはなかった。

　麗子の部屋は二千五百円で、ニュー六甲では安い部屋である。麗子の出演料は兵頭が云ったように、最近まで千円であった。一日千円では安過ぎるようであったが、麗子の場合は他に恩典があった。部屋代は無料なのは勿論だが、食事も三食共無料であった。朝食は最低が四百円、昼食八百円、夕食千二百円、コーヒーも酒も、食事として取る分には無料という約束であった。チリ紙、石ケン、歯ブラシも、備品を使って良い約束であった。

　これ等をすべて金額に直すと一日七千円、月に二十万円強になる。それでも安西は、一日千円は安いと思い、三千円に値上げした。

　だから麗子にしてみれば、居心地は満点のはずであった。しかも、兵頭の話によれば、安西をかさに、約束以上のものを無料で買い、ボーイやメイドに対して女王のように、振舞っている、という。

麗子が憎まれて生命をねらわれるというのなら、まだ納得は行くが、安西が麗子に生命をねらわれるのは、全くおかしかった。

「君と僕のことは、かなり噂になっているようだな……」

「そうかしら……」

「それに君は、パーマ代や売店の買ものまで、ルームキーナンバーで買っているらしいが、こりゃ一寸《ちょっと》、まずいよ」

「だって、私ね、初め月末に纏《まと》めて払うつもりだったのよ、そしたら吉岡さんが、構わないというから、そのままにしておいたのよ、私はちゃんと払います、と云いました」

麗子は不服そうに唇をとがらせた。そうか、それじゃ、吉岡が悪いのだ、しかし、余り評判になるとうるさいからきちんとする所はした方が良いね……安西はそう云いたかったのだが、何故か意志に反して口が動かない。

安西は天井を睨みながら、もう一度さっきの事件を考えてみた。犯人に押された背筋が鈍い痛みを持ち、急速にその部分が空洞化して行くような悪寒に襲われた。

安西を突き落そうとした人物は、安西があそこから麗子の部屋に通っているのを、知っている人間であった。

ふと、道江の顔が浮んだ。道江はやはりホテルの敷地内に建っているホステス寮に住んでいる。丁度二時半頃は、クラブも終り帰途についている時間であった。

一体、道江はなにを話したかったのか。明日にでも聞く必要がある、と安西は思った。

「おかしいわ、ねえ、誰か告げ口したのね、それで気を取られていて、足を踏みすべらせたのでしょう、悪かったわ、あなたの立場を悪くして、以後気をつけます」

「……ん、いいんだよ」

と安西は答えたが、ふと思い出して、

「そうそう、君はまさか、この間、僕が少し話した園池異動の件、喋ったりはしないだろうね」

「そんなこと、喋る筈はないわよ」

「どうも、それも洩れている気配がある」

「それじゃ、私以外に話したの？」

「いや、話さない」

「じゃ、私が喋ったというの？」

さすがに安西は否定したが、麗子は嫌やよ、そんな眼で見られるのは嫌やよ、と憤りを解かない。最後には、嫌やよと安西に乗りかかって来た。

「痛い、無茶をするな、今夜はだめだ……」

安西は驚いて麗子を防ごうとしたが、麗子はむやみに首を振り、血のにじんだ唇に、熱い唇を押しつけ、何時もよりも、もっと情熱的に、柔軟な全身の筋肉を慄わせ、縋りついたまま、離れない。それに安西には、腕が痛く、麗子を突きのけるだけの力が出なかった。

やがて痛さと欲情が、安西を奇妙な昂奮に駆りたてた。

午前四時頃、安西は身体を蝦《えび》のように曲げながら自室に戻った。三階からは自動エレベーターを使用して五階に上った。

安西は当分、麗子のところには行かないことにした。幾ら麗子に溺れた、と云っても生命には代えられない。

それに安西は、突き落された件は、自分だけに秘めておくことにした。午前二時半に、麗子の部屋の真上から突き落されたことが分れば、麗子との関係は一挙に明るみに出る。それだけでなく、従業員の嘲笑の眼が一身に集るのは明らかであった。そうなれば、支配人の威厳は保てたものではない。

安西はつまずいて階段から落ちたことにした。

彼は初めて仕事を休み、六甲山麓にある外科病院に通った。骨折をしなかったのが、幸いだった。

仕事を休む、と云っても客の出迎えやお付合を断っただけで、他の時間は、フロントの後ろにある支配人室で、一般的な職務だけは果すことにした。じっと、ベッドの上で寝ている、ということは、彼には耐えられないことであった。

従業員たちは、翌朝安西の顔を見ると、啞然とした様子であったが、階段から落ちたことが知れ渡ると、安西と会ってもくそ真面目な顔になった。ということは、裏では、良い気味だ、と嘲笑している筈である。

二三日、安西は支配人室に居て、突き落したのは、何者か、ということばかり考え続けた。

先《ま》ず犯人は、安西が麗子のもとに通っていることを知っている者である。

ということは、安西と麗子の関係を必死に嗅ぎ廻った者であり、それには麗子に惚れている者、という推理が成り立つ。つまり、麗子を自分のものにしたいために、安西を殺害しようとした。

麗子がナイトクラブに出始めた当座、接近しようとした者は、総務主任の追坂であった。追坂は警察官上りで四十歳、独身であった。

ホテル敷地内の独身寮に住んでいる。仕事の内容は、人事警備を担当しているが、他に従業員の厚生、官庁への届出書類などを受け持っている。支配人室の隣りの事務室に終日居るが、時々発生する無銭飲食や盗難事件には、わが領分とばかり、昔の技倆《ぎりょう》を発揮していた。

給料は三万五千、独身と云っても三年前細君に死に別れ、一人息子の十六歳の高校生は大阪の兄の家から通学している。

当初は麗子をかなり追いかけ廻したが、安西と麗子の噂が立つにつれ、ぴたりと身を引いた。警察官上りだけに、油断出来ない、と安西は思った。

次に、麗子と関係してから、冷たくしている道江が居た。ナイトクラブで客のテーブルについて談笑していると、何処からか、蛇のような視線で見詰めている女。日本的な美人だが、安西が冷たくしてから、少し頬がそげたようだ。元来肉は薄かった。情事では、たえいるように燃えるくせに、自分の方から積極的な行動は示したことがなかった。

それに驚いたことに、道江は心の奥で安西との結婚を期待している様子がないでもなかった。安西に対する執念と憎悪はかなり強いと、見てよい。ただ道江の場合、殺害の対象が麗子ならば、動機は充分だが、安西になると少し弱い。

三人めに、営業主任の園池竜夫が居た。三十七歳、神戸の私大を出、千田日本開発が、まだ大きくならなかった頃から勤務していた。

だから勤務歴から見れば、安西よりも大先輩であった。細君と二人の子供と共に、ホテルの裏の社宅に住んでいた。

腰と頭が低く、客からなにを云われてもにこにこ笑っている。朝九時から午後六時、夜勤の時は、五時から真夜中の一時まで客に頭を下げている以外は、木像のような無表情さで、フロントデスクに立っていた。

給料は手取り四万二千円だが、客に接している時が多いので、別途収入が一万程入っている模様だった。

安西が園池を容疑者の中に入れたのは、園池を左遷させようと思っていたからである。左遷の理由はなにもない。ただ虫が好かないのである。とにかく、顔を付き合せていると不愉快でたまらないのだ。

園池は一応マネージャー候補であった。勿論園池が安西の気持を見抜いているかどうかは疑問であった。が、以心伝心ということもある。

左遷しようと思っている程嫌いなのだから、園池が感付いている可能性は充分あった。それに、園池を嫌いで、機を見て左遷するということは、麗子にも喋ってしまった。

確かにまずかったようだ。ただ、安西も園池も、お互いの感情を外面に出したことはない。客によって幾ら訓練されていると云っても、これは怖るべきことであった。

最後に経理主任の吉岡が居る。今のところ彼には容疑者にすべき理由はない。ただ、麗子の濫費を勝手に安西の交際費でおとし、安西の圧力であるように噂の種をまいたのは、吉岡に違いなかった。

いや、まだ居た。容疑者にはしたくないが、あの時、麗子が部屋の中に居なかったのは事実だった。しかも麗子はそれをごま化そうとした。

何故か？　その理由がはっきりするまで、麗子の上の三角印は、消せない。

五

問題はどうして調査するかであった。彼は警察官ではないから、専門的な調査方法は取れない。

いろいろ考えた末、一人々々に圧力を加えて、その反応を見ることに決心した。かなり残酷な思い切った方法であった。これは、やはり安西が、ビフテキを喰って育ったためであろう。

相手の反応によっては知らなかった面も発見出来るだろうし、ぼろを出すかもしれない。犯人でない者こそ、迷惑であった。

先ず安西は吉岡経理主任を支配人室に呼んだ。中肉中背の吉岡は、お呼びで御座いますか、と愛想よく会釈しながら入って来た。

「うん……」

と安西は云った切り後を続けない。唇と顎にはガーゼがバンソウ膏でとめられていた。額と手には、繃帯が巻かれていた。しかも右眼も腫《は》れているので、なんとも異様な顔であった。

「なんで御座いましょうか……」

吉岡も安西の態度が何時もと違う、と感じたようであった。顔から愛想笑いが消え、身体が固くなった。

安西はデスクの前から離れ、来客用のソファに坐り直した。

「坐り給え」

と安西は向いのソファを片眼で指した。

「はあ」吉岡は不安そうに坐った。

おや、この男は案外、感情を表に出す方だな、と安西は思った。従業員を叱責する場合、安西は単刀直入であった。相手に弁解の余地を与えず、びしびし云う。これが、何時も客に笑顔を向けている男か、と想像出来ない程短気に激怒した。

が、今日の安西は違っていた。向い合っても口を開かないのだ。しかも眼付も雰囲気も尋常でない。吉岡でなくても不安に思うのは当然であった。ただ、問題はそれを顔に出すか、どうかであった。

気の小さい男だ、と安西は判断した。

「君はうちに入って、何年になるね？」

「はあ、十年になります」

「ここに来るまで、本社ではなにをしていた？」

「会計係をやっておりました」

「君の給料は？」

「四万五千円ですが……」

「君は新六甲ゴルフクラブに入っているね、休日にはよく行くらしいじゃないか」

「はあ、好きなものですから……」

「聞くところによると、行く相手は、うちの出入り商人らしいね」

「はあ、まあ、なんとなく……」

吉岡の声がつまり出した。安西は吉岡が品物を仕入れる際、かなりのリベートを取っているのを知っていた。安西は煙草を咥えた。唇がひりひりし、煙が苦いが、間を持たせるために必要であった。

それまで吉岡は安西の顔をじっと見詰めていたが、出入り商人に話題が触れ始める頃から、視線を落とした。顔の色が青くなった。

「君は奥さんとお子さんが一人だね？」

「はあ……そうです」

「家賃や、食事代は？」

家賃が無料なのは制度であるが、食事代は出ない。ホテルのものを取った場合は、定価の三分の一であった。

ところが、社宅に住んでいる主任連中は、コック長に適当に点数を取り、検食という名目で、無料でメイドに食事を運ばせるのであった。

「それは、みなさんも……」

「なるほど、皆がやるから、君もホテルの食事を勝手に舎宅に運ばせて良いというのかね、まあいい、君の給料は四万五千円だが、家賃も食事代も要らない、それに別途収入を加えると、たいした収入だ、普通の会社なら部長級というところかね」

別途収入、という言葉を聞いた途端、吉岡はぎくっと肩を動かした。彼は観念したようにうなだれた。

「別途収入、というのはリベートだね、これは厳禁している、君がリベートを取っている証拠は、すべて私が摑んでいる、私が本社に報告すれば、君は部長級の、快適な生活を失うことになる……」

「支配人……」

吉岡はきっと顔を上げた。顔が青ざめ唇が微かに慄えていた。吉岡の眼が光った。恐怖と反抗があった。安西は緊張した。反抗が勝って麗子の問題に触れてくれればよいが、

「なんだね？」

安西は反抗心をそそるように傲慢に云った。が安西の期待は裏切られた。

「お許し下さい、今後いっさい致しません」

と吉岡は深くうなだれたのであった。安西は吉岡に分らないように、吐息をついた。

長い沈黙が二人の間を流れた。二三度、ドアがノックされたが、安西は用事は後だ、と去らした。

「君の問題を不問に付すかどうかの前に、私の質問に、正直に答えて貰いたい、それによっては、私も重大決心をせねばならないからね」

と安西は静かに云った。

「はあ、どのようなことでしょうか？」

膝の上に置いた吉岡の手は汗ばんでいたようだ。顔にも微かに汗が浮いていた。

「君は東郷麗子が、ルームキーナンバーで買ったり、使ったりした伝票を、私の交際費で落しているらしいが、どうして、私に云わなかったんだい？」

「はあ、それは、そのつまり、三月前でしたか、東郷さんが来まして、日用品を買うぐらいのものは、客扱いにしてくれ、と云って来ましたので……」

吉岡はハンカチで額の汗を拭った。安西は腕を組みかけて、またひじをソファのひじ掛けに戻した。

「それは、東郷麗子が、そう云って来たんだね、嘘じゃないね」

「はい、嘘じゃ御座いません」

「ナイトクラブのヌードダンサーが、そんな勝手なことを云って来たから、と云って、君はどうして、規則をおかして、私の交際費などで、勝手におとしたんだ？　こりゃ、リベート以上の、責任問題だぜ」

安西は声を荒げた。吉岡は窺うように安西を見た。安西が本気が怒っているのかどうか理解に苦しむ眼の色であった。吉岡は、安西と麗子の関係を信じ切っているようであった。

「申し訳ありません、実は、支配人さんの御諒解済みだと思いまして……」

「そんなことを、麗子が云ったのかね」

「はあ、はっきりとは云いませんでしたが、私が、一応、支配人さんの御諒解を得なければ……と申しますと、東郷さんは、私が云っとくから、と云われましたので……」

「それは、私の交際費でおとすことかね、または、単に払いの方は、適当にして貰うように、私に云う、という意味？」

「はあ、どちらともつき兼ねたのですが、支配人さんに伝えておく、と東郷さんが云われた意味を考えまして……」

「馬鹿者！」

と安西は一喝した。吉岡は身体を慄わせた。

「私の考え違いでした……」

「君は、僕と東郷麗子が、特別な関係にあると判断したわけだな？」

「いいえ、そこまではけっして……」

吉岡は言葉をつまらせながら、弁解した。安西は声を改めた。

「吉岡君、これは君に取って重大な結果を生む問題だがね、東郷麗子の出演料が、千円から三千円に上ったのは、君だけが知っていることだ、ところがそれが、一般従業員の耳に入っている、私の交際費で落していることもだ、おそらく君が、噂を広めた本人に違いない」

「支配人、違います、それは」

吉岡は縋りつくような口調で云った。いや、悲鳴に近かった。

「私は君に、二つのことを命じる、一体その経理上のその秘密を誰に話したのか、明日の晩までに私に告げて貰いたい、もう一つは、私と東郷麗子の間に、特殊な関係があると判断した理由、つまり、誰から聞いたか、それとも東郷麗子の態度で判断したのか？　この点も、隠さず話して欲しい、君の返答に誠意が認められたら、今までのことは不問に付そう、しかし誠意が認められなかったら、本社に報告して君を処罰する、分ったかね、分ったら、帰り給え……」

「支配人……」

「勿論、念を押す必要はないだろうが、この場のことは、誰にも云わないように……明日の夜、十二時に私の部屋に来給え……」

吉岡は暫くうなだれていたが、やがて一礼して支配人室を出て行った。

安西は先ず、吉岡は犯人ではない、と思った。しかし、吉岡の明日の証言からは、ひょっとしたら、重大な手掛りが得られそうな気がした。

安西はホテルの中を歩いた。部屋は満員であった。が、ホテルは広々としているので、さ程客が入っているように見えない。

支配人が傷だらけの顔で歩き廻るのは、良いことではない。が、今の安西は客や従業員の思惑は考えないことにした。

正面玄関の突き当りを右に行くと、休憩室があった。本棚もあり、週刊誌、新聞、新刊雑誌など揃えてあった。

壁には、現在、日本の有名画家のデッサンが数点かけられていた。

庭に面した側は全部ガラスで、ここからはプールがよく見えた。

プールは鮮やかなお花畠のように、華やかな水着で溢れていた。大半は外人であった。直ぐ傍で見ると生毛《うぶげ》が光り、肌の荒い外人女も、少し離れると彫刻的な身体が、まばゆい陽の光りに映えて日本人を圧倒していた。

二三人、日本人客がガラス越しにプールを眺めている。

安西は水浴客の中に、東郷麗子を発見した。麗子は十二時頃起きると、午後は、ホテル内を散歩したり泳いだり、最近習い始めたゴルフを、インドアで練習したりしていた。

安西は休憩室を通り過ぎ、階段を上って二階に出た。そこには撞球室があるが、開放されるのは、四時からであった。

メイドが内部を掃除している。安西は中に入った。メイドが礼をするのに応えながら窓際に立った。プールは真下に見える。

「暑いな……」

と呟き安西はカーテンを閉めた。そしてその隙間からプールを見下ろした。

東郷麗子は、安西が見下ろしていることを知らない筈であった。麗子は一人で楽しそうに泳いでいる。なかなか上らない。こんなに泳いでいて、よく夜、あんなに踊れるものだ、安西は今更のように、麗子のエネルギーに感嘆した。

プールサイドには大輪の花のようなパラソルや、ベンチが並んでいる。

「ここからプールを見ると綺麗だね」

安西は掃除しているメイドに話しかけた。二人のメイドは顔を見合せて笑った。

「君たちもよく見るか……」

「いいえ、でも主任さんも二三度来られましたわ」

「ほう、誰？」

と安西は尋ねた。メイドは悪いことを云ったような顔になった。

「ああ、園池君だな……」

二人はまた顔を見合せた。違うらしい。

「分った、追坂君だろう？……」

主任さんも来る、と云ったメイドの顔に、不安気な表情が浮いた。どうやら追坂のようであった。

「云わないから、心配しなくてもいいよ、追坂君だね」

一人が頷いた。それによると追坂は時々、午後やって来て、プールを眺めているらしい。

「掃除するまで、ドアの鍵は閉めておくのだろう」

「はい、そうです」

「追坂君が、プールを見る時は、君たちが居る時か？」

メイドは、安西の質問の意味が分らないようであったが、それでも、勝手に鍵を開けて入っていた時も、一度だけあった、と云った。

追坂は総務主任だから、マスターキーを保管している。おそらく追坂の目的は、東郷麗子に違いない、と安西は思った。

麗子に対する追坂の恋慕は、決して消えてはいなかったのだ。彼は安西のために、押えているに過ぎない。

安西は、色の黒い眼の窪んだ追坂が、カーテンの隙間から、じっと麗子の水着姿を見詰めている光景を想像した。

それは、麗子のもとに通う安西を、熱帯樹の鉢植の傍で、身をかがめて待ち受けている光景にも通じる。

安西は撞球室を出ると、事務室に入った。だらけていた事務所の雰囲気がさっと緊張した。

吉岡はぼんやり煙草をくゆらしていたが、安西を見ると、眼を伏せた。

身体が石のように固くなったのが分る。追坂の姿はなかった。

「追坂君は？」

と安西は女事務員に尋ねた。

「はあ、交換室だと思います」

安西は余り事務所には入らない。用事があると、インターホンで、支配人室に呼びつけた。突き落されかけて安西は、仕事の面に関しても、部下の掌握が完全でなかったのを、悟った。

安西は交換室に入った。ニュー六甲の交換室には十数名の交換嬢が勤務していた。

なかなか設備は立派であった。

外部から泊り客に電話があり、客が不在の場合、その声を録音して置く設備もある。一本の電話を数人で聞く機械もあれば、不審な泊り客の動静を知るために、交換嬢以外の者でも、盗聴出来る設備もあった。

安西は、日本に来てから、このような問題には関心が薄れた。

アメリカでは、身元の怪しい人物が、ぞくぞくと高級ホテルにやって来て、ＦＢＩあたりから絶えず連絡があったが、日本ではめったに、警察からの照会はなかった。だから、ホテルスパイ的な盗聴を、安西が自分でやったことはない。それはみな、総務主任の追坂の役目であった。

ふと見ると、交換室の隅の盗聴室で、追坂が背をむけ熱心に、盗聴している模様であった。

こいつは、うかつだった、と安西は思った。

追坂は職権を利用して、麗子への電話の盗聴が出来る筈である。

安西自身は、交換手の盗聴を警戒して、麗子と電話で話すということは、めったにない。たまに話しても、事務的なことだけであった。この点は、麗子もよく知っている筈であった。

安西は手を休めた一人の交換手に尋ねた。

「追坂君、いやに熱心だが、誰の電話を盗聴しているんだい？」

「はい、三百二十六号室です」

「ほう、三百二十六号室というと、長期滞在客だね、確か……」

「はあ、もう一月程滞在されています」

「三百二十六号に電話があれば、知らせるようにと、命じられているのか？」

「はい……」

と交換手は云った。

「東郷麗子のを、盗聴することはないか？」

交換手は顔を引き締めた。

図星だな、と安西は思った。

「東郷さんには、外部から電話がかかることは、余り御座いません……」

「内線電話はよくかかるだろ……」

「はあ……」

愚問であった。ホテルの一室を住居にしている以上、電話は生活の必需品である。ショオバンドとの打ち合せ、ボーイやメイドを呼ぶのも、みな電話だ。

「でも、東郷さんの電話を、主任さんに知らせるようには、命じられていません」

「有難う、今聞いたことは、追坂君には喋らないように」

追坂は、安西に背を向けているので、気付いていないようであった。

安西は交換室を出た。その気になって調査すれば、今まで眼につかなかった、各従業員の秘密が浮び上って来そうであった。

ひょっとすれば、俺を突き落したやつを発見出来るかもしれない。

安西は急に力が湧き上って来るのを覚えた。交換室を出、フロントの方を見ると、園池が相変らず木像のような顔で立っていた。

安西と視線が合うと黙礼した。安西は頷き返しながら、支配人室に戻った。

「兵頭君を呼んでくれ」

と安西はインターホンに云った。間もなく兵頭が入って来た。

安西は、補助椅子を自分のデスクの傍に寄せ、兵頭に坐るように命じた。

「これから、君にやって貰いたいことは、重大なことだ、僕の手足となって動いて貰いたい、その代り、僕がここに居る限り、君の将来は保証する」

「有難う御座います、私に出来ますことは、全力を尽して致します」

珍しく兵頭の白い顔に薄い血の色が映えた。

「今から明日の夕方まで、吉岡経理主任の行動を監視して貰いたい、誰と会ったか、メモしておいてくれ」

「はい……」

「慎重にしてくれよ、近寄って会話の内容を聞こうというような望みは起すな、誰と会ったか、とくに辺りをはばかるような話し方だとか、場所の場合、見落さないように……」

「分りました」

支配人付ボーイ、ことに兵頭の場合は遊軍のようなものであった。玄関附近に居て、見覚えのある大切な客が来れば、直ぐ安西に知らせればよい。

この客の荷物を持とうと思えば、他のボーイよりも特権があった。ボーイ長といったところか。

追坂と園池主任に対する作戦は、吉岡の返答を待ってからでも遅くはない。

それまでに安西は、一応道江に当ってみることにした。

道江が幾ら安西を恨んでいるにせよ、犯人が道江だとは思えなかった。安西に殺意を抱くなら、それより前に、麗子に抱くべきだ。

ホステスが地下のナイトクラブに出勤するのは六時であった。七時にクラブ主任の点呼がある。安西は六時に下りて行った。

ホステス達は、調理場の後ろの小部屋で夕食を取っていた。石畳に安っぽい大きな食卓があるだけの、殺風景な部屋であった。

それは、確かにぜいたくなホテルにある部屋にしては余りにも、お粗末であった。

ただ食事は、立派なものであった。道江の姿は、その席にはなかった。

「三田君は？」

と安西は尋ねた。一人のホステスが答えた。

「今日は気分が優《すぐ》れないので、休まれるそうです」

安西と道江の関係は、噂になりかけたところで、安西が麗子に移ったので、立ち消えになった。道江が振られたと思った者も居るし、噂だけだったのだ、と素直に眺めた者も居る。道江との場合も、現場は発見されていない。

彼は道江とはホテル内で、会わなかった。道江の休日、神戸の温泉マークのホテルで情事を重ねた。月に二度程だったから、麗子との比ではない。結局、一時のつまみであったのだ。

道江が勤務を休んだ、ということは、なんとなく異常に思えた。

安西はクラブ主任を呼んだ。伊乃木と云いボーイ上りであった。もう五十に近い。一生をホテルで過して来た男である。

「三田君、今日は休みらしいが、よく休むかい？」

「そうですね、よく休む、という程ではありませんが、月に一二度は欠勤するようです。酷い頭痛が持病のようですね」

それは初耳であった。おそらく、安西が冷たくなってからのことであろう。

「そうか、少し用事があるんだが、見舞いがてら行ってみよう」

ホステスの寮は、ホテル敷地のはずれにあった。

丁度夕陽が西の海に落ち、淡路島が空の茜《あかね》と海の紫を交えたような色合で、くっきり浮いていた。六甲は池、谷、滝、渓流によって成り立っていると思う程、その景観は深い。渓流の上部の山林は夕映えに、濃い緑を微かに朱に染めているが、谷間は、すでに暗い黄昏の翳りに煙っている。

客は庭園のあちこちで、見事な山と海の夕景を楽しんでいるようだった。

ホステス寮は、ガランとしていた。道江は、正面の階段を上った十一号室に居た。六畳一部屋に一人だから、寮としては、待遇が良い。バスはないが、トイレはあった。

道江は部屋に居るようであった。動き廻っているらしくもの音がする。おかしい。気分が悪くて休んでいる筈なのに、音は尋常ではない。

安西は耳を澄ました。音と云っても室内のものを動かしているような音で、居るのは道江一人のようであった。

安西はドアをノックした。音がやんだ。

「どなた？」道江の声であった。

「私だよ」と安西は答えた。

安西はその時、その時で、私と云ったり僕と云ったりする。それに深い意味はない。

「お会いしたくありません」

安西は吃驚した。彼はまさか道江から会見を拒否されるとは考えても居なかった。

「君が、気分が悪いというから心配してやって来たんだよ、それにこの間は、私に話があると、云ったじゃないか……」

「もう、必要がなくなりました」

「どうしてだ、馬鹿な……」

思い切ってドアを開けると鍵はかかっていなかった。室内は薄暗い、外の明るさに較べて、酷く陰気に暗い感じであった。

安西は啞然として辺りを見廻した。洋服箪笥や整理箪笥の抽出しが全部引き出され、着物や洋服が雑然と散らばっている。荷造りされた包みも三つ程あった。

道江は、黒いスカアトに白いブラウスというスポーティな姿であった。

「どうしたんだ、これは？」

「支配人さん、女性の独身寮、しかも女が一人居る部屋に来られたりしたら、人眼がうるさいんじゃありません？」

道江は皮肉な口調で云った。あの夜とは、態度が全く違う。攻守ところを変えたような感じであった。安西は手を伸ばして、電燈のスイッチを捻った。

「どうしたんだ、これは？」

「日本では習慣になっている虫干ですわ」

安西はかっとした。虫干ぐらいは知っていた。

「君は気分が悪い、と云って勤務を休んだろう、このざまはなんだ、そんなわがままは許されない」

「わがままじゃありませんわ、当然の行為です」

と道江は落着いて云った。そう云えば、さっきから、いきりたっているのは安西で、道江は凄く冷静であった。

「どうして、当然の行為ですか、幾ら君だからといって、許さないよ」

「支配人さん、私はホテルをやめます」

「えっ……」

安西は二の句がつげなかった。辞表は明日提出し、荷物も明日取りに来る、という。原因を幾ら尋ねても喋らない。いったん口を閉《と》ざすと余程のことがない限り、開かすのは不可能であった。安西は別なことを尋ねた。

「そりゃ、君がどうするかは自由だが、このホテル程、楽で待遇が良い場所はないと思うがねえ、君も、もう二十八だね、ふらふらしないで、ここで貯金し、将来の結婚に備えた方が利口だと思うがねえ」

「帰って下さい」

突然道江は引吊ったように叫んだ。

「そりゃ、帰れ、と云われれば帰るが、君が急にどうして、ホテルをやめるのか、その原因は知っているぞ」

事実安西は、急に道江が犯人のように思えた。嫉妬のあまり安西を殺そうとし、失敗して、良心の呵責《かしゃく》に耐え兼ねてホテルを出る。

道江の異常と思われる突飛な行動は、それ以外に理由は考えられない。

「嘘です」

と道江は眼をぎらぎらさせて云った。

「嘘なもんか、ちゃんと知ってるぞ、この傷に関係あるんだ……」

安西は、道江の眼の前に、繃帯を巻いた手を突き出した。

道江も負けずに安西を睨み返した。

「おっしゃってる意味が分りません、あなたが階段から落ちたのが、どうして私がやめる理由と結びつくんです、いい加減なことは云わないで下さい」

「ほう、階段から落ちた……ぬけぬけとそんなあつかましいことを云えるねえ、僕を突き落したくせに……」

多少の芝居はあったかもしれない。が、安西がそれを云ったのは、九分通り本気であった。

「まあ……」

道江は硬直したように身体の動きをとめた。が、安西が眼を怒らせて近寄ると、一歩後ろに下り、

「突き落されたって、支配人が……」

「ああ、君にね」

道江は両手で顔を蔽った。ひひひという泣き声とも呻《うめ》きともつかない奇妙な声が洩れたかと思うと、全身を波のように動かして笑い始めたのであった。

「まあ、階段から落ちたなんてごま化して……罰だわ、いい気味だわ」

そして道江は、畳にうずくまり笑いこけたのであった。初めは、道江の芝居だ、と思ったが、やがて気が狂ったのではないか、と安西はぞっとした。どうやら道江は、犯人ではなかったようだ。今まで鬱積していた憤りと嫉妬を、この瞬間、道江は吐き出しているのであった。それに気付いた時、安西は道江がホテルを出ようとしている、本当の理由を知った。

「この間の夜、お話がある、と云ったのは、退職のことを相談したかったの、でも、もういい、私、大阪のナイトクラブで働きます、心配いただいたけど、待遇はここよりずっと良いそうですから……」

笑い止むと道江は、低い声で云った。

道江がやめる決心をしたのは、突然ではなかったに違いない。それは失恋の一つの結果として、徐々に道江の心に蓄積されたのだろう。男を取った女とは、同じクラブで毎夜顔を合さねばならない。

平気で勤めている方が不思議であった。

安西は、麗子との関係を弁解する気力をなくした。

六

道江の荷物は翌日、三輪トラックに積み込まれ、道江はそのあとタクシーで、二年間住み慣れたホテルを出た。数人のホステスが道江をホテルの門まで見送った。

勝手に出て行くものを引留めるわけには行かない。給料の残りは、清算して道江の新住所に送るようにした。

安西は見送りに出なかった。道江の突然の退職は、ここ二三日、ホテルの、とりわけクラブ関係従業員の話題になるだろう。

しかし直ぐ忘れ去られる筈であった。その日の夕方、麗子が支配人室にやって来た。

麗子はソファに腰をかけるなり足を組み、煙草を吸った。湯上りなのか、髪を上にたばね、ネッカチーフでターバンのように巻いている。麗子は、しげしげと安西の顔を見た。

「傷、だいぶ良くなったじゃないの」

「具合悪いね、ここは公務の場所だからな」

「だって、あれから五日になるのに、来ないし、お話も出来ないじゃないの、じゃ、あなたの私室に行ってもいいの……」

「そりゃ、尚更まずいな」

「さっきやめた女《こ》、昔のこれでしょ」

麗子は小指を安西の鼻の先に突き出した。こうして見ると、いつもの麗子であった。安西を殺そうとするような翳や罪の意識など、少しも感じられない。この女が犯人なら、女は悪魔だ、安西はぼんやり麗子を見た。

「どうして、そんなことを考えるんだ？」

「噂もあったし、分るわよ、同じ場所で顔を突き合せているんだもの、何時も恨めしそうな顔をして、私やあなたを眺めていたじゃないの、だから私、あなたがクラブに来た時は、わざと色っぽく、あなたの傍でセクシーな踊りをしてみせたの、一寸可哀そうだったけど、仕方がないわね」

安西は小さく吐息をついた。

「もう済んだことだよ」

「へっちゃらよ、だって勝たなくちゃ、さもないと負けるのよ、私はどんなことでも負けるのは嫌やよ、ねえ、何時来てくれるの？」

麗子は赤い靴の先で安西のすねを突いた。一見下品な行為だが、麗子がすると、それが魅力になるのだから妙である。

「当分だめだ」

と安西は感情を殺して云った。

「嫌やよ私、怪我したのは大変だったけど、あなたが不注意だったからよ、それでおじけづいたなんて、ねえ、確かにあの道は危険だから、もっと他の方法、考えましょうよ、私、辛抱し切れないわ……」

「もう暫く待ってくれ」

「浮気しちゃうわよ」

「ふん、相手が居るのか……」

　安西は急に憤りを覚えた。麗子が他の男と関係すると思うと、身体が、かっと熱くなる。どうやら俺は、本気でこの女に惚れたのかもしれない。うかうかしていると、この女のためなら、殺されても本望だ、というところまで行かないとも限らない。注意しなければいけない、と思う一方、身が破滅すると分っていながら麻薬に溺れるように、溺れてみたい誘惑も感じる。セクシーな、身体、雰囲気、言葉以外に、麗子にはなんとなく謎めいたところがある。

　安西に見せている面がすべてではない、ということは、彼はこの事件が起る前から、感付いていた。

　麗子はソファにもたれ、ネッカチーフを結び直した。腋下の微妙な肉の起伏が、腕の動きにつれて溝をつくったり咬《か》みあったりする。安西は麗子に分らないように、息を吸い込んだ。梅のような酸っぱい体臭が感じられた。

挑発してやがるな、と安西は思った。

「私、この間から、言葉も態度も慎しんでいるのよ、腹が立っても怒らないし、買いものは一つ一つ現金でしているの、確かに、少し甘え過ぎていたわ」

「うん、長い眼でみれば、その方が君に取っていいんだよ」

「私って、勝気でわがままなのね、昔からそうよ、映画に居た時分も、裏方さんに嫌われたわ、そりゃ好いてくれる人も居たけど……」

「そこが、君の魅力なんだがね……」

ドアがノックされた。麗子は腕を下ろし、さっと身体を整えた。入って来たのは、営業主任の園池であった。

園池は麗子を無視し、一礼して安西に云った。

「知事がお見えになりました」

「顔がこんなんだから、失礼するよ」

「はあ……」

「あとで部屋の方にうかがうから、君からよろしく云ってくれ給え」

園池は出る時、ちらっと麗子を見たような気がした。が、麗子は顔をそむけて、知らん顔をしている。園池を左遷する腹の中を洩らしたのは、麗子だけであった。

麗子が喋らない以上、園池が知る筈はない。麗子も、前々から園池を、虫の好かないやつだと云っていた。この点、共通したわけだが、麗子の場合は、考えようによっては、安西に対する迎合だ、と取れなくもなかった。

ただ、麗子は、好き嫌いを云う場合、安西に迎合したりする性格ではなかった。

「じゃ、帰ります、私、もう三日も四日も、待てないわ、ほんとに嫌やよ、それとも熱が醒めたの？　それじゃ仕方ないけど……」

「ますます好きになりそうだよ」

と安西は答えた。麗子は満足そうな笑顔で支配人室を出て行った。

やはり麗子ではない、と安西は思った。あの時、ベッドが冷たく感じられたのも、運動した後のような体臭が匂ったのも、墜落と衝撃で安西の五官が狂ったのかもしれない。

そう考える方が、当然なようであった。

安西は自室に戻った。電話のベルが鳴った。兵頭からであった。

「お食事お運びしても、よろしゅう御座いましょうか？」

「うん頼む、今日はパンとコンソメ、それからビールと、そうだな、タンとトマトの煮込み頼む」

兵頭は復唱した。安西はシャワーを浴びた。鉄柵で打った皮膚は青くなっているが、もう痛みはない。手や顔の傷もかなり良くなっている。医者に云わすと驚くべき回復力であった。

安西はバスタオルを腰に巻いたまま、ソファに腰を下ろした。胸の筋肉は盛り上っている。額は禿げ上っているが、皮膚は弾力があった。

兵頭が食事を運んで来て、テーブルに並べた。

「例の件は、うまく行ったかな」

「はあ、出来るだけのことはしました」

兵頭は、内ポケットから、メモ帳を取り出し、安西に渡した。細い鉛筆で、あれから吉岡が会った人物の名が記されていた。

吉岡の職分は、売店食堂などの金銭出納、泊り代金の清算であった。彼の職分の範囲内での人物との立ち話は、先ず注意しなくても良い。安西の眼を引いたのは、遊戯室の傍で、麗子と二分程立話していることと、夜、営業主任の園池の室を訪れていることであった。八時頃で、出て来たのは九時であった。

「いや、有難う、退勤後の監視は大変だっただろう、よくやってくれた」

「お役にたちましたら、嬉しいです」

「ところで、君は三百二十六号の泊り客について、なにか知っていることはないかね？」

「どんな御職業の方か知りませんが、何時も部屋を出たり入ったりしておられます。メイドやクラブのホステスさんとも、打ち解けておられるようです、だから、従業員に負けないぐらい、ホテル内部の事情は詳しいのじゃないですか、支配人さんは、顔は御存じなのでしょう?」

「ああ、三十四五の眼鏡をかけた人だろう」

「はい、そうです」

泊り客カードで調べたところによると、リザーブは五月になされていた。紹介者は、関西映画の取締役企画部長で、園池あての紹介であった。名前は津山浩で職業は文筆家となっていた。関西映画の紹介だから、おそらくシナリオライターに違いないが、安西は勿論名前は知らない。

「部屋でものを書いているような様子はあるかね?」

「メイドの噂によりますと、時々原稿に向っているようです、なんでも、この秋には、三百二十六号のお客さんが書かれたものが、映画になるそうです、鳩村まり子の主演で……」

やはりシナリオライターなのだな、と安西は思った。それにしても、余程金持の息子かなにかでない限り、一ヵ月も逗留は出来ない。余り良い部屋ではないが、食事も入れ、二十万はかかるだろう。

追坂は一体、どういう点で怪しい、と睨んだのか。それとも興味半分なのか。

それはとにかく、兵頭の報告は、安西に取ってはかなり貴重なものであった。

さっき麗子は、吉岡との立話についてはなにも触れなかった。世間話であったのか。

安西は一人夕食にかかりながら、溺れることと、真相を知ることとは別問題だ、と自分に云い聞かせた。

夕食後、安西は知事の部屋に挨拶に行き、一渡りホテル内を廻ったあと、個室で吉岡が来るのを待ち受けた。

吉岡は必ず来るに違いなかった。ホテルにおける支配人の権力は絶対的であった。それは安西の月給が三十万円で、他の従業員が五万円どまりであることが、端的に証明している。

十二時きっかりに、ドアがノックされた。吉岡であった。今頃麗子は、クラブで最終回の踊りを踊っている頃だろう。

「支配人……」

と吉岡は直立不動の姿勢で云った。安西はソファをすすめ、棚からスコッチのウィスキーを取り出した。吉岡がかなり飲むのを安西は知っていた。

「どうだ、思い出したかね、スコッチでも飲みながら、気楽な気持で話してくれ給え」

「支配人……」

吉岡は絞り出すような声でまた云った。

「どうしたんだね？」

「あれから、ずうっと考え続けました、嘘では御座いません、私は誰にも喋っていないのです」

「おかしなことを云うね、知っているのは君だけだよ」

「はい、それで、ひょっとして無意識に喋ったのではないか、と思いまして昨夜園池君にも聞きただしました、私は園池君とは比較的仲が良いし、もし喋ったとするなら、園池君以外にはありません、勿論、支配人に尋ねられたとは云わずに聞いたのです、園池君も、私から聞いた覚えはないと……」

「君の誠意の問題について、僕が云った言葉を覚えているだろうね」

「勿論です、私もホテルの従業員である以上、私の生殺与奪の権限が支配人にあることは充分わきまえております、支配人、そんな私が、どうして興味半分で、自分の生活を危うくするようなことを申しましょうか、どうか、この点をお考え下さい、そしてもし私が申したのなら、こんな危地におち入った現在、告げた相手の名前を云わない筈はありません」

安西は答えなかった。彼は長い間、考え込んでいた。その顔は光りの加減か妙にどす黒かった。

「東郷は、私の交際費で君がおとしていることを知っていたのかね」

「はあ、それは知っていると思います。私も云ったような気がします」

「君以外に、知る可能性のある者は？　女子経理事務員などは？」

「はい、その点につきましては、ことがことですし、女の子の口は軽いので、支配人に迷惑をかけたらいけないと思いまして、知らせないように、厳重に注意したつもりですが……」

「故意に秘密を調べようとした者がいない限り、秘密は守られているわけだね」

「はい……」

「それじゃ第二の問題、私と東郷の間には特殊な関係があると、君が判断した理由は？」

「それはやはり、私の独断でした、申し訳ないと思っております、どうかお許し下さい」

「ということは、東郷の態度から、そんな風に感じたわけだね」

「はい、本当に申し訳ありません」

「分った、君の誠意を認めよう」

「有難う御座います」

吉岡は全身の力が脱けたように、がっくりと肩を落した。余程、緊張していたに違いなかった。安西が強くすすめると、吉岡はやっと、スコッチに手をかけた。

「ところでだね、君は私の傷の原因をどう思う？」

「階段から落ちられたと、お聞きしましたが」

吉岡は不思議そうに安西を見た。

「うん、で、君は一週間前、つまり私が怪我をした夜、何処に居たね？　二時半頃」

「一週間前ですか、あの夜は……」

と云って、吉岡は愕然としたように安西を見た。

「支配人、まさか？」

「そうだよ、君を信頼するから云うが、私は四階の従業員用の石の階段から突き落とされたのだよ、この件は絶対内緒にして置いてくれ給え、君の誠意を認め、信頼したから云ったのだ」

吉岡は家族と一緒に寝ていたと云った。

先ず信頼を置いてよいだろう。吉岡には安西殺害の動機は全くない。

「君は園池君が、左遷されるかもしれないと心配しているのを知らないか？」

「いいえ、知りませんが、園池君は、左遷されるのですか？」

安西は微笑して首を振った。

七

園池が、どうして虫が好かないか、について安西は考えたことがある。先ず園池は安西の先輩であった。安西は社長の千田大三に見込まれたとは云え、日本開発に入って三年、園池は十年であった。更に園池と安西はホテルでは同じ職分であった。接客係は、なんと云っても、ホテルでは最も大切な仕事で、これのエキスパートでなければ、マネージャーにはなれない。云ってみれば、園池はマネージャー候補であった。だから現状では、園池は安西の直属の部下であった。

安西としては、懐刀として可愛がらなければならない立場であった。ところが全く虫が好かないのだ。安西に対する態度は鄭重であり、少しの反抗も感じられない。客と向いあった時は笑顔を崩したことがない。

もし強いて原因を探るなら、客と応対していない時の木像のような顔にある。

安西だって客と話していない時は、難かしい顔の場合もある。年中笑顔でおらねばならない、としたら、精神病院に行くより、手がないだろう。

が、安西は園池の木像のような顔に、ホテル人にはあり得ない陰湿な匂いを感じるのだ。

この性格の人間は、ホテルでは絶対やって行けない。必ずなにかしでかしてしまう。

その陰湿さは、ホテル内の秘密を嗅ぎ廻っている追坂が持っているものとは、また別のものであった。

追坂を動とすれば、園池は静であった。それだけに摑み難く、得体が知れない感じがするのであった。

考えてみれば、園池を容疑者に加えたのは、園池には酷であった。私情以外、理由はなにもないのだ。麗子がもし、安西が抱いている左遷の計画を園池に話したとするなら、麗子と園池は特殊な関係にあることになる。

そんなことは考えられない。

ただ、現在のところ園池には落ちどがなかった。圧迫を加えようにも方法がなかった。

だから左遷の問題にしろ麗子にふと洩らしたものの、簡単には出来ないのだ。

園池には侮辱を加えてやろう、と思った。

安西は久し振りに神戸の街に出た。アメリカ時代、知りあっていた男が神戸でバーをしていた。二世で少し与太がかった男なのだが、安西は一寸した恩を売ったことがあった。

男の名は、サム三井と云った。

サム三井が、ホテルのフロントへ顔を出したのは十時頃であった。

サム三井は、ロビーに坐り、フロントを窺っていた。

十時半頃、客が立て込んだ。園池も若い接客係も転手古舞《てんてこまい》だ。ただ園池だけは笑顔を崩さず、万べんなく愛想を振り撒いている。

サム三井が客の後ろから顔を出し園池に日本語で話しかけた。

園池はサム三井にも、笑顔を見せたが、眼の前の客と応対しているので、横の接客係に聞くように云った。が、その男も手がつまっていた。

「少々お待ち下さい」

と若い接客係が云った。この男の方は園池程愛想が良くない。事務的な語調であった。

何処のホテルのフロントにも居る、いんぎんでそのくせ冷やかさを感じさせるタイプである。

サム三井が怒り出した。大声だ。園池を指さし、怒鳴ったのである。

園池の笑顔が、まだ残っていた。これは習慣である。人が来れば自然に開く赤外線扉のように、客に向えば笑顔になるのだ。

「なにが、おかしいですか、侮辱するな」

さすがに園池は笑顔を消した。侮辱してない旨弁解したが、サム三井はますます怒り出した。

ロビーの客や、ボーイ、メイドなどが、一斉にフロントを見た。事務室の女の子は、ドアから首を出した。

安西はゆっくり出て行った。

「失礼しました、私、マネージャーですが……」

サム三井が帰ったあと、安西は園池を支配人室に呼んだ。

「さっきのことだがね」

と安西は園池を立たしたまま云った。園池は下腹部で両掌を組み、かしこまった態度であった。

「申し訳ありません。私の不手際でした」

園池は安西がまだ注意しないのに、恐縮したようにあやまった。

「君はホテルに入って何年になる？」

「はあ、足掛け十年になります」

「君は十年間笑いどおしして、顔の筋肉が自分で、制御出来なくなったんじゃないのかね」

園池は木像のような顔になった。

「どうしたんだい、私の云っていることが、分らないのかね？」

「どういう意味で御座いましょうか？」

「君は日本語が分らなくて、よくフロントが勤まるね、僕の云っているのは、君の顔の筋肉のことだよ、いいかい、客がその面はまずいと怒っているのに、一人で笑っているのは、売れない漫才師だよ、それとも気が狂ったのかね」

安西は今まで、園池だけは怒ったことがなかった。失策がなかったからである。それに他の従業員を叱責する場合でも、こんな刺すような皮肉を云ったことはない。

園池は視線を落した。普通なら顔色を変えるのに、木像のような表情は変らない。

ひょっとすると、この男は、人間の感情というのを、忘れ去っているのではないか。

「私はね、幸か不幸か、君の顔は二つしか知らない、馬鹿なような笑い顔と、今見せている木像のような顔だ、家ではいったい、どんな顔をしているのかね、ええ、奥さんや子供には……」

「支配人さん、さっきのことに対する叱責としては、少しお言葉がきつ過ぎるようですが」

と園池は低く云った。とうとう、反応を示し始めたようだ。

「ほう、反抗する気かね」

「いいえ、そんなつもりは御座いません。ただ家庭内のことは、私のプライベイトに属する問題ですので、触れていただきたくないのです」

「馬鹿者！」

と安西は一喝した。園池は僅かに顔を上げて安西を見た。先日、安西が吉岡に一喝した時は、吉岡はびくっと身体を慄わせた。安西の声は太く底力がある。彼の一喝に慄えない者は居ない。

客に対して笑顔を忘れたことのない園池竜夫は、感情がないのか、或いは余程図太い男のようであった。もしこの男に、動機さえあれば、殺人など平気で行なえそうに思えた。

「君は、私が怪我をしたのを知っているね、ほら、まだ唇が腫れている、どうだい、私を笑ってみないか？」

園池の表情は少しも変らなかった。

「どうして笑わないんだい、君には、私の傷だらけの顔を見て、笑う理由が充分ある筈じゃないか？」

「それは、どのような意味でしょうか……」

「ごまかしてはいけない、自分の心によく聞いてみるんだね」

もし園池にやましい点があるなら、ぎくっとしている筈であった。安西はソファにもたれたまま、園池を凝視した。

「分りません」

と園池は答えた。とにかく、表情が窺えないものだから相手の気持を探り出すことが出来ない。

「分らなくても良い、とにかく、笑って見給え」

「…………」

「笑えないのか……」

「支配人、一体どうされたんです？」

　これだけ刺すような侮辱を加えていて、どうしたのだ？　と質問されては、全く安西の敗北である。しかし、必死の演技だと、解釈出来ないこともない。

「そうか、君は私の云うことが聞けないのだね、よろしい、私にも覚悟がある、まあ君も今の快適な生活を失うだけの覚悟はしておいた方がいいね、こう見えても、私は執念深いたちなんだよ、君の想像以上にね……帰り給え……」

　園池はじっとしていた。この安西の言葉は確かに打撃だったに違いない。自分に悪いところがあれば以後注意するから、許して欲しい、と云った。さすがに顔に血の気がなくなっている。もし園池が犯人であれば、あの事件を匂わした時に、今のように蒼白になるべきではないか。しかし、左遷を匂わした時、初めて動揺を示したのは、やはり園池が、あの事件に関係ないためではないか。

「それじゃ、笑い給え、何時も客の顔を見て笑っているように、私の顔を見て……」

「支配人、笑ったら、お怒りを解いていただけるでしょうか……」

「ああ、納得したらね」

「笑います」と園池は呟いた。

園池はじっと安西を見た。もう四十近いのに色白のせいか三十そこそこの感じであった。唇が赤く女のようである。が、髭は濃いらしくそりあとが青い。男性的なものと女性的なものが、入り交った顔であった。

安西が見ていると、園池の鼻の両側にたての細い窪みが出来た。あっと思った時、園池の顔は、客に対する愛想笑いに変っていた。

安西はなんとなくぎょっとした。眼は笑っていない。が、眼から下の部分が全面的に笑っている。顔全体の感じは、やはり笑っていた。

「分った、もういい」

「お許しいただけるでしょうか……」

安西は嘲笑を浮べて顎をしゃくった。

八

一体、園池はこれから、どのような反応を示すだろうか。案外いつもと変らないのではないか。二三日、園池を尾行するように兵頭に命じた。

その夜安西は地下のナイトクラブに行った。営業時間中訪れたのは、怪我をして以来、初めてであった。

丁度、第二回めのショオの最中で、例の如く麗子が、腰を振りながら客席を縫って踊っていた。

麗子のもとを訪れなくなってから、すでに一週間以上たつ。

そうだ、その間の麗子の行動も監視さすんだった、と安西は思った。

ホールの後ろの、トイレの傍に立っていると、麗子がやって来た。喰いつくような眼で安西を見た。

「今夜、二時に行きます」

囁くように云って通り過ぎた。スローなフラダンスのように、まるで情事の余情を味うように、麗子はけだるく踊った。それがまた、セクシームードをあおるのだ。

が、踊りを見ていた安西の眼が光った。彼の視線は、麗子の腰のあたりから、内股に注がれた。

安西との情事で燃え切った翌日、麗子の踊りは必ず今日のような、けだるさが腰のあたりに現われた。安西は今まで、それを麗子に告げたことはない。変にセクシーな魅力であり、客受けが良かった。だから告げることで麗子が意識し、自然な魅力をこわすのを心配したからである。

やっぱり、麗子には、安西以外にも男が居たのか。それとも先日宣言したように、浮気を実行したのか。

十二時頃、安西が部屋で、一人ブランデイを飲んでいると、ドアがノックされた。

麗子なら時間が早い。兵頭だろうか、が、兵頭なら先ず、口実をつくって電話してくる筈であった。

「誰ですか？」

「はあ、夜分遅くお邪魔いたします、追坂です」

安西はなんとなく周囲を見廻した。

「ああ、鍵はあいてるよ、入り給え」

安西は窓をあけた。暖かい夜気が冷房の利いた部屋に流れ込んで来た。

「少し、お耳に入れたいことが御座いまして」

「ほう、なんだね」

安西はソファに坐るように云った。警察官上りの追坂は接客係ではないが、態度は、はきはきしていた。

礼をする時も、真直ぐ上体を倒し軍隊式であった。ひょっとしたら、園池について、なにか告げに来たのではないか。

安西はふとそう思った。が、追坂の話は意外なものであった。

「実は三百二十六号に居る、長期滞在客のことですが、支配人は御存じでしょうか？」

「ああ、津山浩という、シナリオライターだろう、関西映画の企画部長から紹介のあった……」

「そうです、ところが、シナリオライターなんて、全くのいんちきですよ、あれは関西映画の姉妹会社の関西土地から派遣された、女給スカウトです」

「なんだって……女給スカウト……」

「はあ、若僧のくせに一月も一人で、こんな贅沢なホテルに泊るのは、どうもおかしいと、リザーブカードを見た時、思いまして、眼を光らせていたんです、案の定、メイドやクラブのホステスに、じゃらじゃらしてるでしょ、それで、電話を盗聴したりして調べたんですが、昨日、やっと分りました、支配人、驚いたらいけませんよ、三田道江は、やつに引き抜かれたんです、関西土地が経営している大阪のナイトクラブRCの女給としてです」

女給スカウトの激しさは、週刊誌などで読んで知っていたが、まさか自分の足元に火がついていたとは知らなかった。

「驚いたな、よく秘密を保てたね」

「これは……と眼をつけるまでは動かないんですよ、三田道江の場合も打診して大丈夫、と見ましてから、二三十万の仕度金を出したのと違いますか……」

「どうして、分ったのだ？」

「はあ、関西土地の事業部からよく電話がかかって来るのです、どうも電話の内容がおかしい、というのは、シナリオライターのくせに原稿の話は全くしないのです、香水の話ばかりするんです、あの香水はどうだとか、この香水はどうだとか、昔の職業柄ぴんと来ましたわ、符号だということは分ったんですが、まさか、女とは分りませんでした、ところが四日前ですか、ミッチーは二十万の値打がないよ、という電話がかかったんです、その時、ミッチーとは道江のことだな、と思いました、ひょっとしたらコールガールのスカウトかもしれない、と思って、関西土地が経営しているクラブRCに昨夜出掛けて、三田道江に会い、なにもかも明らかになったわけです」

安西は追坂の調査に感嘆した。総務主任には打ってつけだが、それは長年の習慣が取れないのであろうか。性格だろうか。

「早速、出て貰わなくっちゃ、いけないね」

すると追坂は窺うように安西を見た。

「支配人、やつの本命は東郷さんですよ」

「ほう……」

と云ったが、安西はかなりショックであった。一昨日も、プールで一緒に泳いでいたという。

そうすると、追坂が監視していたのはそのためか。一人の人間の何気ない行動にも、いろいろな解釈が成り立つものだ。

いや、待てよ、と安西は思った。安西が撞球室や交換室で追坂の名を出したのは、当然追坂の耳に入っている、と考えてもよい、女たちには喋るな、と命じたが、その場だけの命令で、女たちの口を塞ぐことは不可能かもしれない。

追坂は、安西になにか調査されていると感じてやって来たのではなかったか。

疑い出すと切りがないようであった。それに、追坂の云っている事実も大変なことであった。

「二人の間は、何処まで進んでいるのだろう、津山はもう正体を現わしているのかな」

「それはまだ摑んでいませんが、やつを追い出しますか……」

「そうだな、追い出してもいいんだが、なんならもう暫く様子を見ようか、私も東郷麗子をそれとなく監視してみよう、余りことを荒だてて、東郷を刺激してもいけないからね」

安西がそう決めた裏には、勿論、別な意図があった。ひょっとしたら、麗子の浮気の相手は津山かもしれないし、それによって、津山を容疑者の中に新しく加えねばならないはめになったからであった。

安西は、自分の手で犯人を摑えたら容赦しないつもりだった。眼には眼を、歯には歯を、である。

追坂は、ブランディを一杯飲んで引き上げた。追坂が帰ろうとして、立ち上った時、安西は云った。

「時に追坂君は、東郷麗子にまだ気があるのかね？」

すると追坂はおかしい程慌てた。

「そんなこと、自分は決して……支配人、一体誰がそんな不届な中傷を……」

「いや、誰も云いやしないよ、私の勘だがね」

「支配人、それは偽りです」

「偽りはよかったな、ところで君は、私の顔の傷がどうして出来たか、知っているね」

追坂は黙り込んだ。おかしい、と安西は思った。……階段から落ちたんでしょう……その返答を期待していたからだ。

「どうしたの？」

と安西は優しく云った。追坂は唇を咬んだ。

「申し上げてもいいですか」

「ああ、いいよ」

安西は身構えながら答えた。追坂は柔道三段だ……安西は立ち上った。誰にも云っていないが、二十時代安西はボクシングをやったことがあった。

二人は、暫し睨みあう恰好で立っていた。

「私は支配人の傷を見た時、階段から落ちた傷ではない、と思いました、長い間、警察に居りましたので、そのぐらいのことは分ります」

安西は息を停めて、追坂に分らないように足を開いた。

「それから……」

「でも、私に判断出来るのは、それだけです」

追坂は断言するように云った。うまく逃げたようだ。しかし、その言葉が嘘か本当かは安西には分らない。ただ、追坂のスパイ的な性格から見て、安西が麗子のもとに、四階のベランダから通っていたのを、知っていると見做《みな》した方が安全なようであった。仮に追坂が犯人でないにしても、追坂は安西がベランダから落ちたと考えていそうであった。

二時半になったが、麗子は現われなかった。安西は部屋を出た。彼はいつものように、エレベーターで一階に下りず、従業員用の石の階段を通ってベランダに出た。

今夜は月はない。あの夜、ベランダに人影はなかったが、今夜は熱帯樹の鉢植の傍で外人のアベックが腕を組んで立っていた。

安西に注意する様子もない、こんな習慣が外人客の良い点である。

安西は静かにベランダのはしを歩いた。鉢植と柵の外側であった。幅は一尺程しかない。彼は柵に手をかけ注意深く進んだ。間もなくいつもの煙突の傍に来た。覗いた。

麗子の窓は灯がついていない。下は暗闇である。

雲が夜空を蔽っているのであろう、月もなく星もなく、ただ神戸の灯が、奇妙な程近くに見えた。

明日は雨らしい。安西の姿は闇に溶けてさだかではない。

安西はいつものように、身体を倒すようにして、煙突の鉄梯子に手をかけた。

安西は間もなく麗子のベランダに立った。窓に耳を当て内部を窺ったが、居るのか居ないのかは分らない。

安西は、低く、とんとんと窓ガラスを叩き始めた。

九

三四分叩いただろうか。

「誰？」

とがめるような麗子の声が聞こえた。安西はベランダの隅に身をひそめた。

「誰なの？」

麗子は窓を開けようとはしない。麗子の声がやんだ時、安西はまた窓を叩いた。内部から懐中電燈の明りが、ぱっと安西を照らした。

安西は笑った。

「まあ、あなたなの、嫌やだわ、おどかしたりして、まさか、来てくれるとは思わなかったの」

麗子はドアを開けた。鼻腔にしみついて取れないような麗子の体臭が部屋にこもっていた。

男の気配はない。麗子は寝ていたようだ。

「僕以外に、ベランダから来る者がいるかね？」

「いやだわ、吃驚《びっくり》したのよ、まさかあなたが来るとは……」

「君は二時に来ると云った」

「ええ、そのつもりだったの、でも疲れていたのね、ベッドに横になったら眠ってしまったのよ」

ナイトクラブで見た、麗子のけだるいヒップの律動を安西は思い出した。情事の翌日には必ずそうなるのだ。不思議な程……

「でも嬉しいわ、久し振りねえ」

麗子は激しく安西に抱きついて来た。それは全く久し振りであった。安西はすべての雑念を捨てて麗子の身体に溺れた。安西の裸の肩は麗子の脇の下をこすり、移った酸っぱい体臭を更に麗子の弾力ある乳房にしみ込ませ、今度は唇で惜しいもののように吸い取った。

セミヌードである麗子の肌に、印をつける場所は限られていた。麗子の情熱はいつもと変らなかった。いや、かえって激しいようにさえ感じられた。

汗まみれの身体を休ませていると、麗子は思い出したように呟いた。

「鋭かったわ……」

麗子の言葉は、安西を現実に立ち戻らせた。安西は、過去の一人の女を思い出したのだ。皿洗いをしていた時出来たスペイン系のメイドだったが、女は情事を重ね、疲れれば疲れる程、感覚が鋭くなる、と叫んだのである。

安西が通わない間に、麗子は他の情事で疲れ果てているのではないか。

「君は三百二十六号の、津山という客を知っているね？」

「ええ、この間、一緒に泳いだわ」

「君に対して、もう正体を現わしたかな」

麗子は、へえ、と云った。感嘆したような声であった。

「よく知っていたわねえ、私、昨日知ったとこよ、あの男《こ》、教師のような顔をしているけど、女の子をスカウトしているんだってねえ」

麗子の態度には、なんの狼狽も感じられなかった。

「君に、口をかけて来たか……」

「ええ、五十万の仕度金を出すから、クラブRCに来ないか、というのよ、ホステスと踊りと両方やってくれないか、ということなの、つまり、踊っていない間は適当に客席に坐って欲しいんだって、日本ではない、新しいタイプのホステス第一号にしたい、と散々口説かれたわ、給料は十五万だけど、他に指名料がつくから三十万ぐらいになるって……」

「そうか……それで……」

「勿論、問題にしていないわ、冗談じゃない、踊って客席につくなんて月収五十万でもおことわりよ、私は、踊るのが楽しいから、踊っているのよ」

麗子は吐き出すように云った。

「三田さんも、あの男《こ》に抜かれたんだってねえ」

安西は煙草を咥えた。津山に関して、麗子は嘘を云っていない。

では、麗子の情事の相手は一体誰か。それとも、麗子が他の男と関係したというのは、安西の妄想だろうか。

麗子がライターで安西の煙草に火をつけた。

「ねえ、これからも、また来てね、なんだったら、別な場所で会ってもいいわ」

「ああ、来るよ、今まで通り週二回の割合でね」

「そう、嬉しいわ」

「それはそうと、この頃、追坂はどうだい？」

「全然よ、会っても、私が見詰めると、顔をそむけるわ、よっぽどあなたが怖いのね」

……僕が怖い……が、安西は言葉には出さなかった。

一見、前と同じような平和が安西に戻って来た。津山は追い出された。安西の生命をねらった人物は、その後鳴りをひそめている。ただ、何時現われてくるかもしれないので、安西は緊張を解けなかった。

あれ程の侮辱を受けながら、園池竜夫は相変らず、客に笑顔を振り撒いていた。

ただ、安西と顔を合すと、笑いの何処かが曇るようであった。

しかし、あれだけの侮辱を受け、左遷を匂わされている以上、もし園池があの時の犯人であったなら、必ず近日中に二度めの攻撃を加えてくるに違いない。しかも安西は暗に、俺を突き落したのはお前だ、と匂わしている。

防御の意味からも、じっとはしておれないだろう。

ただ、兵頭の報告によると、園池には別に異常な態度は見られなかった。安西が注意を引くような人物とも、会っていない。

安西は方針を変えて、麗子を徹底的に尾行させることにした。

そんな或る日、本社から秘書課長がやって来た。木本という男で、千田社長が海外視察に廻った時、お供をした一人である。

形式的な挨拶が済むと、

「実は、今日来たのは、ほかでもありませんが、こんな投書が来たのです」

封書であった。表書は女文字であった。千田社長宛になっている。

「拝見していいですか……」

「ええ、そのために持って来たのです」

タイプで打たれていた。用紙はホテルのものであった。

読んでいって安西は、難かしい顔になった。安西と麗子の間が詳しく書かれていたのだ。それは、噂として、兵頭が安西に告げたものと、なにからなにまでそっくりであった。

つまり、ニュー六甲の事実上の支配人は東郷麗子であること。麗子の横暴ぶり。安西が麗子の云うままになり、人事異動や賞罰にも麗子の意志が働いていること。

安西の交際費で麗子の買物をおとしている事実から、出演料を勝手に三千円にした点まで、細かく述べられていた。

安西は、これを出したのは、兵頭か、吉岡ではないか、と思った程だ、が、従業員のすべてが、これに述べられたことを噂として知っていたのを思い出し、その疑いを解いた。

最後に来て、安西は眉をひそめた。

安西の顔と手の傷について、支配人は階段から落ちた、と云っているが、事実は、麗子の情夫である神戸のやくざの呼び出しを受け、傷つけられたものである、と書かれている。そして、安西のような、女にだらしない意志薄弱な人物を、ニュー六甲の支配人にしておけば、ニュー六甲の信用は地に落ちるであろう、と結ばれていた。

安西は手紙を封筒に入れ、秘書課長に戻した。

「どうも御心配かけて、申し訳ありません、実はここに書かれていることは、噂として広まったことです、噂では確かに、ここに書かれている通りです、でも事実は違います、私は東郷麗子とは、やましい関係にはありません」

「噂の点は確かめました、社長も大変心配されまして、まあ事情を聞いて来い、ということで、やって来たんですが……」

この手紙を、安西に見せた、ということで、社長がいかに、あなたを信頼しているかは、お分りでしょう、と秘書課長は安西に云った。

「有難いと思います、今後はこのような不始末は、けっして起しませんから、あなたからも、社長によく云って下さい」

安西は、そう云うより仕方なかった。安西が、投書の主が園池ではないか、と思ったのは、秘書課長が帰ったあとであった。

安西はそれを、吉岡に見せたのだ。吉岡は用紙だけではなく、タイプもホテルのタイプで打った、と云った。

事務所の人間で、タイプを打てる者なら、その機会はあった。ところが邦文タイプを打てる者は事務所関係の女性では、二人であった。事務所以外には、フロント関係者が居る。フロントでは、深夜勤務もあり、人眼に触れずに打てるチャンスは、幾らでもあった。

園池も打てる。おそらく安西に対する防御と報復の手段として、中傷の報告書を送ったのだろう。

園池がやりそうなことであった。あれだけの侮辱に対する反応としては一見か弱いが、仔細に文面を検討すると一応、安西の攻撃に対して布陣はなされていた。

左遷を、安西と麗子との関係に結びつけることによって、たくみにそれが実行されるのを防いでいた。噂が、厳として存在した以上、本社の方でも無視するわけには、行かないのだ。

たとえ、千田社長が、安西を買っていたにしても……

いろいろ考えて行くと、やはり投書の主は、園池以外になさそうであった。

ただ、園池だとすると、犯人の容疑者から外してよいだろう。

殺人犯人にしては、余りにも間接的な攻撃方法であった。それに、この文面では、傷の原因に関しては荒唐無稽であり、安西が犯人であると匂わした点に、余り神経を使っていないようだ。

安西はフロントデスクに近寄った。

「手紙を拝見したよ、お見事なタイプだ」

「なんのことでしょうか……」

園池は木像のような表情で云った。安西は園池の肩を叩いた。

「おとなしそうにしていて、なかなかやるじゃないか、今度は私が笑えと云っても、笑わないだろう」

「私は、先日の件は、支配人のお許しをいただいたものと、思っています」

と園池は云って、近寄って来た客に笑顔を向けた。

十

傷が全く無くなった頃、兵頭が麗子に関して報告書を持って来た。夜の七時であった。

「支配人、東郷さんの件ですが、面白い発見をしました」

兵頭はあれから、昼となく夜となく麗子を監視した、という。

「夜は何時頃まで、見張ったのかね？」

「はい、午前三時頃までです」

「部屋も監視した？」

「はい、致しました」

安西は顎をなでた。彼は週二回、ベランダから通っている。見張られている様子はなかった。

「そんなに遅く、何処から部屋を見張ったの？」

「はあ、東郷さんの部屋に通じる廊下の入口にある、メイド詰所です、遊んでいる様子をしながら見張りました……」

「収穫はあったかね？」

「いいえ……」

と兵頭は静かに云った。が、なにかその言葉には、含みがあった。ひょっとすると、兵頭は俺が通っているのに気付いたのかもしれない。賢明な男だから、秘めているのかもしれない。

「それじゃ、どんな報告があるんだ？」

「支配人、今夜十時に、さっき云いました、メイド詰所に来ていただけませんか？」

「十時だね、分った」

兵頭は一礼して支配人室を出た。一体、麗子に関して、なにを掴んだのだろう。十時といえば、丁度二回めのショオが始まる時刻であった。

安西は昨夜、麗子のところに通っていた。安西は待ち遠しかった。

十時きっかり安西は、メイド詰所に行った。そこは確かに、麗子の部屋に通じる廊下の入口にあった。麗子は外に出るには、この前を通らねばならない。

兵頭は総務主任候補の資格は充分であった。安西が行くと、兵頭はもう来ていた。メイド達と楽しそうに雑談していた。

メイドは、安西の姿を見ると吃驚して最敬礼した。

安西が来るのを、兵頭は告げていなかったらしい。そんな点にも、兵頭の用意周到さが窺える。

「支配人が来られたことは、絶対秘密だぜ」

と兵頭は、メイド達に云った。メイド達の口を閉じるには、安西より兵頭の言葉の方が効果的かもしれない。

「支配人さん、暫く椅子に坐ってお待ち下さい、三十分程、待っていただかねばなりません」

「三十分というと、麗子の二回めの踊りが終る時刻だな」

兵頭は微笑した。絶対的な自信が現われていた。待ち遠しい三十分であった。

「戻りました」

と兵頭が安西の傍に来て云った。安西は兵頭が眼で指した廊下を、ドアの隙間から眺めた。麗子はツンパの上に縞のショートパンツと同じ縞のブラウスという軽装で部屋に戻っていった。

ショートパンツなら外人の女客もかなり居り、エチケットに反しない。

踊りと踊りの間、麗子はシャワーを浴び、汗を流し、ベッドに横になって身体を休めるのが習慣になっていた。

が、兵頭の皮肉な笑みの浮んだ視線を見ていると、安西は胸の底にひそんでいた黒い疑惑が、徐々に頭をもたげて来るのを、はっきり感じた。

兵頭は腕時計を見た。

「支配人、十時五十分になったら、行ってみましょう」

「そうか……」

と安西は呟いた。彼の顔は、黒い血で染まったような色をしていた。

安西は兵頭と一緒に麗子の部屋のドアに立つのがたまらなかった。おそらく、兵頭は安西と麗子の関係を知っているに違いなかった。

「兵頭君、私一人で行ってみよう」

「はい」

と兵頭は答えた。十時五十分に安西はメイド詰所を出て麗子の部屋の前に立った。

麗子の部屋は、廊下の突き当りを右に折れ二間程先の突き当りであった。長い本廊下からは死角になっており、ドアの前に立っても人に会う率は少ない。安西はドアの隙間に耳を当てた。安西の唇が慄えた。

彼は、しゃくりあげるような麗子の呻きをはっきり聞いたのであった。

安西はまた、メイド詰所に戻った。

「お聞きになりましたでしょうか？」

兵頭は、くそ真面目な顔で尋ねた。安西は頷いた。

全く予想外のことであった。麗子は休憩という口実のもとに部屋に戻り、踊りと踊りの間の一時間を利用して、情事を楽しんでいたのだ。

「どうして、今夜だということが分った？」

「はい、七時前頃から、ある人の姿が見えなくなったからです」

「踊りと踊りの間を利用しているということに、よく気がついたね」

「一日中監視してまして、あの時間以外には考えられなかったからです」

「踊りを終えたあとの時間があるじゃないか、午前二時頃から……」

「はあ、その人の勤務は、夜の九時頃までで、独身寮に泊っておられます、深夜ホテルから出るところを度々見られれば、怪しまれる怖れがあります、それと、深夜は他の人が時々利用されています」

安西は呆然とした。兵頭はやっぱり、安西が通っているのを知っていたのだ。

「他の男のことは、どうして知った？」

「はい、支配人さんに、麗子さんを調査するように命じられたからです」

「なるほど……」安西は唸った。

「それで、今、麗子の部屋に居る男は、何処から麗子の部屋に入るのかね……」

「はい、ベランダ伝いです」

「なんだって、四階のベランダか……」

「いいえ、下から煙突の鉄梯子伝いに上って麗子さんのベランダに辿りつくわけです、出る時もやはり煙突伝いに地上に下りられるわけです」

安西は、突然冷水をぶっかけられたような気がした。出入り口は一緒だが、安西は上から、その男は下から、というわけであった。

「それに、支配人さん、今の人が麗子さんの部屋に行くのは、別な人と会った翌日のようです、これはまだ調査期間が短いので、はっきりしたことは、分りませんが……」

「いや、はっきりしているよ、今の男の名は？」

「はい、追坂主任さんです、麗子さんが三回めの踊りを踊っていられる十二時頃、帰られるようです」

安西は自室に戻った。打撃が余りにも大きくて、なにも考える力が起きなかった。

彼は徹底的に打ちのめされたのであった。追坂が麗子に執着しているのは分っていたが、まさかそんな関係にあるとは、夢にも思えなかった。兵頭の話は正確だと分りながらも、心の何処かで信じられないものがあった。

十二時前、安西は部屋を出た。美しい花壇やプールの傍を通り裏側に廻ると、人影がなくなる。安西はコンクリートの四角い倉庫の傍から煙突の方を見た。倉庫とホテルの建物にはさまれ、その辺りは暗い。

十二時過ぎ、人影が現われた。安西は身をひそめた、月の光りに照らされながら、やがて現われた男は、やはり追坂であった。

十一

二時間後、安西は麗子の部屋の窓ガラスを叩いていた。疲れ果てているのであろう。なかなか起きない。安西は叩き続けた。

「驚いたわ、昨夜来たばかりなのに……」

麗子は眠い眼をこすりながら窓を閉めた。

「会いたかったんだよ」

と安西は優しく云った。

「私も会いたいのよ、でも毎晩だと、人眼にたつんじゃない、私は嬉しいのよ、あなたのことを心配しているの……」

安西は微笑しながら腕を拡げた。麗子は彼の腕の中に倒れかかった。

「あうう……」

と麗子は呻いた。安西の右腕が鉄の締め輪のように麗子の首を締めたのであった。

「僕はね、突き落されて君の部屋に入った時、君を疑ったんだ、君は部屋には確かに居なかったし、寝てもいなかった、が、僕には、君が僕を殺す動機が考えられなかった、でもいろいろな点から、君に疑問が出て来た、それは、君が、僕との関係を人に分るように振舞った点だ、賢い君がすることにしては、どうもおかしい、君の濫費《らんぴ》を僕の交際費でおとしている問題や、出演料の値上など、吉岡以外に知る筈のない秘密事項が噂となって飛んだ時、僕は吉岡が噂を流した張本人だと思った、ところが調べた結果吉岡ではない、僕はそう確信した、すると誰だ、噂の本人は君以外にはない、君が自分で流したんだ、この辺りから僕は君に疑問を持ち出した、或る男に君を調べさせたのもそのためだ、ただ、僕は今でも、どうして君がそんなことをしたのか、僕を突き落そうとしたのか、それが分らない、あの時、僕の背を押したのが、君か追坂か、それは知らない、しかし君達二人が、ぐるであることは間違いないね、気の毒だが死んで貰うよ、僕はビフテキを喰って育った男だ。裏切られて黙っていない……」

麗子は必死に首を振り、安西の手首を握り眼を釣り上げながら、助けて、と云った。安西はゆっくり首を締めた。ごくっと麗子の喉が鳴った。安西は失神した麗子をベッドに寝かせた。強くは締めていない、間もなく息を吹き返す筈であった。

麗子は三分後に眼を開けた。まるで、子供のように、しゃくり上げながら、話し始めた。

それは一人の女の歴史であった。

麗子のパトロンというのは、誰も知らないがC映画の社長であった。C映画が潰れて間もなく、社長は自殺した。麗子はやけになって、一時コールガールに身をおとしたことがある。神戸であった。その時、一度だけ警察の手入れを喰った。その時の主任が追坂だったのである。

麗子は東京に戻った。コールガール時代蓄えた金でアメリカに渡り、踊りの勉強をした。向うでは、ナイトクラブで踊った。

が、間もなく日本が恋しく戻ったのである。金はかなり蓄えていた。パトロンがある、と安西に云ったが、それは嘘で、実は一人であった。暫く身を休めるために、ニュー六甲に来たのである。

麗子は安西に誘われ、ナイトクラブで踊るようになった。ところが、ぱったり追坂と出会った。当然である。名を変えていたが、追坂の鋭い眼は数年前の自分が訊問した女を忘れてはいなかった。追坂は麗子の過去を調べ始めた。

麗子は追坂のことは忘れていた。安西と関係するようになってから、麗子の過去を調べ上げた追坂は、麗子に関係を迫った。過去をたねに身体を奪うや、金銭まで要求するようになった。麗子は逃げ出したかったが、安西に対する愛情と、追坂の執念に負け、身動き出来なかったのである。

　麗子は、安西との関係を公けにすることで追坂をけんせいしようとした。

「私が、あなたに対し権力があるということを、追坂に知らせ、それで私は追坂を遠ざけようと考えたの……そのため、あんな噂を流したの、それ以外に手がなかったのだわ」

　追坂も今はサラリーマンである。安西が怖い。が、麗子と関係するようになってから、麗子の肉体に溺れ、夢中になった。麗子が遠ざけようとすればする程、炎は酷くなった。追坂はついに安西を殺害する計画をたてたのである。

「私は知りませんでした、本当です、私は部屋で寝ていました、ベッドが冷たく感じられたのは、あなたが落ちて怪我をしたからですわ、私があなたを殺すなんて……」

　しかし麗子は、間もなく安西を突き落したのが追坂であることを感じた。追坂は喋らなかったが、ふとした瞬間に強く感じることがあった。

「私が、今も追坂と関係を続けているのは事実です、強迫されて……でも、女の生理って弱いですわ、許して下さい、平気な明るい顔をしてますけど、私の心は地獄の苦しみなのです、勝気さで持っているだけですわ」

ホテルニュー六甲の、追坂主任が、煙突から落ちて死んだのは、それから二月後であった。

朝を待つ女

一

私は大阪の梅田近辺にある、キャバレーの企画部員であった。企画部員というのは、大体、毎夜上演されるショーの演《だ》しものとか、客の土産品の選定、その他客集めの趣向をこらす部であるが、私の仕事は違っていた。

つまり、企画部員というのは名前だけで、私の本当の仕事は、ホステスのスカウトであった。

この頃は、マンモス・キャバレーが乱立、ホステス千人という店も少なくない。バーは増える一方であるし、どの店も、ホステスが足りず、良い女の獲得に、血眼であった。なんと云っても、キャバレーやバーの成否の鍵はホステスの良否である。

ホステスが数人のバーで、マダム一人の魅力で客を集めている店もあるが、そんな店は絶対発展しない。現状維持がやっとのことである。

店を発展させようと思えば、なんと云っても良い女の子を、一人でも多く集めるのが先決であった。

これは、十年近く水商売の世界におり、多くの店の興亡を見て来た、私の経験からも断言出来ることであった。

私の店は、ニューオリエントと云った。ホステスは七百人ぐらいで、経営者は内海正次という日本人である。

日本でありながら、経営者が日本人であるとことわらねばならないところに、この世界の特殊性があった。

内海の財産は、一体幾《いく》らぐらいであろうか。ニューオリエント以外に、豪華な温泉マークのホテル二つ、深夜喫茶一つ、パチンコ店を三つ持っている。

不動産だけで二十億、現金はどれ程か想像もつかない。

内海はこんな世界の経営者に良くあるように暴力団と関係したり、麻薬に手をつけたり、そんな法網をくぐるようなことは、いっさいしていない。

キャバレーにしろ、ホテルにしろ、普通の商売のように考え、正常な手段で儲けることばかりして来た。勿論、そのがめつさは常人に成し得ない、非情さに貫かれているが、内海のその点が、見方によれば、彼の店をここまで大きくした、と云えよう。

一人の女がどれだけ客を集められるか、どんなシステムにし、どんな雰囲気に変えれば、客が集って来るか、そのようなことに対する眼力の鋭さは、私もしばしば、驚嘆させられるものがあった。

内海は五十歳ぐらいか、頭は禿げ上っているが、身体の全身は金時のように赤く、三十代のように、艶々している。何時も四五人の女を囲い、一年めぐらいに、全部変えてしまう。別れる時は、それぞれに、五十万から百万見当の金をやっている様子だ。

まあ、一種の傑物と云えるかもしれない。私が、内海の命令でホステスのスカウトに専従するようになってから、すでに三年たつ。

私は、大学中退である。私は典型的な小市民の家庭に生れた。父は造船会社に勤めていた。が、人間の運命なんて、一寸先は分らないものである。

父が自殺したのだ。造船疑獄にひっかかり、責任が幹部に波及するのを心配して、責任を一人で引っかぶったようである。

父は総務課長であった。推理小説に良くあるように他殺ではない。ちゃんと遺書があった。父の死と同時に母の気がおかしくなった。

精神分裂として入院したのは、父が死んでから半年めである。父も母も気の弱い、善良過ぎるぐらいな善良な人物であったようだ。

何故もっと、ふてぶてしく、悪者でいてくれなかったのか、私は幾度そう思ったかしれない。

この両親にして、この子があるように、私も強がりな反面、酷《ひど》く意志の弱いところがあった。私が、続ければ続けられた学生生活を途中で投げ出したのも、そんな弱さからであろう。

ただ、素人マジッククラブの会員で、新しい奇術を生み出すことだけが楽しみであったような、善良な父を、死に追いやった社会というものが、私には信じられなくなった。間もなく、私は日陰に生きる人間になった。と、云っても身体も頑健でなく、愚連隊に入る程の度胸もなかった。

そんな私が、ぼそぼそ生きられたのは、夜の世界だけであった。つまり水商売の世界だ。ボーイを振り出しに、あっちこっちの店を転々とした。積極的に生きる意志もなく、と云って自殺もようせず、古い言葉で云えば、浮草のように、ゆらゆらと生きて来たのである。

私がニューオリエントにボーイ長として入店したのは四年前であった。何処《どこ》か、ぼやっとし、昔の坊っちゃん気質が抜け切らない私は、不思議にホステスたちから人気があった。それに、大学中退という経歴が、意外に経営者に買われる場合がある。

ところが、三年前、私は突然、内海に呼ばれ、ホステス・スカウトの専従者になるよう、命じられたのであった。

女の子のスカウトなんて、つまらない仕事である。男としては、下の下の仕事であった。

しかし、私にとっては、ホールで客に頭を下げ、つまらないチンピラから、サービスが悪い、と云ってののしられるより、まだましであった。

それに収入がずっと良くなるようである。月給は三万円だが、内海がこれ、と睨《にら》んだ他店のホステスを旨くスカウト出来れば、一人につき、二万円の賞与をくれた。

こんな点、内海は出しっぷりが良い。私は平均、月二人の割合でスカウト出来たから、大体七万の収入になる。そのうち二万は、精神病院に居る母のため必要だから、手取りは五万であった。

ホステス・スカウトを始めてから、私もやっと人なみの生活が出来るようになったわけである。西成の安アパートを引き払い、住吉の家賃七千円の部屋に移った。

女の方は、こんな世界に居る関係で、不自由はしない。店の女の子に手を出すことはしなかったが、スカウトに行く先々で、なんとなく出来る場合が多かった。

勿論、スカウトの目的の女には、絶対手を触れない。内海は、どうしてもだめだ、と思う女は、一度ぐらい関係しても良いぜ、と云っているが、私はそれだけはしなかった。

店に入れるために、その女と寝るなんて、余りにも、侘《わび》し過ぎる。

愚連隊が、売春させるため、女と関係するのと、余り変らない。

こんなぐうたらな生活をしているが、私も、最後の誇りだけは捨てていない。

その日、私は内海に呼ばれた。ミナミのアルサロ春炎に、なかなか良い女《こ》が居る、というのであった。

ホステスのスカウトは、私が勝手に見つける場合もあるが、内海が先ず眼をつけ、それを私が口説き落して、ニューオリエントに引張って来る場合が多い。

女たちの価値を判断する内海の眼力は、到底私などの及ぶところではなかった。

宝石鑑定者が、光り輝く宝石の中の、眼に見えない傷を、一眼で見抜くように、私がこれは素晴らしいと思う女でも、内海にかかると、

「ありゃ、今はいいが、もう半年もすれば、がたが来るね……」

と将来まで見抜くのである。

「春炎の女は、澄子という名だ。ところが、春炎での現在の成績は余り良くない、五百人中二百番前後らしい。客へのサービスをしないからだな。しかし、うちに来て磨けばぐんと伸びるよ、ありゃ掘り出しものだ、一つ頼むぜ」

大体、スカウトする場合、三度通ってだめなら、先《ま》ず絶対不可能である。成功するものなら、大抵二回めで旨く行く。

春炎の澄子か、私はその名を手帳に書き込んだ。

二

私は澄子に会った時、強烈な磁石に身体ごと引きつけられるような気がした。たいした美人ではない。色も黒い方で、グラマーでもない。眼鼻立も一言では云えないが、何処かアンバランスであった。ただ、肌のきめは細かく、酷く清潔な感じがする。

笑うと驚く程可憐であった。それは歯の白さと、唇の左上の笑窪《えくぼ》から来ているようだ。

ところが、単に可憐さと清潔さだけでは、客は集められない。また内海が眼をつける筈はなかった。澄子の可憐さ清潔さが、肌の黒さとマッチして、ふとした拍子に、異様な程の、色っぽさを発散するのであった。

澄子がそれを意識しているかどうかは知らない。もし先天的なものであれば、それが成熟した時は、確かに素晴らしい女になるだろう。私は、内海の眼力に、今更《いまさら》のように、舌を巻いた。

内海が見つけて、私が行く場合、指名された女たちは、一様に不思議な顔をする。

それは当然であった。全く見知らぬ客から指名されるからだ。

「失礼しました。何時《いつ》お会いしましたかしら」

こう率直に尋ねる女はまだ良い方で、大抵は、「この間、多勢でいらっした時の方ね？」

と、ぬけぬけと云う。

またスカウトしようとする程の女は、そのぐらい客あしらいが旨くなくては、だめであった。

澄子は違った。セット番号を覗き込み、指名したのが、私であることを確認すると、ぼんやりした表情で、私の隣りに坐った。

何時会ったとか、どうして自分を指名してくれたのだ、という何《ど》の女もが発する質問をしないのだ。

ちらっと、私を見るとビール瓶を手にした。

私は一寸《ちょっと》、呆気《あっけ》に取られた。誰かと間違っているのではないか、と思った。

間違っているなら、間違ったままにしてやろうと、相変らず美しいね、とか、前々からのお客のように話しかけたが、なんのためらいもなく、素直にと云っても、たいして熱がある様子もなく返事をする。

間もなく、私は拍子抜けした。続いて小馬鹿にされているような感じがし、やがて、これは大変な大物かもしれない、と思い出した。確かに、客へのサービスは念頭にない。これで五百人中二百番というならたいしたものだ。

二十分程して、私はたまりかねて云った。

「君は、僕を覚えている？」

澄子は黒っぽい眼を見開いて、じっと私を見た。澄んだ黒っぽい眼だが、その中に一点冷たい煌《きらめ》きがあったようだ。

なにか、こんな世界の女のものではないような、冷たさであった。

澄子は静かに首を振った。

「そりゃそうだろう。僕は君を始めて指名したのだからね」

「どうして、私を指名されたのです？」

と澄子は、その時始めて、誰もがするような質問をした。眼の中の冷たさが、とまどいにも似た光に変り、やがて不思議そうな眼になった。

「四五日前来た時、ふと君が歩いているのを見て、もの凄くひきつけられたんだよ、それでボーイに、君の名前を聞いて、今夜改めて指名した、というわけなんだ」

「まあ、本当ですの……」

澄子は驚いたように云った。そして急に、おかしそうに笑い出した。

どうやら澄子は、誰かと間違っていたようであった。つまり、私のような、見知らぬ客が、誰か、今夜澄子のところに、来ることになっていたのではないか。

私が、それを告げると、澄子は真剣に首を振った。

「そんなことありませんわ、お客さんとは、一度お会いしたように思ったのです。でも、お尋ねするのは失礼ですので、黙っていただけですわ」

なんだ、そうだったのか、と私は思った。見知らぬ客が、自分を見覚えていて、わざわざ名を尋ね、指名してくれる、というのは、女たちに取っては、非常に嬉しいことであった。話がはずみ、初対面で、非常に親しくなれる。これが、スカウトを成功させる一つの原因とも、なるわけであった。

私は店では、けっしてスカウトの話はしない。ただ、君なら、別な店なら、もっと稼げるよ、と、女の気をそそるようなことを、匂わすだけであった。

そして、昼、会う約束をする。場所はニューオリエントが経営している喫茶オリエントだ。そこで、話をぶっつける。勿論、どの女にも、格に応じた仕度金を現金で渡す。

大抵の女は、これで陥落した。勿論、スカウトしようとする店の、ベストテンに入るぐらいの女、マネージャーの紹介で入った女は、スカウトの対象から除外される。

これは、後々、うるさい問題を起す可能性があるからであった。

「君は、この店には、誰かの紹介で入ったの？」

「いいえ、新聞広告で入ったの」

澄子は急にくだけた言葉になった。私はしめた、と思った。こんな女が最もスカウトし易《やす》いのであった。余り親しい友達もないらしい。

私たちは、一時間程話しあっているうちにかなり親しくなった。私は例によって、昼、お茶でも飲まないか、と誘った。澄子は、それは出来ないわ、と云った。

澄子が外で会うことを承諾したのは三度目の時である。

澄子は、ニューオリエントに来ることは、なかなか承諾しなかった。

このような世界の女性に関しては、大体その素性を見抜く眼を持っているが、澄子だけはさっぱり分らない。

過去のことは、いっさい話さないためでもあるが、どんな男性関係があるのか、それも想像がつかない。

男性に対して、初心《うぶ》なように思えば思えるし、ベテランのように考えれば、そうとも取れる。

内海は例によってせっかちである。

「どうしたんだ、あのぐらいの小娘を引き抜けないようじゃ、だらしがないぞ。なんとかものにして、引張って来たらどうだ？」

私は内海の言葉を聞き流しながら、一体内海は澄子の何処に眼をつけたのだろう、と思った。

私が尋ねると、内海は腕を組んで天井を睨んだ。これは、ものごとを考えたり、決断を下す時の、内海のくせであった。

とにかく、大形《おおぎょう》なのだ。が、普通の者なら大形な姿勢は、一種のはったりに通じるが、内海の場合は、そうではない。

必ず、その姿勢から、結論が生れる。時にはその姿勢と同じような、思いもよらぬ重大な結論が生れることもある。

「そうだな、あの女《こ》は一見小娘だが、生れながらに男心をそそるような、色気を内部に持っているなあ。色は黒くて大人しそうだが、あの女の色気は万人の男がひかれる色気じゃなあ」

内海の言葉は単純だが、確かにもの事の核心を突いている場合が多い。

私は、やっぱりそうか、と思った。澄子の清潔さは、色気と交りあった奇妙な清潔さである。

とにかく、アルサロ娘としては、高級な魅力であった。

普通、三度店に通い、だめなら諦めるのだが、私は諦めなかった。内海も軍資金は幾らでも出すから、ものにせよ、と云った。

澄子が、ニューオリエントに来ることを承諾したのは、店の外で五度めに会った時であった。

「来月から行きますわ」

澄子は重大な決意をしたように云った。唇を嚙みしめ、黒っぽい眼で、じっと私を見詰めた。

私はなんとなく、ほっと溜息をついた。不思議な程、喜びは感じない。何時もそうだ。

女をスカウトする、というのは、考え方によっては、相手に惚《ほ》れて口説《くど》き落すのと同じだ。が、スカウトの場合は、口説き落すと同時に、その女は、私に取って無縁なものになるわけであった。

自分の店の女となれば、そこに男女の間の感情はいっさい意味をなくする。私がスカウトの対象を異性として眺められるのは、店に来るよう、口説き落すまでであった。

ところが、澄子の場合は、その虚脱感が何時もよりずっと強かった。胸に大きな空洞が出来たような感じであった。

私は何時か、澄子にひかれていたのかもしれない。

「ほんとに渡辺さんが、キャバレーのスカウト係だとは思わなかったわ」

澄子は、まだ信じられぬもののように幾度も云った。私は背は低いが、身体は横に張っていた。額は広いがでっぱっている。眼は大きいが窪んでいる。つまり良いところと悪いところが旨く交りあって、顔が構成されている。

お世辞にも美男と云えなかったが、私と関係した女の子は、良く、味のある顔で、一度ぐらいは浮気しても良い、と思わせる得な顔だと云った。

つまり水商売の主任やマネージャーのように隙のない顔ではなく、隙だらけなのであろう。そんなところが、内海が私をスカウト専従者に選んだ理由である。

三

ニューオリエントに来るまでには、一週間程の日があった。私は一日置きに自費で春炎を訪れ、昼、澄子を誘った。

私を信頼してか、澄子は尋ねられるままに、ぽつりぽつりと身上話をした。

和歌山の生れで、和歌山の高校を出、伯父を頼り、大阪に出て来て、小さな商事会社に勤めた。水商売に入ったのは二年前で、春炎に移ったのは、半年前である。

商事会社を止《や》めた理由は云わなかった。会社勤めのBGが水商売に入るには、それなりに理由があるのであろう。相手の方から進んで喋るまで、これを聞き出すのは、タブーであった。

今は天下茶屋のアパートに、一人で住んでいるという。私の誘うまま、昼外出するところを見ると、一人というのは嘘ではあるまい。ただ、昼と云っても午後二時以後に限られていた。

いよいよ、明日からニューオリエントに移るという前日、私は店を休み、澄子と夜会った。私の店に来れば、こうして外で会うことも余り出来なくなる。

「なんだか淋しいわ」

と澄子は云った。私も淋しい。それは二人で、あちこちを飲み歩き、終電時間近くになったとき、決定的なものとなった。

二人は腕を組み、終電に急ぐ人々や、客を求めて右往左往するタクシーのヘッドライトが交錯する、夜の御堂筋を歩いた。

澄子の身体の暖かみが、私の腕から身体の中に溶け込んで来る。明日から、この暖かみがなくなるのだ。それは淋しさを通りこして、私を絶望的にした。澄子の暖かさは、決して身体だけの暖かさではない。

何時も、一人陽蔭《ひかげ》の道を歩いているうそ寒い私の心を暖めてくれる、暖かさであった。

私は突然、澄子と結婚しよう、と思った。今まで、ふらふらとあちこちの女と関係して来たが、結婚しよう、と思った女は居ない。

私は、欄干の灯《ひ》だけが明るく、川面は黒い中之島の川岸で、澄子の肩を抱いて立ち停った。

「僕と結婚しないか……」

澄子はびくっと肩を慄わせた。大きく眼を見開き、私の言葉が分らないように、いや聞き違いではないか、と云ったように私を見詰めた。私は、もう一度云った。

すると、澄子はおびえたように、私の手から離れ、二三歩後ろに下ったのである。

不安と焦燥が私を襲った。おそらく澄子は、私の言葉を信じなかったに違いない。当り前である。こんな世界の人間が、一度の関係もなしに、結婚しようなどという、甘い言葉を吐くわけがない。そんなことは、あり得ないのだ。水商売で二年を過した澄子が、それを知らない筈はない。

「嘘じゃない、本当だよ、なんなら今から和歌山に行き、君の御両親に云っても良い。僕は君を誰の手にも渡すのが嫌《い》やになったんだ」

見開いた澄子の眼から涙が、溢れ出た。

「信じてくれるね」

澄子は涙を夜の闇に散らしながら、狂気のように首を振った。私は頭をかかえ、道路の上に転がりたくなった。

「どうして信じないのだ、これ程云っているのに……」

「信じます。でも伯父さんに相談を……」

「君と僕の結婚だ、誰に相談することがある。それなら今から二人で伯父さんのところに行こう。伯父さんは何処に居るんだ……」

「待って下さい、私が云います」

私は激しく澄子を抱き締めた。澄子の唇は涙で塩からかった。笑う者は、笑えば良い。都会の木枯に吹き飛ばされた二枚の枯葉が転がりながら重なり、そして春を待つのだ。どんな人間だって、人手に渡したくない者同士が一緒になる権利はある。

その夜、私と澄子はそうすることしかないように、私のアパートに泊った。温泉マークのホテルなどに、澄子を連れて行く気にはなれなかった。

澄子は風呂に入っていない、自分の身体を恥かしがりながら、二の腕で顔を蔽い、嗚咽をこらえながら、私に抱かれた。私は自分の部屋に、今まで何《ど》の女も連れて来なかったことを感謝した。

私は澄子の身体を夜明けまで、むさぼりつくしたかったが、それを押えた。

それ以上に、澄子と話したかったからである。汗に濡れた澄子の身体は、何処かあんずのような匂いがした。

「和歌山の両親のところから、どうして飛び出したの？」

私は澄子の身体を抱き締めながら、静かに髪をなでた。澄子は私の胸に頬を寄せ、時々唇で私の胸の肌をこすった。

「何時か云います、今は嫌や」

「じゃ、伯父さんの家を出た理由は？　それも云えない」

「待って、ね、結婚するまでに総《すべ》て話すわ」

澄子には暗い秘密がある。しかし私は、無理に澄子の口を開かすことは出来なかった。

もう澄子は、私のものなのだ。何時か私の愛によって、閉ざされた苦しみも、吐き出す日があるだろう。

花のネオンの下で脂粉と嬌声と酔いに日を送る数知れぬ女たち、その一人には、ケースこそ異なれ、澄子に似たような秘密があるに違いなかった。

夜が白みかけた頃、澄子は突然、帰ると云い出した。

そんなに慌てなくても一眠りしてから戻れば良い、と云ったが澄子は聞かない。

私は急に、澄子が遠くなったような気がした。

「なにか、早く戻らねばならない事情があるの？」

と尋ねたが、そんなことはない、と云う。一度も外泊したことがないので、隣り近所に見つかれば嫌やだ、と云った。周囲なんか気にするな、周囲がいったい、どんな暖かい手をさしのべてくれたのだ、他人が落ちぶれれば、もの笑いの種になるだけではないか。そんな周囲になにを遠慮するのだ、私は口を酸っぱくして停めたが、澄子は強情にかぶりを振り、伯父に結婚の話をつけたら、今夜にも、店の方に電話する、と云って七時頃帰ってしまった。

アパートは、白雲荘、だと告げた。

私は澄子が帰ったあと、一人寝床の中で煙草を吸った。

澄子の体臭が残っているようである。あんなに周囲のことを気にするところを見ると非常にしつけの良い家庭に育ったのかもしれない。それとも、早く帰らねばならぬ、具合の悪い秘密があるのではないか。

私は希望を持ったり、不安に胸が痛くなったりしながら、やたらに煙草を吸った。

四

が、矢張り私は、どんな手段に訴えても、澄子をとめるべきであった。

その夜、店で苛々《いらいら》して待ったが、澄子からは電話がかからなかった。

私は午後九時頃、電話帳で白雲荘の電話番号を調べ、電話してみた。

管理人らしい中年の女が、突っけんどんに「お留守ですよ」と云った。私は十時にまた電話した。男の声で、

「十時以後は、電話のお取次はしません」

私は不安に居たたまれなくなった。店を飛び出すと、タクシーを拾い、天下茶屋に飛ばした。住所は分っている。二三度通行人に尋ね、やっと探し当てた。

夜の灯で見ても、案外ま新しい、婦人専用のアパートであった。婦人専用と云っても、男を連れ込む分には差支《さしつか》えないのではないか。

玄関の左側に、事務室らしい部屋があるが灯は消えている。

私は思い切って、ドアを一つ一つ見て歩いた。名札のかかっているものもあれば、かかっていないものもあった。

一階には、澄子の名札はなかった。二階に上って行くと、丁度階段を下りて来た女が居た。ネグリジェの上に、赤いウール地の半天のようなものをはおっている。だらしない姿だ。一眼で水商売の女と分った。

踊り場のところで顔を合せた。私は飛び上りたい気持になった。

女はかつて、私がミナミのキャバレーからスカウトし、三四カ月後に借金を残したまま姿をくらました圭子であった。

こんな場所の婦人専用のアパートの住人は、大抵《たいてい》水商売の女なのだ。ここで圭子と会ったのは偶然ではない。

圭子は流石《さすが》に驚いて一歩後ずさりした。が、直《す》ぐふてぶてしい笑いを浮べると、

「驚いたわ、どうしてここが分ったの？」

「一人か……」と私は云った。

私の頭脳は素早く働いた。

「ええ……」

「お邪魔させて貰うよ」

「仕方ないわ、一寸待っててね。今、干物《ほしもの》取ってくるから……」

圭子は、パンティやスリップを手にかかえて戻って来た。圭子の部屋は二階の二十七号室であった。キチングルームと六畳の二間である。六畳には赤い蒲団が敷かれていた。枕

元の灰皿には吸殻が山盛だった。映画雑誌が灰皿の傍《そば》に投げ出され、壁際にはテレビがつけられていた。圭子は、くどくど云い訳《わけ》した。私が気の良い返事をしないと、ふっと私の傍により、ねえ、構わないのよ、と艶《つや》っぽい眼で蒲団を見た。

誘惑する積りらしい。

「確か、君の借金は……」

「十万足らずよ。マスター怒ってる？」

「うるさいのを寄越《よこ》して、荷物かっさらう、とかんかんだよ」

「まあ……」

流石に圭子は真青になった。

「どうだい、君を見つけたこと黙っている代りに、少し頼みたいことがあるんだよ……」

「良《い》いわよ、私に出来ることなら……」

圭子は身体をすり寄せるようにした。私は圭子を私の向いに坐らせた。

「君、このアパートの中で知り合居る？」

「ええ、二三人居るけど、余り知らないわ、みな、思い思いの生活してるんだもの、廊下で会っても話しあうこともないし……」

「春炎に行ってる、澄子って女知らないかなあ」

「そうね、名前を言われても、一階、二階？」

「それが分らないんだよ、一寸色が黒くって、眼がぱっちりして……」

私が澄子の容貌を説明すると、

「ああ、分ったわ。あの女《こ》、春炎に行ってるの。陰気な妙な女ね、顔を合せても挨拶もしないわ。廊下の突き当りよ」

私の胸は踊った。何気ない顔で、

「実はあの女、うちに引張ろうと口説いているんだよ。なかなかうんと云わないんだ。なにか事情があるかと思って、訪ねて来たんだよ」

「へえ、今時は、あんな娘が良いの、インドネシアのような顔をしてるのに」

圭子は腹立たしげに云った。折角《せっかく》スカウトされながら、借金をつくって逃げたような、自堕落な女だが、やはり私が他の女に眼をつけていると、嫉妬の炎を燃やすようである。圭子だけは、内海も私も見事一杯喰わされた。

「男、居るようか？」

「居るわよ。婦人専用アパートだけど、男の居ない女なんて、居ないんじゃない。あの女小娘のような顔してるけど、なかなかの遣《や》り手よ。何時も、そうね一日置きぐらいに、昼前、五十過ぎたおっさんがやって来るわ」

私は顔から血の気が引いて行くのが、はっきり分った。まさか、そんな男がついているとは思わなかった。然《しか》し昼やってくる、という点と、その男が五十過ぎというのが、どうもおかしい。旦那かパトロンであれば、夜来るのが普通ではないか。

「一体、どんな男だ？」

ひょっとすれば、澄子が云っていた伯父ではないか。しかし伯父にしては、そんなに再々来るというのが、妙であった。

圭子の話によると、小柄で、眼が細く、一見して商売人と分る男だという。

「何処の誰か分らないかなあ」

圭子は知らない、と云った。これは当然である。こんなアパートに住んでいる女たちに取っては、自分の秘密を守ることが、生きることへの防禦となるのだ。

「でも、あの女の隣りの部屋の麗子さんなら、もっと詳しい事情知っているかも知れないわ。十二時前には戻って来るから、聞いてみてみましょうか……」

圭子は、私の機嫌を取ることに必死であった。私はそれまで、圭子の部屋で待つことにした。圭子は現在、ミナミのバーに勤めているが、出勤するのは、週に二三日だという。部屋の様子を見ても、どうやらパトロンが居るようである。働くことが嫌やな女なのだ。もし、パトロンと別れれば、仕方なく毎日勤めに出るのだろう。そして男を見つけ、またぶらぶらした生活に入る。結局そうして、年を取って行くのだ。

「今日は、だんつくは来ないのかい？」

圭子は肩をすくめた。私は圭子に教えられた部屋に行ってみた。三十二号室である。名札はなかった。ドアの隙間から明りは洩れていない。どうやら留守のようであった。

一体何処に居るのか。ひょっとすると、また春炎に出勤しているのではないか。私は春炎に電話してみた。澄子は休んでいた。

麗子という女が戻って来たのは、十二時過ぎであった。圭子が自分の部屋に麗子を連れて来た。

細面の美人だが、眼が狐のようであった。かなり酔っており、肩で息をしながら足を投げ出して坐った。着物の裾が乱れるのなど気にもしていない。

「隣りの娘のところに来る親父？　さあ何者かさっぱり分らんよ。旦那さんかどうかって、勿論旦那さんよ。時々あの娘が嫌やがるようなこと、ねちねちやってるようよ……」

私は耳を塞《ふさ》ぎたくなった。何人、何百人見て来ても、女というものは分らないものだ。が、私は真相を知るために、じっと我慢して聞いていた。もし、澄子にそんな旦那が居たとしても、澄子が別れて、私と結婚する気があるなら、私は澄子の過去を許し、結婚しようと、その場で決心した。

何故なら、澄子以外に、結婚しようと思った女が居ないからである。

「そうそう、今日の昼は、なにか揉めていたようよ、あの親父、何時もはねちねち喋るのに、今日は、声を高めていたわ、それに、ぶっていたようよ」

間違いない、と思った。澄子が云った伯父とは、その男のことなのだ。多分、澄子は、私との結婚を話し、その男から折檻《せっかん》を受けたに違いない。

それにしても、澄子は何処に行ったのか。私は圭子の部屋に泊めて貰うことにした。

廊下に足音がする度に私は覗いたが、澄子は到頭その夜帰って来なかった。

圭子は幾度も私を誘惑したが、勿論私は応じなかった。

「おかしいわねえ、まるで、亭主が女房の浮気を監視するみたいじゃないの……」

足音のたびにドアの隙間から覗く私に圭子は、悪態をついて寝てしまった。私は、畳の上で、ごろ寝した。

昨日も寝ていないが、なかなか眠れない。澄子が戻って来たような気がして、はっと眼覚める。

突然、ドアがノックされる音で、眼が醒めた。圭子が、胸のはだけたネグリジェのまま、眠そうな顔でドアを開けた。

入って来たのは、昨夜の麗子であった。

「来てるわよ、今日は珍しく早く……」

洋服姿の私をじろりと眺めた。圭子が毛唐のように肩をしゃくった。

私はそれ所ではない。ドアから覗いてみると白いものが半分混った髪を短かく刈った五十四五の男が、しきりに澄子の部屋のドアを叩いている。

麗子がのこのこ出かけて行った。

「昨夜から、お留守のようですよ」

「えっ、昨夜から、そんなはずは……」

「だって留守ですわ」

麗子は小馬鹿にしたように云った。それでも男は、十分程、廊下をうろうろしていたが、思い切り悪そうに、階段を下りて行った。

私は、直ぐ、後をつけた。

圭子には、澄子が戻れば、直ぐ私のアパートに電話してくれるように頼んだ。

五

その男は茶の背広を着ていた。衿の大きい古びたやつであった。背広に着られる、というのはこの男のことだろう。確かに眼が細く一見象のような顔である。油断のならない感じだ。男はアパートの筋向いにある喫茶店に入った。どうやら澄子が帰って来るのを監視する積りらしい。私は、澄子がひょっとして、私のアパートに来ていないか、と思って電話してみたが、来ていなかった。

一時間待ったが、澄子は戻って来なかった。男は喫茶店から出て来た。未練がましくアパートを見たが、うなだれて歩き出した。

どうやらこの男も、私に負けず、澄子に対して、執念を抱いているようである。が、私には、澄子のような女が、どうしてこんな男をパトロンに持ったのか、理解出来なかった。金のためなのか。

この男が伯父ではないことは、明らかであった。

男は天下茶屋の駅から南海線に乗って難波に出た。タクシーに乗らないので、尾行し易い。難波で下りると、千日前を通り、日本橋の方に歩いて行った。男が入ったのは、一軒の袋物問屋であった。

店員が挨拶している。客に対するような挨拶のし方ではない。ひょっとすると、この店の主人かもしれない、と思っていると、男は店先の品物を指して、なにか命令しているようであった。どうやら主人らしい。

私は何気なく店の前を通ってみた。大塚商店という名であった。男は奥の方の椅子に坐り、帳面をみながら、算盤をはじいている。

私は馬鹿らしくなった。が、馬鹿らしいとは云っておれない。もし万が一、澄子が帰らないような事態にでもなれば、この男に責任があるのだ。

私は、店に電話し、気分が悪いから二三日休まして貰う、と云った。内海が出て、澄子はどうした、と尋ねた。

「昨日から来る筈になっているが、来ないじゃないか……」

「春炎の方にも、出ていないようです。気分が良くなったら、もう一度当ってみますから」

私は返事も聞かずに電話を切った。内海の機嫌を考える余裕はない。

私は直ぐに、大塚商店のことを調べにかかった。スカウト業、しかも女をスカウトする修業を二年間も積んだだけに、調査はお手のものである。応対はもの柔かだし相手に警戒を与えない。

近所を歩き廻るうちに、大体のことは摑めた。大塚商店というのは、歴史の古い袋物問屋であった。あの男はやはり主人で大塚弥一という名だが、彼は養子であった。しかも小僧上りの養子なので、妻君は吾儘《わがまま》勝手で、弥一は、家付娘である妻君には、全く頭が上らない様子であった。

ただ良く働き、主人の身でありながら、絶えず、百貨店や仕入れ先を廻るので、評判だという。

冗談じゃない、娘のような年の女のところに通っているのだ。

私は大塚商店に電話した。弥一を呼び、澄子のことで話したい、と云った。たとえ、一、二日、姿を隠しても必ず戻って来るに違いない。それまでに、弥一との話をつけておきたかったのだ。

「おたくは、どなた様で……」

「どなたもくそもないぜ。澄子と結婚することになっている渡辺というものだ。妙な邪魔だてをしやがって、ちゃんと話をつけなければ、お前の女房にばらすぞ……」

私はやくざ口調で云った。私としては一世一代の演技である。家付の女房に隠れて若い女を囲っているような商店主には、頭からかますに限る、と思ったのだ。

「どのような、お話なので……」

驚くと思いのほか、弥一はねちねちした言葉でいった。

「お前が、きっぱり手を切る、という話だよ。別に金をせびろうというようなけちな真似はしないから、安心してやって来いよ。八時に心斎橋筋の喫茶Pで待っている」

私は電話を切った。弥一は間違いなくやって来るだろう。それは確信であった。

ただ、強迫されるのではないか、と警察に訴えられる不安があった。妻君に澄子のことをばらす、と云っているから、先ずそんなことはないだろうが、用心に越したことはない。

私はPの向いの紳士用具店で、弥一が来るのを待った。

八時きっかり、弥一は一人でやって来た。私が見ていると、少しもためらわず、すたすたと店内に入って行った。癪《しゃく》な程である。

暫く様子を窺っていたが、刑事が尾行しているようでもない。

私は弥一の席に向かって腰を下ろした。私は弥一を睨みつけた。弥一は細い眼をしょぼしょぼさせて、私を見返した。

鋭い光りの、そのくせ重たそうな眼である。

「はっきり云って、俺たち二人は愛しあっている。澄子はあんたのことを伯父さんだ、と云ったが、俺には始めから分っていた。あんたが一昨日の昼、俺のことで澄子を責めたのも知っている。普通ならただじゃおかないんだが、澄子のためを思い、黙って見逃そう。その代り、あんたも澄子から黙って手を引くんだ」

「渡辺さん、とおっしゃいましたなあ、そりゃ、あなたがいう通り、手を引いても良いけど、澄子はおそらく、あなたのもとへは帰りまへんで……」

「なに、馬鹿な！」

「そう怒るのは無理ないけど、今に分りますわ。澄子はあのアパートには帰りまへん。わしは、一昨日も、昨日も、今日も、帰ってないか、と行って来ました。やはり帰ってまへん。今日は気になったから、アパートの管理人に立ち会うて貰うて澄子の部屋に入りましたんや……」

私は息を呑んだ。弥一の言葉はずしんと重く、私の胸に響いた。

「荷物が無くなっていたのか？」

弥一は首を振った。

「荷物の殆《ほと》んどは、わしが買《こ》うてやったのや、それは置いて行きよった。しかし、ハンドバッグや身の廻りの品を入れたスーツケースは無くなってる。それに、簞笥には二十万円の現金があった。それも無い」

「ああ……」

と私は呻《うめ》いた。弥一は私よりも澄子を知っているのだ。澄子が二人の板ばさみになり、二人から姿を隠したことは、考えられないでもない。こんな男のために。怒りが然《しか》と込みあげて来た。

「お前のために、俺は生れて始めて愛した女を失ったのか。俺はお前を許さないぞ」

「それは、わしの云うことじゃ。わしがどれ程あの女を愛したか、あんたみたいな遊び人には分るまい。あの女は、わしに取っては、息子や娘よりも可愛い生命《いのち》イやった」

弥一も私を睨み返した。二人は、暫く睨みあった。しかし、私はふと、もし澄子が、戻るなら、二人のうち何《ど》ちらだろうか、と思った。それは当然私の筈である。少くとも、アパートを出た、ということは古いきずなを澄子が断ち切ったことになる。

そうだ、こんな男はもう放って置いて、私は澄子の行方を探すべきではないか。

それにしても、私から姿を隠さねばならない程、澄子は弥一に恩義を感じているのか、或いは怖れているのか。一体、最初、澄子はどうして、こんな男と関係するようになったのだろう。

私はそれを知りたい、と思った。

六

私は弥一から視線をそらしコーヒーを飲んだ。

「あんたは、どうして澄子と知りあったんだ？」

「それを聞きたいんか？」

「ああ……」と私は答えた。

「じゃ教えてやろう。あれはもう二年前やった……」

弥一の話というのは、次のようなものであった。つまり澄子は、驚いたことに、最初女中として、大塚商店に入った、というのであった。紹介者は、大塚商店の得意先である、阿倍野の婦人用品店の主人田村であった。婦人用品店と云っても、阿倍野ターミナルから旧飛田遊廓に通じるごみごみした商店街にあり、仕入れの品は安物ばかりであった。しかし、廻転率が早く、気さくな親父なので、弥一とはかなり親しかった。

婦人用品店の主人は、店の裏側にアパートを経営しており、澄子はそこに半月ばかり、なにもせず、ぶらぶらして暮していたが、何処かに女中の口がないか、とその主人に頼んだ、という。

「わしは一眼みて、気に入った。まだあの当時は十八歳やよって、ほんまに子供々々しとった。背は今より低かったが、そのくせ未熟な身体から、発酵するような、えも云われん色気があるんや。あれは男にだけ、ぴんと来るもんや、女房は分らなんだ。分ってたら家に入れるのは停めよったやろう。わしは今まで、店のためにばかり一生懸命働いていた。が、澄子を見た途端、わしの欲望が爆発した。なんのためにわしは生きてきたんや……」

「あんたは、澄子の身元を確めたんか？」

「神戸の方に、おふくろがある、と云ってた。わしは手紙を出した。よろしゅう頼む、という返事や。それに婦人用品店の親父が、身元引受人になる、と云いよるし……」

澄子は女中になってから、熱心に働いた。口やかましい妻君が気に入ったぐらいだから、余程、身体を酷使したのだろう。時には店員たちに交って、荷造りも手伝ったという。問屋街でも、この頃は月に二日は定休日がある。そんな時澄子は、外出もせず、女中部屋で一人雑誌や本を読んで、ごろごろしていた、という。つまり、店から外に、出たくなかった様子であった。

「わしは、あの女の傍によると、こうなんか、身体がしびれたような気になった。わしはもう、あの女をわしのものにせずには、おれんようになった……」

弥一が、始めて澄子を抱いたのは八月の定休日であった。天神祭の日で、家の者は、妻君を始め、子供から店員まで全部出掛けた。弥一は頭が痛い、と家に残った。この日を待ち兼ねていたのである。

女中部屋を覗くと、澄子は横になって眠っていた。黄色いノースリーブのワンピースの裾から投げ出された、澄子の艶やかな、良く発達した足が、弥一の眼を奪った。

「澄子は必死になって抵抗しよった。家を出んならん、と云って泣きよった。が、わしはもう獣や、わしは泣き叫ぶ澄子を抱いたんや」

弥一はその日の光景を思い出すように、舌なめずりして云った。

私は拳《こぶし》を幾度も握り締めた。私の意志に反して私の拳が弥一の痴呆《とぼ》けたような顔面を襲わないか、とそれだけが気になった。

擲《なぐ》りたい。が、澄子を探し出すまでには、弥一から、色々なことを聞き出すことは必要である。私は歯を喰いしばって辛棒した。

「澄子は処女ではなかった。わしは女遊びの経験はないが、それぐらいのことは分った……」

澄子は、こんなことになった以上、家に居れない、と云って泣き伏した。

弥一が澄子を天下茶屋のアパートに移したのは、それから間もなくである。女中をしている一年間に、澄子は五万円の貯金をしていた。

「アルサロ勤めなどを、良く許したな」

「澄子が、どうしても勤めると云い出した。それにわしには、女房の眼を盗んで、澄子の生活を全部見る程の大金を持ち出すことは出来なんだ。わしが澄子にやれた金は、せいぜい、月に一万五千円ぐらいやった。ところがわしは大変な失策をやってしもた。澄子はアパートに移ると同時に、わしに、めったに身体を許さぬようになったんや。わしが澄子のアパートを訪れたのは、週に三回、昼間こそこそと行くだけやが、澄子は三度に一回ぐらいしか許しよれへん。私は澄子に恋人が出来たんやないか、と随分疑ったが、そんな様子はない。わしはますます、澄子がいとしくなった。女房が死んだら、澄子と結婚する積りや、それは澄子にも、はっきりと云った。澄子も、わしと結婚する約束をした」

「嘘をつけ……」

「嘘やない……」

私たちは、また睨みあった。

「ところが一昨日、澄子のやつ、突然、別れてくれ、と云い出しよったんや、別れられるか、わしと澄子には、別れられん理由があるんや、わしは澄子を責めた。澄子は最初は必死に反対しよったが、到頭私と離れへんと、約束した」

「嘘だ……」

「嘘やない」

私は息をはずませ、持った拳を慄《ふる》わしながら睨むと、弥一は獲物をねらう蛇のような眼で、私を睨むのであった。

「それじゃ、どうしてアパートから出たんだ？」

「あんたが怖ろしくて逃げたんや、何時かきっと帰って来る、わしのもとにな。ええか、わしとあの女《こ》は、もう離れられん事情があるんや……」

この時、弥一の眼の奥に宿った、陰惨な笑いは、私をぞっとさせた。

ひょっとしたら、弥一は、澄子を殺したのではないか。

「お前は、まさか澄子を……」

弥一は笑いを浮べたまま、ゆっくり首を振った。

「わしの宝や、なんで殺すもんか……」

私は弥一に、澄子の母親の住所と、婦人用品店の場所を教えるように云った。教えなければ、澄子のことを、女房にばらすぞ、と強迫した。弥一はゆっくり首を振った。

「教えてもええけど、そんなことで、澄子の居場所は分れへん。わしは母親のところへ、昨日の夜、行って来たわ。たいした女や。あんな女から、どうして澄子のような娘が生れたんやろ……」

奇妙な会見であった。一人の女をめぐり、親子程年の違うライバルは、一方が女の母親の住所を相手に教えることで、会見の幕を閉じた。

ひょっとすると、弥一が澄子を隠したのではないか。それにしては、澄子が居なくなってから部屋を訪れたのが、おかしい。

私は、なんとも云えない程、絶望的な気持になった。

和歌山の両親も、商事会社に勤めていた、ということも、伯父も、総て嘘であったのだ。

女というものは、本当に分らないものだ。あのような、素直そうな顔をしていて。

いや、これは澄子に対して酷であろう。嘘というよりも、どうしても話したくないことは、違うことを云って避けねば、仕方がないのではないか。女が、知られてはならないような過去を、愛している男に質問された場合は……

それを嘘と云い切るには、私は今まで、余りにも女たちの涙を見過ぎていた。

そして私は、結婚しようと云った時、澄子が流した涙だけは信じたい。

旭町商店街は、狭いごみごみした商店街であった。首吊の洋服屋から一杯飲屋、囲碁クラブ、古物屋、ぎっしりとならんでいる。

終戦後は、おかまの巣であり、今でも裏通りは、娼婦や夜の女が出没する。

その婦人用品店は、案外明るい店であった。ショーウインドーもしゃれており、置いているものは、確かに上物ではないが、派手で、ここに買いに来る女客には喜ばれそうなものであった。

店員らしい男女が一人ずつ居た。主人は？　と尋ねると、直ぐ近くの碁会所に行っているという。私は女店員にチップを渡し、連れて行って貰った。女店員は窓から店内を覗いていたが、店の主人を指さして教えてくれた。

面長で縁太い眼鏡をかけ、おっとりした顔をしている。何処か漫才師のような感じであった。サラリーマン風の客と対局していた。

私は気長に待った。三時間は待ったろうか。主人が出て来た時、何気なく近寄った。

「田村さんですね。僕は何時かお世話になった、澄子の亭主です」

「澄子……」

主人はどきっとしたように私を見た。狼狽《ろうばい》がありありと、顔に現われた。私の勘は狂っていなかった。この男も澄子と関係があったのだ。そうでなければ、大塚商店の保証人になるなんておかしい。

「お時間は取らせません、一寸お聞きしたいことがあるのですが？」

「どんなことですかな……」

主人はあわただしく辺りを見廻しながら云った。

「澄子が、おたくのアパートに来てから、大塚商店に女中に行くまでのことです。実は、澄子が失踪しまして……田村さんは、澄子が大塚さんに囲われていたのを知っていますか？」

「えっ、大塚の親父が澄子を……まさか……」

主人は唖然とした顔付であった。私は簡単に事情を説明した。どうしても澄子と結婚したいので、是非手掛りになるようなことを、教えて欲しいと云った。

「そうでしたか、大塚の親父がねえ」

婦人用品店の主人には、澄子の失踪も、私との結婚も他人事のようであった。ただ、弥一が澄子を囲っていた、のが想像外の出来事であったようだ。

「すみませんが、澄子が居たアパートというのを見せて、いただけませんか？」

主人は現実に返ったようだ。じろじろ私を見て、

「失礼やが、どんなお仕事を？」

「ニューオリエントの企画をやっています」

「ほう、あのキャバレーの、そうだっか」

私が頭を下げると、主人はどうやら私に気を許したようであった。

旭町の裏側に入ると、急にすえた匂いが漂う。道は暗く、原色の赤や青の温泉マークのホテルの灯が、闇を照らしている。

酔っ払いが立小便をしており、夜の女が私たちを窺った。

アパート椿荘はこんな場所にあったのだ。木造の古びたアパートであった。

「こんな場所やし、ホテルにしたらええようなもんですけど、金がかかりますよってなあ」

「椿荘というのは、御主人がつけられたんですか、良い名ですね」

「こんな場所にぴったりでっしゃろ。まあお入り……」

主人は私を連れて、二階の屋根にある、物干台に上った。通天閣のネオンが眼の前に、鮮やかな光を放っている。

私はもう一度詳しく、事情を説明した。もの分りの良さそうな男である。こんな人物には総てを隠さず話して助力を求めた方が良い。

「そうでしたか、あんたも、あの女の虜《とりこ》になりましたか……」

主人は昔を思い出すように云った。

「気い悪したら、あきませんぜ、わしの見るところでは、あの女は魔女ですわ……」

「魔女ですって……」

「そうです、男を蜘蛛の巣で虜にするように、からんでしまう魔女です。私はそれに気付いた時、こらあかん、と思いましたな、私は漫才師上りです。そんな関係で極道もしましたし、女というものは、大体見当つきますけど、魔女だけはあきません、ものを見る眼が狂てしまうんですよ」

主人は、自分の眼を指さした。

七

澄子が田村婦人用品店に現われたのは、二年前の春の夜であった。古びた水玉のワンピースに下駄ばきというぱっとしない姿であった。澄子はショーウインドーの中の華やかな品物をもの珍しげに眺めていたが、大きな蝶の羽根のアクセサリーをくれ、と云った。

二千円で、かなり上物であった。

「二千円ですよ」と店員が言った。

澄子は、古ぼけたナイロンのハンドバッグを覗き込んでいたが、取り出したのは、一万円札であった。釣がなかったので、店員がかえに行った。

顔は黒くパーマも当てず、薄汚れた感じであったが、主人はその時すでに、澄子に妖しい魅力があるのを感じた。

「この近所かね？」と主人は尋ねた。

「ねえ、この辺に、安いアパートないかしら？」

澄子は、はきはきした標準語で尋ねた。澄子の言葉が美しいのは、私も感じていた。良家の出ではないか、と私が思ったのも、澄子の言葉のせいもある。

こうして、澄子は主人の経営する椿荘の一部屋を借りたのである。二万円の権利金は即座に払った。

今までなにをしていて、これからどうする積りなんだ、と尋ねると、なにをするか、決めていない、という。

どんな過去を持った女かしらないが、職もなく、こんなところにじっとしておれば、先は見えている。夜の女だ。ところが、澄子は、一日中アパートに寝転んで、外に出ない。化粧もしないし、食事は近くの大衆食堂に食べに行くだけであった。

大抵ごろごろして雑誌を読んでいる。通俗雑誌もあれば、かなり高級なものもある。

主人は、益々興味を覚え、時々部屋に遊びに行くようになった。なにか、悪いことをして隠れているのではないか。

そうでなければ、二十前の若い女が、朝から晩まで部屋にこもっているなんて、考えられない。アパートに来て、十日ぐらいたった或る夜、主人は酒に酔って澄子の部屋を訪れた。

澄子は窓からぼんやり、外を眺めていた。何時もそうだが、主人が来ても警戒する様子はない。主人はノックしないでドアを開けたのだが、珍しく蒲団が敷かれていた。

蒲団は借り賃を払ってアパートの備品を借りたものだ。

「頭が痛いのよ」と澄子は云った。

それが、抑えていた主人の欲望に火をつけた。澄子は、一寸抵抗したが、やがてめんどうくさそうに力を抜いた。

「何処に来ても同じだわ」

ことが終った時、澄子はスリップを身につけながら、空《うつ》ろな表情で云った。

それは十七歳の女の言葉ではなかった。身体は何処か稚なかったが、その生理は大人のものであった。その雰囲気にも生理にも、道楽し尽した主人を虜にするような、すえたような魅力があった。

「何処に来ても同じというと、前居たとこでも、同じようなめにあったんか？」

相手はなんと云っても十七歳の少女である。主人は良心に苛責を覚えながら尋ねた。

その時、澄子は始めて、アパートに来る前のことを話したのだ。

それによると澄子は、今まで文の里にある小さなミシン工場の女子作業員であった。住み込みであったが、その社長が澄子を暴力でおかしたのであった。社長というのは、五十前の男だった。おかした後も、澄子を求め続けた。やはり澄子の妖しい魅力の虜になったようである。

稚なさと成熟さが入り交った奇妙な魅力。それが、妻君に知れ、大問題となった。妻君はヒステリーの気がある女であった。

或る夜、社長と澄子が寝ているところへ、出刃庖丁を持って押しかけて来たのである。

「私は一生懸命働いたわ。何処でもそうなの、幾ら働いても、そこの主人に云い寄られるのよ。きまって奥さんに見つかって問題になり、私が出るようなはめになるの。勿論、黙って出たの。そうでなかったら、絶対離さないもの。給料はちゃんと貯金していたから、二、三カ月遊んでいても困らないわ。だから、暫く一人で、のびのびしようと思って、このアパートに来たのよ」

澄子は女工をしていたとは、思えないような美しい言葉で云った。主人はなんとなく、ぞっとした。魔女だ、と思ったのはその時である。中年男を夢中にさせるなにかを、この女は先天的に備えているのだ。

すると、澄子が云ったのである。

「ねえ、私、何処かの女中をして真面目に働きたいの。そして何時か、普通の女の人のように結婚したいわ」

澄子はあどけない、表情で云った。

澄子を離すのは、非常に残念であったが、主人は思い切って、女中を探していた大塚商店に紹介したのである。

「そうでしたか、一体何歳ぐらいで、男を知ったのでしょうか、私は澄子の前身が女工だとは思いませんでした。どんな素性の女と、思われます？」

私は道楽をし尽した、漫才師上りのこの主人に、真剣になって尋ねた。

主人は、煙草を啣《くわ》えると、静かに煙を吐いた。

「渡辺さんと云いはりましたなあ、ありゃ、わし等《ら》が遊んだ戦前の経験では、判断出来ない女ですわ。おたくのような若い方の方が、かえって分るんと違いますかな」

おそらく、澄子が女中になったのは、今までの生活を一変する積りだったのに、違いない。が、やはりだめだったようだ……

春炎での態度を見ても、別に自分の方から男を誘うような気振りはみじんも見せない。が、澄子の妖しい魅力に接した男は、澄子が傍に存在するだけで、離れられなくなるのだ。

戦前の経験では理解出来ない女か。私は三十歳である。終戦の時は十三歳であった。戦後の人間と云えよう。しかし、私にも全く判断が出来ない。

果して澄子が本気で、私の言葉を受け入れ、私と結婚しようと思ったのか。私はこの主人に会って、それもあやふやになって来た。

圭子に電話しても、澄子はやはり、戻っていないようである。弥一はその日も、昼、やって来たという。やはり弥一も澄子の行方は知らないのであろう。

私は翌日、神戸に澄子の母を尋ねた。そこは、麻薬の巣である新川の傍で、夜の女やちんぴらが棲息する白線地帯であった。

旅館もアパートも、夜の虫たちによって占領されている。

私が訪れたのは昼だった。街は陽の下で、疲れ果てた眠りをむさぼっているようであった。

澄子の母は、婦人用品店の主人が経営しているのと、同じようなアパートに住んでいた。

私はそのアパートを見た時、澄子が憩《いこい》の場所として、阿倍野の場末にやって来た気持のいったんが、分るような気がした。

私は弥一に教えられたように、十六号室のドアをノックした。

「誰よ……」しゃがれた声だ。

「渡辺と云います。澄子さんのことで、お尋ねに参ったのですが……」

私は緊張しながら云った。

「二三日前も誰か来たなあ。澄子はもう、あたしとは、縁が切れてるから、関係ないよう」

「一寸で良いんですが、お会い出来ないでしょうか？」

舌打しながら、母親はドアを開けた。

「うるさいねえ」

私は息を呑んだ。垢がすえ切ったような匂いがむっと、私の鼻をついた。

四十歳か、五十歳か、眼窩《がんか》は黒ずみ、青い顔をした幽霊のような女であった。骨ばった身体に真赤なネグリジェが、鬼気が迫るように異様であった。

「入りなよ」

と母親は云った。私は吐きそうなのをこらえながら部屋に上った。古びた四畳半である。綿のはみ出た蒲団が敷かれている。垢光りしていた。

母親は陰気な眼で私を見ながら、蒲団に横たわった。指の付根から二の腕にかけ、注射のあとがみみずのように、しなびた腕に這っている。完全な麻薬患者であった。

私は膝を揃えて坐りながら、事情を説明した。

「あの娘の父は、進駐軍のハーフのニグロだよ、ふふ、一寸分らんだろう……」

私は愕然とした。もしそれが事実なら、何《ど》んなに年をくっても、今年十七ではないか。

すると、婦人洋品店を訪れたのは、十五歳である。私は眼まいがし出した。

「でもなあ、頭だけは良かったさ。神戸の、ハーフばかりの学校に居た時分は、一番だったよ。百人近くで一番さ。十三歳で家に戻って来たが、私がこんな商売だから、嫌って家を出やがったんだよ。それでも、年に一度か二度は金を送ってくるよ……」

私は、それ以上居たたまれず、母親のもとを去った。

澄子の全貌がおぼろに、私の前に描き出された。母親は当時も外人相手の売春婦であったのだ。ハーフのニグロというから、やはり色は黒かったのだろう。

侘しい終戦の落し子が、今、十七歳になり血も肌も異る社会に、生きて行かねばならなくなっている。

澄子は学園で首席だったから、頭だけではなく、ものの見方も鋭かったに違いない。

母親を軽蔑し、軽蔑することで母親のもとを去ったのだ。澄子が身体を売る職業に落ちなかったのも、女工という地味な職業についたのも、真面目に生きよう、という必死の努力だったに違いない。

しかし持って生れたハーフニグロと淫靡《いんび》な母親の血が、澄子が意識せずして男を呼び、彼女の運命を、徐々にあるべき方向に運び始めていたのだろう。

春炎に勤めるようになったのも、その兆候であろう。

澄子の放浪は、真面目に生きようと、必死に努力し、破れたあとの放浪ではなかったか。

そしてそれはまた、先天的な血かも知れない。私の愛も、一時は澄子の心を傾かせたが、

結局は、それを貫き通すよりも、放浪を選んだのではないか。

長い間の女中生活の反動が、澄子を何処とも知れぬ自由な天地に、飛び立たせたのだ。

私が感じた澄子の清潔さは、真面目に生きようとする意志と、年の若さだったのだろう。

そして女の妖しい魅力は？　澄子の意志を自然に破壊するハーフの肌と血とではないか。

おそらく、澄子は十四歳ぐらいで、身体を汚されたに違いない。

澄子は、私の愛では、どうにも出来ぬ存在であったのだ。

私は痴呆のような顔で大阪に戻った。

八

翌日、圭子から電話がかかって来た。弥一が澄子の荷物を自宅に運んだ、という。

どうやら弥一も、澄子が戻るのを、諦めたようだ。

ただ私は、弥一が、澄子とはどうしても結婚するきずながある、と幾度も私に云ったこ

とが、気になってならなかった。

それは女中にしたことや、澄子の身体を奪い、澄子を囲ったようなことではない筈だ。

彼の言葉の匂いは、もっと深い、なにかであった。

それは一体、なにか。それが分らない以上、私は弥一の監視をゆるめるわけには行かない。

一週間たった或る日、私は新聞広告を見た。私の眼は、その付出広告に吸い込まれた。

その文句は、次のようなものであった。

……妻死す、澄子、直ぐ戻れ……

私は幾度もそれを呟いた。私はアパートを飛び出し、弥一の家にタクシーを飛ばした。

弥一の家には、黒い幕が張られていた。

私の胸には云い知れぬ疑惑が湧き上った。弥一は女房が亡くなれば、結婚しよう、と澄子に云っていた、という。

澄子は承諾した、というがこれは澄子の本心かどうかは分らない。だが弥一は、ただ一日も早く妻君が死に、澄子と一緒になる日を待ち望んでいたに違いない。

私は直ぐ、所轄警察に、妻君殺しの容疑がある、と弥一のことを電話した。子供のような女に迷い、妻君を殺したに違いないから、妻君の死体を解剖するように、と云った。

そして二日後の諸新聞は女房殺しの犯人として弥一の写真を大きく掲載していた。

ヒソを長らく妻君に飲ませていたらしい。澄子は無関係なのであろう。今だに何処に行ったか分らない、警察共々、私も澄子の行方を探している。

初老の男に女房殺しの大罪をおかさせる原因となった澄子。

が、澄子には罪はないのだ。これっぽっちも……

人形の足跡

一

松方洋子は久し振りに短大のクラス会に出席した。場所は梅田の割烹店だった。その店の女主人である井村圭子が同級だった関係でその店で行なわれたのである。出席者は十六名であった。割合、暇と金銭的な余裕のある連中である。

だが、洋子にはつまらなかった。話題は家庭のことばかりである。主人の非を鳴らしたり、女は損だわ、と言いながら結構、主婦の座に満足している。

洋子の居たR短大は昔からブルジョア学校として有名だった。大抵家柄の良い息子と結婚している。学校を出て十二年、亭主達は一流会社の部課長か、大商店の主人であった。

洋子の夫の浩一郎は、まだ主任である。その点クラス会では、余り大きな顔が出来なかった。洋子が、久し振りにクラス会に出て見る気になったのは、どうやら夫が、今度の異動で課長になる見透しがたったからである。

それに洋子には子供が無かった。夫の会社は日本でも超一流の日村電機である。

公団住宅での二人暮しでは、充分とまでは言えないが、かなりの生活が出来た。

中古のブルーバードも買い、クラス会にも洋子は運転して来た。が、数年振りに出たクラス会で、洋子はその程度の生活が、彼女達の中では下の部類に属するのを感じただけである。

洋子はかつて、R短大の演劇部に席を置き、在学中に新しく出来た民放のラジオドラマなどにも出演し、クラスの花形であった。

その自負だけは今も忘れていない。だからクラス会に出たことは、かえって惨めであった。

子供のない二人暮しなので、容姿は衰えていない。肌も顔も艶々している。

確かにクラス会のメンバーは、洋子が若いのを羨ましがった。

「どうしてなの。秘訣を教えてよ」「本当に羨ましいわね、私なんか見てよ、このおなか……もう中年の身体だわ、なさけない」

だが、洋子の若さを羨ましがった女達の指には、燃えるようなメキシコオパールが輝いていたり、美しいスターを煌《きらめ》かせた数十万円はするサファイヤが自分達の生活を誇っているようだった。

三十二、三歳の裕福な妻達の間では、若さへの郷愁は、サロン的な会話に過ぎない。ただこの年齢の独身者の場合は、また別である。クラス会にも独身者は来ていた。角野清美と有形香乃である。

清美はバレリーナであり、有形香乃は心斎橋で洋裁店を経営していた。

清美も香乃も、本心から洋子の若さを羨ましがったようである。洋子は自然、清美や香乃と話し合った。ただ有形香乃の場合は、その財力と贅沢さで、洋子は一目置かねばならない。その点清美だけは、抵抗を感じることなく話し出来た。この年配の女達の心理は、その形式化された社交性に比して複雑である。

角野清美は、女学校短大を通じてバレーに熱中し、短大時代は、洋子がラジオに出たのと同じく、Nバレー団に混り、大阪のA会館の舞台を踏んだりした。

洋子と同じく清美もクラスの花形だったのだ。ところが、バレーは超一流にならなければ生活出来ない。清美は結婚せず、関西のバレー劇団に属し、時々舞台に出るが、専門外の人々は、名前も知らない存在である。

　生活するために生徒を教えているが、喰べるのが、やっとであろう。

着ている服は派手で、清美の良いセンスが出ているが、生地は安物である。服や着物でセンスが通用するのは、二十二、三までである。三十前後になると如何に金が掛っているかが、価値を決定する。

洋子と同じく、久し振りに出席した角野清美は、高山産業の社長夫人になっている高山厚子の一言で、その存在をクラス会の中で無視された。

「角野さん、まあ、あなたまだバレーをやっているの？」

余程の才能が無い限り、女の価値は、その主人が決めるものであることを、R短大のクラス会は、冷酷に立証したようである。

洋子は清美をブルーバードに乗せて、難波に出た。洋子も清美も無言であった。

「つまらないクラス会ね、女性って、結婚して何年もすると、どうしてああ話題が俗っぽくなるのかしら」

と洋子は言った。

「そうね、私、もう出ないわ、でも、あなたには立派な御主人がいらっしゃるから、良いじゃないの」

「立派なものですか、私、あなた偉いと思うわ、自分の才能一つに生き抜いているんだもの……」

洋子は、半ば清美を羨み、半ば憐みながら言った。今までやって名が出ないのだから、清美が一流バレリーナになることはまずあるまい。それに、清美は洋子が驚いた程、若々しさがない。自分のやりたいことに打ち込んでいるのに、どうしたことだろう。

この調子なら、立派な男性と結婚出来る幸運は先ず向いて来まい。

洋子の憐みは、そんなところから来ていた。その夜二人は、難波の喫茶店でお茶を飲んで別れた。清美は、来月D会館で行なう、関西合同バレー公演会の切符を送るから、是非来てくれ、と言った。バレーのことを話す時だけ、清美の眼は活々した。

　そんな表情を見ていると、憐みの反面、羨ましさも覚える。現在の結婚生活のまま、華やかに名を出すような仕事はないのだろうか。クラス会の連中の中で、今一度女王のように振舞いたい。不可能な夢だと分りながら、松方洋子は一人、ブルーバードを運転して、公団住宅に帰ったのである。

　夫はすでに帰り、先に食事をすまし、テレビのボクシングに夢中であった。四十歳だが、四、五年前から急に太り、十八貫はあるだろう。洋子が声を掛けても、ボクシングが終るまで、夫は返事をしなかった。

　何時《いつ》もそうだ。夫の楽しみと言えば、会社から帰り、テレビを見ることだけであった。中古の車を買った時は、日曜日など二人でドライブに行ったが、今はそれも億劫《おっくう》がり、日曜は寝ることだけが楽しみである。

「どうだった、クラス会？」

　と夫はボクシングが終ると初めて尋ねた。

「つまらなかったわ、あなた、佐伯さんの御主人、あなたと同じ四十歳で取締役総務部長になったんですって……東綿織維のよ」

「ああ、佐伯っていうのは、東綿織維の大株主だよ、きっとその息子だろう、当然だよ、将来は専務か社長になるんじゃないか……」

　夫は他人事のように答えた。洋子は夫のそんな態度が腹立たしい。夫は確かに名門の息子ではない。だと言って現状に甘んじるのは、余りにも男として意気地がないような気がする。

「あなた、今度の異動で課長は大丈夫でしょうね、私、みなさんに、課長になった、と言いましたからね」

　だが夫はもう、洋子の言葉を聞いていなかった。新聞のテレビ欄を眺めながら、ダイヤルを廻している。アメリカの私立探偵のミステリー劇である。

　洋子は苛々《いらいら》した。クラス会で相当神経を緊張させていたらしい。

　なんでこんな男と結婚したんだろう。洋子はふと当時のことを思い出した。

　洋子は短大を出るとすぐ見合した。一度、二度と断り、三度めに結婚を承諾したのが、M化学の企画課に居た原木だった。少しニヒルだが、シャープな感じで、洋子は気に入った。ところが家柄が良くない。原木は東大を出ているが、両親は場末で洋品店を経営している。

　それでも洋子は原木が気に入り、結婚を前提とする交際に入った。

　ところが交際の最中、日村電機の演劇グループに居た現在の夫、松方と民放のドラマで一緒になったのである。夫は原木よりもさっそうとしていた。演劇への夢も大きく、慶応時代は演劇部に居たという。

結局、原木との一年近い交際の末、洋子は原木との約束を白紙に戻し、松方と結婚したのである。

原木は間もなくM化学を止め、東京に行ったということを聞いたが、それ以後、どうしているか、知らない。

一方、夫は洋子と結婚すると、平凡なサラリーマンに変ってしまった。もともとそんなタイプだったのである。

いや、夫の出世が遅れたのは、演劇などに関係していたためのようであった。もちろん洋子も、松方が演劇人となることを望んでいたのではない。ただ、そのような趣味を家庭生活の中で活かして欲しかった。

ボクシングやスリラー劇に熱中する代りに、たまには東京から来た新劇公演を一緒に見に行くぐらいの深さを持ち続けて欲しかった。

結局洋子は、夫の出世の面でも、人間的な面でも不満を抱きながら、現在に至っているのである。

これが、水のような夫婦生活というものであろうか。洋子は、夫と別れることなど夢にも考えていない。よろめきドラマは盛んだが、夫以外の男性と交際したこともなかった。

松方が平凡な夫なら、洋子も平凡な妻と言うべきであろうか。

その夜、洋子は寝物語りに夫に言った。

「ねえ、私に適した、私の才能をのばせる仕事はないかしら、子供もないし、このまま年を取って行くの、惜しいわ」

「それも良いがね、一度君、病院へ行ってみないか、この頃は医学も発達しているし、案外簡単に子供が生れるかもしれないぜ、君が健康体なら僕も行ってみる……」

夫は急に真剣な声で言ったのである。

二

人事異動で夫は課長代理になった。課長になれなかったのが、洋子は口惜しかったが、夫は大喜びである。平気な顔をしていたが、矢張相当神経をとがらしていたらしい。

「課長まであと五年だ、日村電機は資本金百二十億だよ、日村電機の課長代理と言えば、資本金一億の会社の部長ぐらいの値打はあるんだよ」

夫が課長代理になって暫くして、洋子は渋々大学病院に行った。診察の結果喇叭《らっぱ》管《かん》が癒着しており手術の必要がある、ということだった。夫は直《す》ぐ手術をするように言ったが、洋子の決心はつかなかった。

来月する、と言っているうちに秋になった。手術自体も怖かったし、手術して子供が出来れば、もうどんなにあがいても、自分の人生はどうにもならない、という淋しさもあった。

洋子はまだ夢を見ていたのである。ところが人間のチャンスというものは、どんなところからめぐってくるかもしれない。

秋の或る日、洋子が百貨店に買物に行こうと、車のカバーを下ろしていると、三十歳ぐらいの青年が洋子に話し掛けて来たのである。青年は名刺を出した。

全日本化織宣伝部課長代理、鎌田恭介と書かれていた。鎌田はグレイの背広をたくみに着こなした、いかにも第一線の宣伝マンらしい、シャープで知的な明るさがあった。

鎌田は突然話し掛けた非礼を鄭重に詫びたあと、次のように言ったのであった。

「実は私、全日本化織が来春発売しますホームウェアの、宣伝ポスターのモデルを探している者です、従来このようなポスターのモデルは、女優とか、人形のような美人、それも二十二、三歳の若い女性を使用していたんですが、今度はガラッと趣を変え、素人の方、それも団地住いの三十歳前後の品が良く若々しい奥様にモデルになっていただこうということになりまして、毎日、団地を歩き廻っていたんですが……」

と言って鎌田は、洋子を見た瞬間から、あなた以外にない、と思い、厚かましくも話し掛けた、と説明したのである。

洋子は全くのところ、最初は呆気《あっけ》に取られた。次に思ったのは、いんちきな男ではないか、ということである。三十二歳の洋子にはその程度の世間智はあった。

こんなことを言って、女をだまして歩く男のことは、良く週刊誌に載っている。鎌田は洋子の気持を直ぐ見抜いたようであった。

「私に対するお疑いは当然だと思います、もしそのお気持がおありでしたら、明日午前十時に全日本化織の宣伝部の鎌田まで、是非お電話下さい」

そして鎌田は、如何に洋子が魅力があるか、それは女優やファッションモデルには到底無い、柔かい新鮮な魅力だ、とほめちぎったのである。洋子ならずとも、そう言われて悪い気はしないだろう。まして洋子は、内々このようなチャンスを望んでいたのであった。チャンスは逃すな、演劇をかじっただけあって、洋子はこの言葉の意味を良く知っている。

それに洋子が、鎌田を信用したのは、彼が洋子の名前や、素性を尋ねなかったことであった。

「間違っていたら失礼ですが、奥様とお見受け致しましたし、このようなことは御主人の御意向もお有りだと思いますので、直ぐに御返事をいただけるとは思っておりません、ただ、私共の会社の意向を信頼していただきたいと思いますので、明日のお電話だけは、おそれいりますが、会社の方にお掛けいただけないでしょうか？」

ここまで言われて、洋子も漸《ようや》く半ば疑いながら、鎌田の言葉を信頼する気になった。

「分りました、必ず電話致します」

その時の洋子は、すでに鎌田の感情を損うのを怖れていた。洋子の口元に浮んだ微笑を見て、鎌田も、ほっとしたような笑顔を向け、

「お電話いただきましたら、悪い御返事でも、僕はあきらめません」

鄭重《ていちょう》に挨拶して去っていった。明るい秋の陽が、若々しい鎌田のグレイの背広を染めていた。洋子はこの時、新しい人生がこの匂うような青年の背広と共に開けて行く気がしたのである。勿論洋子は、鎌田という男を意識したのではない。彼など問題ではなかった。全日本化織と言えば、電機界の日村電機以上の超一流会社であった。しかもそれは、女性の衣服に直結しているだけ、華やかである。

洋子は夫に、鎌田に声を掛けられたことを話さなかった。万が一、鎌田が偽せ者である場合を怖れたのである。

翌日、午前十時きっかり、洋子は全日本化織の宣伝部に電話した。鎌田は居た。

「お待ち致しておりました、昨日の件は御承諾、願えますでしょうね」

「はあ、私は構わないのですけど、まだ主人にも話していませんので……」

「もしおよろしければ、午後にでも、会社の方にいらしていただけないでしょうか、課長もお会いしたい、と申しておりますし、いいえ、この件に関しては、私が全責任を負っていますので、ただ、こちらの条件とか、奥様の御希望なども、お聞きしたいと思いますの

で……」

洋子は午後一時に会社に行く約束をした。夫の意向はこの場合問題でなかった。洋子はどんなことがあってもポスターのモデルになる決心をつけていたのである。

ただ、鎌田に会うべくアパートを出た時、洋子は余り大きな希望を持ってはいけない、と自分に言い聞かせた。彼女は、夫との結婚生活を破滅させる気は毛頭なかった。

もうこの年で、一人になり新しい運命を切り開く自信はなかった。角野清美の眼だけ熱っぽい、そのくせ何処からうらさびれた姿が、脳裡から離れない。それに、クラス会の中で大きな顔をして居られるには、矢張り妻の座というものは、最も大切である。

洋子は三十二歳だ。子供ではない。世間の眼というものが、どんなものであるか良く分っていた。クラス会の眼は世間の眼なのである。

もし洋子が独身でいたなら、たとえ鎌田が声を掛けたとしても、自分に対する態度が違っていた筈だったことも、洋子は良く承知していた。鎌田に、なれなれしさが少しもなかったのは、洋子が人妻であったからである。

どんなに華やかな運が開けても、私は妻の座は崩すまい、洋子は太った夫の姿を思い浮べ、微笑を浮べながらブルーバードを運転し、全日本化織に乗りつけた。

場所は鎌田から電話で聞いていた。全日本化織は本町にあった。

最も新しい建築の九階建のビルにある。全体にシルバーグレイ色をしたそのビルは、美しさ、品の良さ、豪華さで他のビルを圧していた。正面玄関の横に駐車場があった。車をそこに置き一階の受付で鎌田の名を告げた。三階の受付に行ってくれ、という。

エレベーターで三階に上った。華やかな会社だけあって、女子社員も垢抜けていた。エレベーターから出ると、ホテルのような明るいロビーがあり、廊下に添って数え切れない程、応接室が並んでいる。

三階は宣伝部なのだろう。大きなレイアウトの紙を拡げている者も居れば、カラーフィルムを覗いている者も居た。女優のような若い美しい女性も居た。皆、活々していた。現代に生きている、という感じであった。洋子はこの活気に少し圧倒された。狭い公団住宅の部屋の生活に慣れ切っていた洋子としては当然であろう。

受付嬢は三人居た。鎌田の名を告げると直ぐ電話を掛け、一人が立って洋子をロビーではなく、並んでいる応接室の一つに案内した。大きなガラス窓で、部屋は陽の光りを一杯受け、まぶしい程である。御堂筋を走る車体がそれぞれの色をせい一杯輝かせていた。

車の美しさを、洋子はこの応接室から見て、初めて感じたようである。

ドアをノックし、腕まくりした鎌田がポスターの原画をかかえて入って来た。

「今日はおいそがしいところを本当に有難う御座いました、課長も喜んでいます」

挨拶すると、早速ですが、と言いながら原画を拡げた。大きなカラー写真である。団地と女性と噴水がバックになっていた。

洋子が覗き込むと、鎌田はここにこう坐っていただいて……と、もう洋子がモデルになることを承諾したが如く、説明し始めた。

それは慣れ慣れしさではなく、仕事への熱意を感じさせる態度であった。洋子はかえって気持が良かった。

宣伝課長の竜野が現われたのは、四、五分たってからである。四十前後か、色の黒い精悍な感じの男である。竜野は部屋に入るなり、鎌田の肩を叩いた。

「でかした鎌田君、吾が社の理想にぴったりだ、いや、これは失礼しました、余り嬉しかったのでつい……私、課長の竜野です」

松方洋子は竜野に挨拶され、少し頬を染めている。活々した雰囲気の中で、これほど真向から中年の男性に賛辞を呈せられたのだから、当然であろう。

洋子は、夫に相談することなく、ポスターのモデルになることを承諾した。

モデル料は一回一万円、だと告げた。しかし評判が良ければ、これから続けて出て貰う。という話である。

松方洋子は、その日、全日本化織の帰り百貨店に寄り、イタリー製の一瓶一万円の小皺取りのクリームを買った。若々しいと言っても三十二歳になれば、眼尻に小皺が出来ている。前々から買いたいと思っていたのだが、それまで手が出なかったものである。

この日から、松方洋子は希望通りの新しい生活を得たのであった。

三

松方には、洋子のポスターモデルという仕事を停める力はなかった。いや、意志が無かった、というのが本音かもしれない。わざわざ、日村電機の宣伝課に顔を出し、女房が全日本化織のポスターモデルになった、と告げているところを見れば、内心は満更でもなかったのであろう。それでも洋子に対しては、早く手術をして、子供を生めるようにしろ、と要求している。だが、洋子には、そんな気持は飛んでしまっていた。

「ポスターのモデルだって、専門家でないんだから長続きしないわよ、二、三年あとでも良いじゃないの……」

そうは言ったが、洋子はなんとかして、長続きさせたい、と思っていた。若さが売りものでなく、中年前の奥様、というねらいだから、地味だが当れば長続きする可能性があった。

鎌田が、洋子にポスターの評判が非常に良いから、来年は全日本化織の色々な宣伝に出て欲しい、と告げたのは年末であった。

鎌田は一度、御主人に御挨拶に行きたい、と言ったが、洋子はその必要がない、と停めている。

三十二歳の松方洋子は一層若々しく魅力的になった。団地内を歩いていても、男共を始め女達も、今までより一層粘っこい視線を、投げ掛けるようになった。洋子はポスターだけではなく、映画館で上映されるスライドにも出始めた。美しい極彩色のシネマスコープの大きさで、自分の姿や顔が映るのを見ると、洋子の胸は言い知れぬふくらみにしびれるのだった。人間というものは、男女に限らず、一つの望みを達すると次々と、欲望が生じるものである。

松方洋子は稀有の幸福を得たにも拘らず、自分は不運だ、と時々思うようになった。松方などと結婚せず、映画か演劇の道に専念しておれば、当然今頃は大スターになっていたのに、と口惜しく思われるのである。そんな場合、太った夫が魅力のない、つまらない男に見え出した。

スライドなどに出始めると、スライド専門のスタジオに出入りする。接触する人間は派手な連中ばかりであった。

洋子がれっきとした人妻であるのを知っているので、一定の距離は保っているが、時には誘惑めいた態度を感じさせる男が居た。

洋子は誘惑には、負けない自信があった。だが、男達が自分の魅力に当てられ、欲望の眼を光らせているのを見ると、なんとなく刺戟感があって楽しく昂奮した。

そんな或る日、洋子に思い掛けない話が持ち込まれたのだ。

宣伝課長の竜野が、洋子を夕食に招待したのであった。竜野の傍には、今一人の男が居た。二十七、八だろうか、切れ長の眼の中に女のしんを溶かすような危険な光りがある。頬は少しこけているが鼻は日本人離れがしていた。今はやりの言葉で言えば、クールなハンサムだった。竜野は、その男を、劇団つばめに属している梓忠男君、と紹介した。端役だが、テレビにも時々、顔を出しているらしい。梓は紹介されると、洋子の眼を喰い入るように見詰めて鄭重に挨拶した。

女に掛けては、かなり自信のある男なのだろう。洋子は梓の眼付に反撥したが、そんなに悪感情を抱いたのではない。

「松方さん、今夜、おいそがしい時間をさいていただいたのは、ほかでもありません、どうです、全日本化繊のテレビドラマのコマーシャルに出演していただけないでしょうか……」

洋子は内心の喜びを押えながら言った。ポスターが好評で、スライドなどに出始めた時から、洋子は内心、この声が掛るのを期待していたのである。短大時代演劇をやり、初期の民放に出演したことも、それとなく鎌田や竜野に匂わしていた。

「二十五、六歳から三十七、八歳までの家庭の主婦向きのよろめきドラマですが、松方さんのイメージは、その連中にぴったりなのです、上品でそしてお色気のある家庭の主婦の魅力、これは松方さん以外にはないものです……」

竜野の話というのは次のようなものであった。今まで、テレビコマーシャルというのは、一人の女性が出て愛嬌を振りまきながら製品の宣伝をする。それが普通だが、今度は新しい企画でやる、というのだった。つまり、洋子持前の柔かい人妻の魅力でコマーシャルを喋り、同時に梓が洋子とは対照的なクールな魅力で、洋子に話し掛け、二人の雰囲気で視聴者の気持を、ぐっと捕える、というアイディアであった。

たとえば洋子が全日本化繊のホームウェアの魅力を紹介すると、梓が現われ、それを洋子の前に拡げ、冷やかな顔のまま肩をすくめたりする。つまり洋子に対する憧れを表面的には現わさないで、女性に惹きつけられる青年の姿を演ずる、というのだった。喜劇俳優がオーバーな身振りでコマーシャル的演技をするのとは、正反対なやり方だった。

「これが当れば、画期的なものだと思います、僕は松方さんと梓君なら当ると思う、どうです、やってくれませんか……」

洋子は即座に承諾したかったが、

「テレビに出るというのは、今までとは違いますので、一度主人に相談しまして……」

その時、梓の眼が冷たく光ったような気がした。洋子はその中に、冷笑を感じた。

竜野が席をたった時、梓が言った。

「松方さん、チャンスですよ」

「あなたに取ってもでしょ」

「勿論です、あなたに取っても……」

梓はさびの利いた声で囁くように言った。洋子はむっとした。竜野も鎌田も、スライド社の面々も、白電堂の広告社の連中も、洋子を松方さん、と呼んだり奥さん、と言ったりはしたが、あなた、と呼んだ男はなかった。しかも、梓は洋子より年下の、初対面の男ではないか。すると梓は、洋子の気持を察したように、薄い笑みを口元に浮べ、

「奥さん、あなたも僕も、もう一つのレールの上を走っているんですよ、後退は許されない、嫌なら列車から飛び下りるだけです、僕は二十八歳です、おそらくこれが最後のチャンスかもしれない、でも、これは僕のことだけ言っているのではないのですよ」

梓が二十八歳、と言った時、洋子は自分の年齢を指摘されたような気がした。来年は三十三歳だ。梓の言うように、これこそ最後のチャンスかもしれない。ポスターや、スライドに幾ら顔を出していても、所詮それは人形の役だ。梓に反撥しながら、洋子は梓の言葉に真実を感じないわけには行かなかった。洋子は微笑した。

「主人と相談して決めますわ」

と洋子は答えたのだ。それは洋子の中の女が、梓の中の男に、危険なものを感じたための防御の言葉であったろう。梓はコマーシャルの演技と同じように肩をすくめた。

梓は、洋子に人妻としてではなく、初めから一人のタレントとしてぶつかって来たようである。それは、今まで洋子の周囲に現われなかったタイプである。テレビに出るとなれ

ば、梓と絶えず顔を合わしておらねばならない。洋子には、それが少し心に引掛った。全日本化繊の意向は明らかに、洋子と梓のコンビにより、人妻とクールな若い男性がかもし出す微妙な雰囲気をねらっているのだ。コマーシャルのあとのドラマは、人妻のよろめきものである。

出演する決心はしたものの、洋子は夫にどう説明して良いか、迷った。夫が徹底的に反対すれば……それを思うと気が重い。

最近の洋子にさえ、夫は不平を言い、もっと家に落ち着くように言っている。先月から週に二回家政婦に来て貰っているが、夫だって家政婦相手に夕食を喰べるのは侘しいものだろう。

妻が夫をわずらわしく思うのは、妻に生活力が出来た場合だ。そして夫妻生活の破綻は夫が、妻の生活力を奪おうとする場合であった。最近でも三人の有名な人妻が離婚しているが、根本原因は右に述べた簡単な真理である。

その夜、夫と洋子は夜遅くまで言い争った。最後に洋子は泣いている。泣き出すとおかしい程涙が出た。

「クラス会に出ても、私は隅で小さくなっておらねばならないのよ、あなた、昔の私を知っている？　クラスの女王だったのよ、立派な男性からもプロポーズがあったわ、あなたは私の才能を認めてくれた、だから、私……」

夫はやり切れないように大きな身体を投げ出し、やたらに煙草を吸っている。

「良いわ、私出ない、ポスターのモデルも止めるわ、ヒー……」

洋子は辺り構わず大声で泣いた。性格的に言って洋子は隣り近所に見栄を張りたい女である。その洋子がそれを忘れて大声で泣いた、というのは、家庭崩壊の、ぎりぎりの線まで感情が昂ぶっていたからであろう。止めるわ、と泣きながら、洋子の錯乱した感情の内部はかえって冷静だった。

冷静というより非情な石のような固りがあった。もし夫が、それでも許さないなら……それは夫の意志を無視して、テレビに出る決心の固りであった。そして、止めるわ、止すわ、ヒー……と泣けば泣く程、反対に固って行くのである。

「おい、みっともないじゃないか、分ったよ……」と夫は遂に洋子に屈した。

洋子は泣き止んだ。泣き顔は、やがて泣き笑いとなり、洋子は、くっくっくと笑い涙を手拭いで拭きながら、夫に言ったのである。

「ねえあなた、私なにも、私一人の力でやって行けると思っていないのよ、全日本化繊が私を買ってくれたのも、私が一流会社の課長代理の奥様だからよ、そこが、全日本化繊のつけめなのよ、私が独身者だったら、誰れが相手にするものですか、ねえ、安心して、私は大人よ、妻という地位がどんなに大切なものか、良く分っているわ」

四

こうして松方洋子と梓のコンビになる全日本化繊の婦人向けコマーシャルが始まった。

ねらいは成功した。人気は日増しに高まった。今までと違った、全く新しい世界が洋子の前に展開した。それは、テレビ局と、それを取り巻く異様な雰囲気であった。

派手なしまのジャケツを着、下級船員になりそこないのような品のない若僧が、鼻歌を歌いながらロビーを徘徊している。大学教授のように難かしい顔をした中年の制作主任が、その若僧と笑顔で挨拶を交している。若僧は有名な歌手であった。タレント売り込みのマネージャーが、鼠のように眼をきょろつかせ、ディレクターの姿を見ると、飛んで行く。

名前も知らないのに、洋子と顔を合すと、

「お早よさん、お疲れさん」と声を掛けて来る。

堂々とした体格のディレクターが、こてこてドーランを塗りたくったタレントに、めじろちゃん、と女のような声を掛ける、いや、ディレクター同士、……ちゃんと、子供のような声で呼び合っている。活気、スピード、困憊《こんぱい》、熱気、虚無、そのようなものが近代的な建物の中で、混合していた。

時間の区別がない。朝は夜であり、夜は朝であった。

洋子は、その得体の知れない渦の中に巻き込まれたのである。テレビ局の中で、洋子を人妻として接して来る者は一人も居なかった。男達は、洋子を一人の女として、タレントとして接した。

洋子の呼び名は、洋ちゃん、お洋ちゃん、であった。ディレクターの中には洋子を、一段上から女としてからかう者も居たし、甘える者も居た。

洋子や梓の人気が出て来ると共に、テレビの新聞などからインタビューもやって来た。

しかし、洋子は必死で自分を保とうとした。この渦の中に巻き込まれたら大変だ、という思いが、男達と露骨な冗談を言い合っている時、ふと心を掠《かす》める。

私の本職は人妻なのだ、俳優ではない。

「御自分の魅力について……」

インタビューの記者は鉛筆を構えながら尋ねる。

「さあ、別に私、自分に魅力があると思っていません、ただ、家庭内で妻としてのお仕事をしているような気持で、出演しているだけですの」

そのくせ、この頃の洋子は家に帰って笑顔を見せたことがない。笑顔はテレビ局の内部と、ビディオ取りを終り、関係者とクラブやスタンドバーで飲み食いする時だけである。喋っていることと、生活が全く掛け離れてしまった。

「梓さんについて……」

と記者はまた尋ねる。

「現代の男性の魅力を、総て備えている方だと思います」

そんな記事がテレビ新聞に出る。洋子と梓のコンビは、視聴者に取って一体となる。

梓の男としての魅力を、洋子は仕事を終え一息ついた時、ふと感じることがある。夫にはない、男の魅力である。梓は不思議な程、初対面の時と同じ態度で洋子に接した。何時・も口元にニヒルな微笑を浮べている。初めのうち洋子は、仕事が終ると、真直ぐ家に帰っていたが、二、三日たつと、真直ぐは到底帰れなくなった。深夜なら何処かで騒ぎたい、夕方なら豪華な食事をしたかった。

松方の妻なのだ、人妻なのだ、そんな洋子の呟きも次第に遠くなり、呟いてもお題目のようなもので、少しもぴんと来なくなった。

そんな或る日、仕事が終ったあと、ふと梓が言った。

「お洋ちゃん、君と僕のこと、噂になってるの、知ってるかい……」

洋子は愕然とした。

「驚いた、そんなでたらめな噂、誰が言ってるの……」

梓は憐れむように洋子を見た。

「誰がって、全部だよ、言わないやつもそう思っている」

「酷いわ、腹が立つわ」

「仕方ないよ、初めから噂が立つようになっている、だって、この仕事を引受けた、ということは、当然こうなる運命にあったわけだから……君、それ分らなかったの」

言われてみて、洋子は初めてそれに気付いたようであった。全日本化繊では、洋子の人生など問題にしていない。番組に人気が出れば良いのだ。噂が問題化し、洋子の家庭が崩壊しようと、知ったことではないのだ。

「不愉快ね」

「どう、久し振りに二人で飲みに行かない、曽根崎新地のナイトクラブにでも行こうや」

梓は洋子の肩に手を掛けた。昔の洋子なら怒って手を振り離すか、さり気なく身をかわしていただろう。だが、テレビ局での異様な雰囲気は、洋子から人妻としての潔癖感を完全に奪っていた。洋子はそれに気付いていない。

梓との噂でも、不愉快ね、癪だわ、と柳眉《りゅうび》は逆立てるが、梓と飲みに行くことに抵抗は感じない。

そのナイトクラブは地下にあり、フィリッピンのバンドが入っていた。大阪には六本木のような大衆的なナイトクラブはない。

洋子はブランディを注文した。昔から飲めない方ではなかったが、最近は良く飲むようになった。テレビ局の雰囲気が、まだこのクラブではあとを引いている。家に帰れば、夫は寝ているだろう。コマーシャルや、スライドや、その他、全日本化繊の宣伝にだけ出ているので、神風タレント程ではないが、家庭を持っている洋子には、結構眼の廻るようないそがしさだった。

「ああ嫌になっちゃう」

「それじゃテレビから足を洗い、家庭におさまれば良い」

梓は残酷なことを平気で言った。初めは反撥を感じていたが、この頃は気にならなくなった。時々梓の言葉に挑発されてはいけない、と自戒するぐらいなものである。

「踊ろうか……」

「ええ……」と洋子は立ち上った。

梓は踊りが旨い。こんなクラブのフロアで踊るのには、リズムに旨く乗るかどうかだ。

その点梓は、踊りに対して原始的な勘を持っていた。ツイスト、ジルバ、そんな若者の踊りを自分なりにたくみにこなして楽しそうに踊る。そして三十二歳の洋子を、若者達と同じような、本能だけの気分にしてしまう。梓の体臭は甘酸っぱい匂いがした。曲が盛り上った時、梓は洋子を強く抱いた。熱い息が熱した洋子の耳朶《じだ》に吹き掛けられた。梓の指先が洋子の脇の下の背面でくすぐるように動いた。

「だめよ……」

洋子は身体を離した。

「あなたって、たらしねえ、でも私は駄目、人妻よ」

梓はにやりと笑った。

「そうだ、お洋ちゃんがテレビで受けているのは、そのお上品な家庭的な魅力というやつだね、僕はクールな女性キラーか。二人は平行線だね、何時まで行っても……」

「そうよ」

洋子は答えたものの、年下の梓にからかわれているような気がした。

午前二時、洋子は足音をしのばせて、静まり返った公団住宅の石畳の廊下を歩いて部屋の前まで来た。居住人の殆んどはサラリーマンである。洋子が今まで過して来た世界と、異質な雰囲気があった。

洋子は鍵を鍵穴に差し込みながら、一体どちらが、自分の本当の生活だろう、と思った。家庭というものを基盤にした、主婦の現代的な生活。初めはそのような感激で毎日が楽しかったが、この頃は家に帰るのが、なんとなく重苦しい。

夫は大きな鼾《いびき》をかいて眠っていた。洋子は冷蔵庫を開け、冷えたビールを飲んだ。一人でキチンルームに坐っていると、急に居てもたっても居れないような孤独感が洋子を襲った。冷たい初春の月が、窓越しに室内を染めている。コップを握る洋子の指も真青である。

今、あの華やかな生活から身を引くことが出来るだろうか。出来そうにもなかった。

と、言って夫と別れ、自分一人の生活を歩む気にはなれない。洋子の孤独感はその断層に立っているところから来ているようであった。

五

梓の口から二人の間が評判になっている、と告げられて以来、梓はかえって洋子を誘うようになった。今では、梓が踊りながら、洋子の頬に唇を触れても、洋子は避けなくなっていた。感覚が麻痺してしまったのだろうか。夫に対して、妻の意識を感じないのだ。

映画でもそうだが、二人で演技するということは、二人がその演技に没入しなければ、出来ないことである。

たとえば、恋人同士の役を何度もやれば、お互い、恋人のような気になるのは、当然である。それは不思議な世界であった。そして、余り長く続くと、演技の場を離れても、その感情が糸を引く。

男女の俳優が、直ぐ肉体関係に入るのは、こんな人間心理から来ている。ライトの前で、洋子を見詰める梓の眼は、人妻をしたう眼であり、洋子は一瞬の間に情をこめて、それに応える。二人の演技が迫真さを増したればこそ、二人の関係について噂がたったのだ。裏を返せば、洋子は無意識のうちに梓を愛し始めていたのかもしれなかった。

梓が現在、数人の女と関係ある、ということを洋子は感じていた。

「僕に取って女性なんか、欲望の吐《は》け口だよ、僕の望みはこの世界で名を成すこと、そのためには、何《ど》んなことだってやる」

その夜も梓は、深夜のスタンドバーで洋子に言った。珍しく梓はかなり酔っていたようだ。

が、何故か洋子はこの時、梓の薄い唇に浮いた陰惨な笑いにぞっとした。

「そんなに栄光が大切かしら、私はもっと人間的でありたいわ」

「じゃ、テレビなどに顔を出さず、御主人のところに帰れば良いじゃないか」

何時もの口調だ。が、この夜の梓には刺すような響があった。洋子はかっとして、

「私は家庭を失ってはいないわ、家庭の上に立って私の花を咲かせているのよ」

梓が苦そうに、ストレートのウイスキーをあおった。

「僕が洋ちゃんを、他の女性と違った眼で見ているのはそこなんだな、他の女性は欲望の吐け口だが、お洋ちゃんだけは違う……」

そう言って梓はにごった眼で洋子を見た。

「出よう、早く帰り給え、御主人が待ってるぜ」

「大丈夫よ、あなたに心配していただかなくったって……」

洋子はまだ居たい気がしたが、梓がバーを出たので仕方なくついて出た。梓はタクシーを呼び停めた。送ると言う。

「良いわよ、一人で帰れるから、あなたこそ何人かの彼女に会いに行かなくっちゃならな

いのでしょ」

「はは、僕に取って女性は、お洋ちゃん一人だよ」

洋子はぎょっとした。梓の言葉に、何時にない迫るものを感じたからである。梓は黙って洋子の肩をかかえ、タクシーに乗せた。

「香里《こうり》にやってくれ給え」と梓は言った。

洋子の公団は香里である。

「お洋ちゃん、宣伝部長の萩野さん知ってる？」と梓が尋ねた。

洋子が知っているのは、課長の竜野までである。全日本化繊の宣伝部長ともなれば、洋子や梓にとっては、雲の上の存在であった。テレビ局に取って全日本化繊は大スポンサーであり、その総元締が萩野であった。洋子も名前だけは聞いている。切れるので評判であるが、彼は部長室から殆んど出ない。参謀長なのだ。

「萩野さんがどうかしたの……」

「いや……一寸……」

梓は煙草を捨てると洋子の顔を引き寄せた。洋子は無言でもがいたが、梓が洋子の顎に手を掛け強い力で引き上げると、梓の唇を避けることが出来なかった。しつような長いベーゼであった。毛唐のような甘酸っぱい体臭が洋子の鼻を突く。長い間夫とは、夜を共にしていない。仕事の場でのドライな肉感的な雰囲気が、自然に洋子の生理に、自分でも分らないうちに受け入れ態勢をつくっていたのだろう。洋子は、梓のねばい唇を受けながら、車の中で呻いた。揃えた脚がくねり、膝が開く。梓は洋子を抱き締めながら、運転手に声を掛けた。

「行先を上六《うえろく》に変えてくれ」

洋子が否定しようとすると、梓の唇がまた洋子の唇を押えた。

その夜洋子は、午前五時頃、公団住宅に帰った。夜はまだ白み始めていない。が、東の地平線は心なしか薄かった。洋子は膝をがくがくさせながら、冷たい寝床にもぐり込んだ。夫は相変らず鼾をかいている。蒲団をかぶると涙が出た。梓とのことは夢を見ていたような気がする。不思議な程、夫に対する罪悪感はなかった。

一月たった。洋子はその間、四度梓と関係を持っている。梓に溺れて行く自分が良く分った。梓との関係を断つためにはテレビ出演を止《よ》さねばならない。だが、華やかに持ち上げられている今の洋子には、その意志は毛頭なかった。栄光というものが、どんなに怖ろしい魔力を持っているか、洋子には良く分った。

もし洋子が平凡な主婦でいたならば、梓のような男は、一顧だにしなかっただろう。教養も生活環境も全く違う男なのだ。洋子の肌合に合う筈はなかった。梓の父はタクシーの運転手らしいのだ。

ところが、今の洋子には、慶応を出た一流会社の課長代理の夫が、生活環境も肌合も違う男になっている。

　妻の座に立って花を咲かしている筈だった洋子は、何時の間にか妻の座から浮き、宙に浮いた花に縋りついていたのだ。そんな自分の姿に、洋子は気がついていなかった。

洋子が、宣伝課長代理の鎌田に呼ばれたのは、梓と関係してから二カ月めだった。

鎌田は、洋子に初めて話し掛けた時と同じように鄭重な態度であった。

「突然ですが、来週からテレビ出演は、他の人に変って貰います。それからポスターその他、うちの宣伝モデルの方も一応打ち切らせていただきます」

洋子は余りのことに呆然とした。鎌田の言葉が信じられなかった。眼の前が真暗になった思いである。

「どうして、ですか……」

洋子はあえぎながら言った。

「人気が無くなったのです、奥様の魅力というのは、私が初め申し上げました通り、団地の新鮮な人妻の魅力でした、ところが、ここ最近の奥様は、既成俳優と少しも変らない、商売人になり過ぎてしまったのです、雰囲気も、顔も、それだったら、甚だ失礼ですが、幾らでも女優さんが居ます、これは、まだお支払いが残っているギャラです、お受取り下さい」

鎌田は告げるだけ告げると、封筒を置き、立ち上った。

「じゃ、梓さんも……」

「彼は東京のTテレビの、うちの連続ドラマの主役に抜擢されたようですよ」

洋子は呆然と全日本化繊を出た。吾がもの顔に出入りしていた、シルバーグレイのその建物は、洋子の存在など全く知らぬ気に、明るく建っていた。

洋子は家に帰る気がしなかった。今までの華やかな生活が急に消失する。そんな馬鹿なことが、この世にあるだろうか。

この世のものは、蜃気楼によって成り立っているのか。

この建物も、洪水のような自動車も、蜃気楼なのか。

洋子はその夜、梓のアパートを訪れた。梓は住吉のアパートに住んでいた。梓が帰って来たのは午前零時頃である。

「梓さん……」

洋子は声が出ない。梓はじっと洋子を見詰めた。二人は向き合ったまま立っている。

「私のこと……」

「ああ聞いたよ、どうしてまた僕のところに来たんだ、御主人のところに帰らないんですか?」

「いや、私いや、ねえ、東京に連れて行って、あなたドラマの主役に抜擢されたんでしょ、私、東京のテレビ界でカムバックするわ、必ずしてみせる……ねえ、一緒に……」

「やっぱり、あなたは来たか、馬鹿だな」

「馬鹿でも良いわ」

その夜梓は、溜息をつきながら、洋子を東京に連れて行くことを約束した。洋子は貯金を下ろし、一足先に指定された旅館に行った。三日後、梓が来て、二人でアパートを探す約束であった。

ところが梓は、三日たっても四日たっても来ないのだ。新聞を見ると、梓の主役の連続ドラマが来週からTテレビで始まることが報道されている。とすると、もうリハーサルが始まっている頃だ。洋子がTテレビに電話を掛けようと部屋を出た時、女中がやって来た。

「お客様がお見えになりました」

待っていたのよ、声を掛けようとした洋子は、入って来た男の顔を見て、石のようになった。顔こそ太っていたが、見間違う筈はなかった。

その客はかつて、自分が裏切った婚約者、原木であったのだ。

「原木さん……」

「全日本化織宣伝部長の萩野です」

と男は静かに言った。洋子は眼まいがしてその場に昏倒した。

気がつくと、洋子は蒲団に寝かされ、傍には原木が坐っていた。

「あなたが、あなたが鎌田に命じて私をモデルにしたのね、そして……鬼、鬼だわ」

「もうお分りでしたか、当時の僕の苦しみがどんなものであったか、あなたには分らなかったでしょう、ただ僕があなたに言いたいのは、当時僕を捨てたあなたは確かに人間だった、だが僕の会社のモデルになってからのあなたは人間ではなく人形だった、ということです、あの梓君も、将来、うちの会社のドラマの主役にする、という僕の言葉だけで、あなたに対して見事な演技を見せてくれました、ただ僕は、あなたが僕の会社からテレビ出演を拒絶された時、御主人のもとに帰られる、と思っていた、もしあなたがそうされたら、僕は永久にあなたの前に現われる積りはなかった。ところがあなたは、御主人を捨てて東京に行く、と梓君に会いに行った、梓君は僕に電話を掛けて来て、どうしましょうか、と尋ねた時僕は……」

「もう良い、帰って、帰って……」

と洋子は叫んだ。

原木、いや全日本化織宣伝部長萩野は、仮面のような顔を崩さず立ち上った。

「僕がかつて自殺まで考えた程痛手を受けた女が、ただの人形だと知って、僕の悪夢も消えましたよ」

松方洋子が東京の四谷の旅館で自殺を図り、未遂に終り、駆けつけた松方に看護され、大阪に帰ったのは二週間後の陽春の一日であった。

心斎橋幻想

大野幸子は三重県の高校を出た。高校は名張《なばり》にあったが、家はかなり離れた山の中である。農家であった。父はなく、兄が働いている。たいした田畑もないが、幸子が高校を出たのは、昔は庄屋という格式があったからである。

幸子は色が白く農家の娘とは見えない。長いめの眼は左側が少し斜視だが、黒く、じっと見つめられると、男たちは吸い込まれるような気がした。事実幸子は、高校在学中、電車で通ったので、さまざまな恋文を貰った。主に学生や、四日市の工場に勤めている工員からである。幸子はそんな恋文に返事を出したことがない。

幸子は高校を出ると近くの町の郵便局に勤めた。平凡な毎日である。町の書店で買う週刊誌や雑誌には、都会生活の華やかさが、不気味なムードで書かれている。幸子のような年頃には、その不気味なムードもまた魅力である。幸子の町からは、名古屋が近い。しかし名古屋よりも大阪の方が大都会である。大野幸子は、大阪に出たい、と思うようになった。

郵便局の主人は、かつて大阪の専門学校にいたことがあるらしい。あまり名の通った学校ではないが、それが自慢で、よく大阪の話をする。幸子は主人の話に聞き惚《ほ》れた。

その郵便局には、もう二人事務員がいたが、中卒で幸子の話し相手にならない。

幸子は高校時代、成績は良かった。普通なら大学に行きたいところである。幸子の同級の大きな旅館の娘は学習院大学に入った。

東京女子大や慶応に入った者もいる。みな金持の娘ばかりである。刺激のない田舎町の郵便局に勤めている幸子は、それらの友だちのことを思うと憂鬱になった。

幸子が高校時代、恋文を握り潰したのは、異性に関心がなかったからではない。

現に高校を出、郵便局に勤めてからも、幸子は近在の男たちの恋文や誘惑に応じていない。つまり幸子は、田舎町の若者は、自分にふさわしくない、と思っていたからである。

はっきり意識したのではない。漠《ばく》とした思いである。

郵便局に勤めて半年たった頃、幸子の大阪に出たいという思いは、どうにも押え切れなくなった。しかし、郵便局の主人の話や、雑誌を見ても、都会の華やかさに憧れて家を出た女は、たいてい落ちぶれている。

誘惑に負け、キャバレーやアルサロに勤め、売春婦になった者も多いようである。

幸子は、大阪に出るからには、そんなみじめな姿になりたくなかった。

これは幸子が、頭が良く現代的な教育を受けていた、たまものかもしれない。

幸子の勝気さもあろう。

大阪に出ると云っても、先ず衣食住のことを考えねばならない。幸子は、大阪に縁戚がなかった。ただ、高校時代のクラスメートの中には、大阪で働いている者もいるようである。

しかし幸子は、そんな友だちに頼りたくなかった。それから幸子は一生懸命になって、金を溜め始めた。給料は一万円である。食費として家に四千円入れている。残りの六千円で衣服をつくらねばならないから、溜めると云っても大変である。それでも毎月三千円貯金することにした。

一方、幸子は日曜日になると、よく大阪に出掛けた。盛り場を歩き回り空腹を感じると四十円の饂飩《うどん》をたべた。別に映画を見るわけでもない。梅田、心斎橋、道頓堀、阿倍野、と大阪を知りたい好奇心で歩くだけである。ショーウインドーには、幸子が週刊誌のカラーグラビアで見るきらびやかな品々が並べられていた。

女性たちの服装は華やかで化粧も美しい。しかし幸子は、化粧が美しい割合に、そんなに美人がいないことになんとなく満足し、大阪という都会に、想像していたほどのへだたりを感じなくなった。

大阪に出て、都会風に化粧し、しゃれた服を着たならば、引けめを感じることなく、生活出来そうな気がしたからである。

一人盛り場を歩いていると、学生風の男や、不良じみた若者が声を掛ける。

「お茶でも飲みませんか……」

　幸子はもちろん相手にしないが、そのことが幸子に刺激を覚えさせたことも事実である。

三重だって大阪だって、男には変わりはないのだ。女が変わりのないのと同じように……

　華やかなのは表面だけだ……幸子は幸子なりに、まだ都会に出ないうちから、都会のある面の本質を見抜いたようであった。

　幸子は、上六《うえろく》から近鉄電車に乗って帰るのだが、上六の駅で、五種類の夕刊を買った。

　職業案内欄を見る。

　幸子はその案内欄で、給料が思ったよりも、高給なのを知った。

　例をあげると、梅田地下商店街の名物食堂が女店員を募集している。週休、食事、通勤費、被服貸与で給料は一万八千円以上。

　有名な喫茶店は、週休、二交替でなんと給料は四万である。しかも、食事、制服支給、昇給、賞与、寄宿舎まで完備している。ただしこれには、容姿端麗な二十歳までの方、というただし書があった。

　また或る興業会社は、年齢問わず女子事務員、給一万八千円以上！　と大書している。

　それはなにか、ヒステリックな叫びに似ていた。

　その他いろいろあったが、幸子が最もひかれたのは、心斎橋の有名な喫茶店であった。

給料四万、というくちである。

幸子はそれを見た時、直ぐ応募しよう、と思った。ボーナスもいれて、半年で、貯金は三万をこえていた。

兄はもちろん、大反対である。

「若い娘一人、大阪に出て、ろくなことになりゃせん、先は分りきっとるわい」

兄には、喫茶店が、女店員に給料を四万円も支払うことが、信じられなかったに違いない。

幸子もその点は不安であったが、掲載されている新聞は名の通った新聞である。その喫茶店の前を通ったが、心斎橋に面した、大きな立派な喫茶店である。

「そんな分らないこと云うんやったら、私、キャバレーに勤めたる、せっかく、真面目な喫茶店に勤めよう、と思ってたのに……」

幸子は必死であった。その夜、幸子は泣いて懇願した。母はおろおろするばかりで、どちらかと云えば、兄の味方である。

だが、兄は許しそうになかった。

幸子が兄の許可を得ようと思ったのは、保証人のことを思ったからである。そんな立派な店だから、きっと採用の時、保証人が要るに違いないのだ。

早く応募しなければ、採用者が決まってしまうに違いない。幸子はあせった。

しかし、これは幸子の思い違いである。このような高級な喫茶店が、ウェイトレスを採用するのに、試験日もなにも書いていない、というのは、採用する者が、なかなかないからである。

新聞広告をすれば、われもわれもと応募者がやって来る。しかし、たいていはこれが容姿端麗か、と疑う者ばかりである。

それにたんに顔が美しいというのでは駄目だ、この一流喫茶店のムードに合わなければ、採用されない。だから、一度広告し、何十人の応募者があっても、採用する者は、二人か三人である。

その代り、応募者にはいつでも面接に応じる。このような美貌のウェイトレスには、高級クラブ、バーその他もろもろの誘いの手が伸びる。よほど堅い者でなければ、長く続かない。幸子は、そこまでは知らなかった。翌日、幸子は貯金をおろし大阪に出た。

郵便局には無断欠勤である。家を出る前に履歴書だけ書いた。

上六の百貨店で、既製服だが一万円のワンピースを買った。美容院に行き、自分に似合うように髪をセットした。靴も買った。

これで二万円近く飛んでしまっている。

幸子は心斎橋の近くの旅館に入ったが、女一人だと知ると、何処も泊めてくれない。

女というものは、こんなに不便なのだろうか。スーツケースをさげ、盛り場を歩いていると、個室喫茶というのが目にとまった。

ボーイが変な顔をして、幸子をドアつきの部屋に案内した。コーヒーを注文し、ウェイトレスが去ると、内側から鍵を掛け、そこで買った服と着替えた。淡いグリーン色の、いかにも上品な服である。

幸子は着ていたものをスーツケースに詰め、化粧を直し、その喫茶店を出た。

すでに街は夜であった。ショーウインドーに映る姿は、自分で感心するぐらい垢抜けて上品である。不思議なことに、ぶらぶら歩いていても、喫茶店に入るまでは声を掛けたちんぴら風の若者がちょっかいを出さない。いかにもお嬢さんらしいので、スーツケースをさげていても、家出娘に見えないからであろう。

幸子はスーツケースを、難波《なんば》駅の一時預けに預け、心斎橋の喫茶店に出掛けた。

その喫茶店はカルメン、という名前であった。幸子は先ず店に入って紅茶を飲んだ。

確かにウェイトレスは美しい。映画女優にしても恥ずかしくないような女性がいる。

幸子は一挙に自信をなくした。自分がひどく田舎娘に思えた。採用されるとばかり思い込んで大事な貯金を下ろし、家を飛び出して来た無謀さが今更のように痛感された。

幸子はいたたまれずカルメンを出た。いつも食べる饂飩屋で饂飩を食べた。これからどうしたら良いだろう。周りは知らない顔ばかりである。泊まるあてもない。

しかしせっかく出て来たのだ、と思ってカルメンに電話してみた。新聞広告で見た、というと、男の声に変わり、明日の午前十一時に来てくれ、と云われた。言葉は割合丁寧であった。

その夜幸子は、大阪駅の旅行案内所に行き、やっと旅館に泊まることが出来た。淋しく悲しい夜であった。梅田の近くの旅館で、窓から眺めると直ぐ傍に繁華街の灯が見える。夜の空は燃えているようである。

旅館の周囲は灯の消えたビルだとか、しもたや風の家がちぐはぐにある。ひっそりしていた。幸子は、明日採用されなければ、兄の家に帰ろうと決心した。

翌日、スーツケースを梅田駅に預け、幸子はカルメンを訪れた。もう店は営業していた。

しかし、客は一組しかない。ウェイトレスが一斉に幸子を見た。幸子は赤くなった。

ちょうど、丸顔で明るい感じのウェイトレスが傍にいたので、

「応募に来たんですけど、昨日電話したら午前十一時に来るように云われましたの……」

「応募だったら、お店の左手に事務所に通じる入口があるわ」

とそのウェイトレスは親し気に云った。

「どうもすみません」

幸子が店の外に出ると、そのウェイトレスが外まで追いかけて来て、

「あなたきっと通るわ」

「そうかしら……」

幸子は急に嬉しくなった。

「頑張ってね」

「すみません」

幸子はそのウェイトレスに会釈して事務所に入った。狭い事務所だが、応募者らしい数人の女性がいた。黒背広に蝶ネクタイのマネージャーらしい男が一人一人応対している。応募者たちの前でであった。幸子は、女たちの化粧が濃いのに驚いた。髪を染めている者もいる。一人だけ全然化粧していない女性がいたが、その女はどうみても容姿端麗とは云えない。

幸子の番になった。蝶ネクタイの男は、履歴書を眺めながら、いろいろなことを聞いた。家の職業を尋ねられた。

「農業組合の役員をしています」

百姓というより、その方が垢抜《あかぬ》けていると思えたからである。事実兄は役員だった。

「そうすると、つい最近まで、郵便局に……」

「はい」

他の応募者が笑わないか、と思って幸子は赤面しそうだった。

「どうして大阪で……」

幸子はこの試験官を軽蔑した。陰気臭い田舎の町で過すより、このような華やかな街で高給を取り、良いものを着たいに決まっているではないか。馬鹿な質問だ。

「大阪に来て思い切り働いてみたい、と思ったからです、でも……」

「ほう、でも……」

「このお店の広告が眼につかなかったら、多分田舎にいたと思います」

「成るほどね、分りました、もし来ていただくとすると、大阪のご親類から、お通いですか……」

「いいえ、寄宿舎に入れていただきたい、と思います」

「こちらは、どっちでも良いですが、それからもちろん、ご家族の、あなたの場合はお兄さんのご承諾を得ているでしょうね」

「はい……」

と幸子は答えた。採否は二、三日のうちに、家の方に通知する、と云う。こんな場合、それは困る、と云えない。家を飛び出していると云えば、即座に不採用になるだろう。幸子は思い切ってハンドバッグから、高校時代の成績表を取り出した。

「広告にはありませんでしたけど、成績表を持って参りました」

「ほう、成績表をね」

男はそれを拡げたが、

「なかなか優秀ですね、顔の綺麗な方は、がいして成績は悪いものだが……」

と云って幸子を見た。男の顔に初めて微笑が浮かんだようである。

幸子は成績表のことよりも、この蝶ネクタイの男に、顔が綺麗だ、と云われたことがひどく嬉しかった。色が黒く烏のような顔の男だが、マネージャーだろう。一流の店で、美しい女ばかり見ている男である。

幸子が、自分の顔に本当の自信を得たのはこの時と云って良い。

幸子は家に帰った。母は泣かんばかりにして迎え、兄は不機嫌そうに、ものも云わない。兄と幸子の間を取りもったのは兄嫁であった。無口だが、しっかりした女である。

夕食の時、幸子は家を出てからの行動を一部始終話した。喫茶店の面接試験を受けたことも云った。兄嫁も高校を出ている。

「幸子さんなら大丈夫と思うわ、しっかりしているもの……」

兄嫁の助け舟に幸子は力を得た。兄はそれでもうんとは云わなかったが、二日後、採用通知の速達が来た時、諦めたようである。

「ええか、泣きついて来ても、知らんからな」

こうして大野幸子は、月給四万円のウェイトレスになったわけである。幸子の第一歩は成功だった。

幸運の女神が微笑《ほほえ》んでいるようである。

喫茶カルメンの寄宿舎は、阿倍野にあった。アパート風の寄宿舎である。六畳の間に二人住む。阿倍野にあるので、遅番の者でも、地下鉄で帰ることが出来た。早番は八時半から五時半まで、遅番は午後一時から十一時までである。一週間交替であった。同室の斎藤香代里は鳥取から来ている。幸子は初め、給料が四万もあるし、店に勤めて良く喋り、派手な性格のようであった。幸子は初め、給料が四万もあるし、店に勤めている間は制服なので、充分貯金が出来、洋裁でも勉強しようと思っていたが、それは全く不可能であった。

先ず早番遅番の交替が一週間毎にあるので、洋裁学校に通えない。稽古事も出来ない。休みが日曜なら日曜と一定しておれば、まだ休日に出来るが、それも一定していない。今月が木曜、休みだとすると、来月は金曜が休みになる。週休は週休だが、休日が一定していないので、なにも出来ない。

その上、ウェイトレスたちは、みな派手であった。洋服、ハンドバッグ、オーバー、みなあちらものである。イタリアのハンドバッグ、フランス製の服、何万もする指輪、これでは幾ら金があっても足らない。

ことに幸子は、仲間たちに引けめを感じないような服は持っていない。自分一人だけ、安物で通すわけにはいかない。

喫茶カルメンに勤めて三カ月、大野幸子は、別人かと思われるほど垢抜けて美しくなったが、その実生活は、月賦で追われ通しであった。

それでも幸子は、三重の実家に帰る時は、兄の子供たち、兄嫁、母に土産物を買い、胸を張って帰った。町の人々は、幸子を見ると、まぶしいものを見るような眼をした。

幸子に恋文を渡した男などは、馬鹿のようにぽかんと口を開け、さっそうと歩く幸子を見送っていた。月に一度、田舎町に帰る時だけ、幸子は得意であった。

しかし、そのような生活のなかから、生産的な者が生まれるはずはない。

入店して一、二年すると、女たちはファッション・モデルになったり、高級クラブやバーに移ったり、実業家がパトロンになったりするらしい。先輩の話では映画入りした者や、テレビタレントになった者もいるらしいが、名前を知らないところを見ると、成功しないのであろう。

なかには、店の客と恋愛し結婚する者もいるらしいが、直ぐ別れるようである。

別れたからといって、店では使ってくれない。そんな女たちは、みなバーに勤めているようである。

それにいけないことは、客は若いアベックや学生が多い。彼ら彼女たちは、ウェイトレスたちよりも収入が少ない。だから、自然客たちを心の何処かで軽蔑してしまう。

ことに、店の中で、つんと澄ましている女たちには、そんな気持の者が多かった。

だから、寄宿舎に帰って、話し合っても、女性らしい夢が少ない。あっても、ファッシヨン・モデルとか、虚栄の世界への憧れである。

ことに、通勤者でアパートを借りている連中の中には、パトロンから適当な援助を受けている者がいるようであった。

華やかな生活の裏に、空虚な女たちの欲望が渦を巻いている。

そして、このような生活の中には、相も変わらず、男たちの誘惑が多かった。映画に入れてやる、ファッション・モデルにならないか、月々五万ぐらいなら、援助しても良い。誘惑の手は実に多い。

そんななかで、大野幸子は、店内で柔らかい微笑を絶やさず、月賦に追われながら、毎日を過していた。

稽古事がだめだ、と分ってから、将来どうなりたい、という夢はまだ幸子には生まれなかった。

ただ、仲間たちに負けないぐらいの衣服、装身具をつくるため、無我夢中で働いている、というのが、実情であろう。

半年たった。幸子がカルメンで仲良くなったのは、応募の時、幸子に声を掛けた丸顔で明るい感じの吉木映子である。

自分と同年輩と思ったが、映子は三つ上の二十三歳であった。映子は笑窪《えくぼ》があり、実に可愛い。背が低く、どちらかといえば小柄だが、色が白く肉付きが良い。その肌は、女である幸子が見ても、惚れ惚れするほどきめが細やかであった。

映子は阿倍野から国電で二つめの駅のアパートに住んでいる。誘われるままに、幸子は時々遊びに行った。電気冷蔵庫、テレビ、電化製品が全部揃っている。部屋にはバスもトイレもあり、子電話もある。三点セットの下には小さいが絨毯《じゅうたん》も敷かれていた。

映子は三年も勤めているから、給料は四万八千円である。それにしても、こんなアパートに住もうと思えば、家賃だけで二万円近く要るのではないか。着ている服もあちらものばかりである。通勤の時はして来ないが、大きなオパールの指輪も持っている。

幸子が想像も出来ないような豪華な雰囲気である。幸子は同室の、斎藤香代里とは、そんなに気が合わない。女らしい、柔らかみがないからであった。

女らしく、実に柔らかく気の良さそうな映子とは正反対である。

幸子は映子ほどの豪華な生活が出来なくても、せめてアパートで一人で暮したい、と思うようになっていた。しかし、四万円も給料を貰っているのに、アパートの敷金が払えそうにない。それだけの貯蓄が、なかなか出来ないのだ。もう半年たてば、一通りのものは揃うし、なんとか一人暮しが出来そうだが、今のところは不可能である。

「良いわねえ、こんなアパート……」

幸子は遊びに来ると、必ず感嘆の声を放った。映子は洋酒を飲む。小さな洋酒棚には、いろいろな洋酒がならんでいる。幸子もすすめられるままに、少しは飲むようになっていた。

「ねえ映ちゃん、あなたはお給料だけで、こんな暮しが出来るの、故郷からお金でも送ってくるの……」

映子の故郷は福井で、実家は織屋だ、ということだった。高校時代、大学生と恋愛し、別れてから大阪の親類のところに来た。洋裁でも勉強しよう、と思ったのである。カルメンに入ってから、考えが変わった。若い時は、二度と来ないし、楽しく過そうというのが映子の考えらしい。

「お金なんか、送って来えへんわよ、ちょっとした内職してんの……」

「内職って」

「たいしたことじゃないけど、あら、幸子ちゃん、マニキュアしてないのね、あなたなら薄いピンク色似合うわ……」

映子は、幸子が更に美しくなるよう、いろいろ忠告してくれる。そのセンスが実に良いのだ。ひょっとしたら、映子には素晴らしいパトロンがあるのかもしれない……幸子はそう思うようになった。

誰れそれにパトロンがある、ということを幸子は聞くことがある。そんな時、幸子は実に不潔な感じがするが、映子についてそんな想像をしても、不潔な感じはしない。

人間の感情なんて、おかしいものである。

勤めていると、自分を目的にした客が来ると実に良く分る。ハンサムな学生、渋い中年男、時には誘われた時、ふと行ってみたい気がするが、幸子は今まで誘いに乗ったことはなかった。身元の分らない男の誘いに乗るのは危険な気がする。

その点、幸子は堅かった。

三、四度通い、会釈でもし合うようになると、

「ねえ、君の休みいつ？」

「決まってませんのよ」

また或る客は、幸子の名前を尋ねる。

「すみません、お店の規則で喋れないことになっていますの」

幸子は逃げる。名前を告げでもしたら、直ぐ電話を掛けて来る。

幸子は、そんな誘惑があるたびに、映子に喋った。

「ぴしゃっと断わるのよ。碌《ろく》な男はいないわ、どうせ、お茶と食事とダンスだけで、ホテルに連れこもうという連中ばかりよ、意地がきたないのよ」

映子の男性観は、全くふるっている。その言葉の厳しさは、顔に似合わない。

そんな或る日、ドイツの著名俳優に似た渋い顔の中年男が、カルメンにやって来た。確か四、五日前に一人で来た男である。

幸子を眼で追っていたので、覚えていたのだった。こげ茶の地に薄い格子縞の入ったしゃれた服を着、首に青い絹のマフラーをしている。映画プロデューサーを渋くしたような感じであった。額は広く眼が細い。なんとなく顔に翳《かげ》りがある。視線で追われると、ウェイトレスは、ははあ、自分だな、とぴんと来る。それから、その男性が、自分の好みに合うかどうか観察する。好みに合った男なら、なんとなく嬉しいものだ。そこまでは、どのウェイトレスも同じで、あとは誘いに応じるかどうかである。

幸子の楽しみは、好みに合った男性には、一層柔らかい微笑を浮かべ注文の品を運ぶことである。もちろん、客が話し掛ければ、簡単な受け答えはするが、誘いには絶対応じない。

その中年の男は、一人で来た時は、幸子を視線で追うだけで、なにも話し掛けずに帰った。ところが、今日来た時は、素晴らしい女性を連れていた。

和服の大柄な女性だが、サングラスを掛けている。それでも顔が美しいことが分る。化粧が少し濃く俳優か一流バーのマダム、と云った感じの女性であった。

カルメンに来てから、幸子は客の職業を観察する眼が、少しは養われていた。

幸子が注文を聞きに行くより先に、他のウェイトレスが行った。幸子はそのあと、何気ない様子で、その席の傍を通った。

「ちょっと、君……」

「はい」

幸子は微笑を浮かべて立ち停った。男は幸子にではなく、向かいの女性に云った。

「どうです、なかなかいかす娘《こ》でしょう、今度のニューフェイスに推薦しようと思っているんです」

話し掛けられた女性は、幸子を見た。サングラスの奥の眼が、幸子を観察しているようである。

「そうね、あなたのおっしゃる通りだわ」

「良かった、出ましょうか」

男は幸子に微笑を浮かべると、さっと立ち上った。

二人はそのまま店を出た。一体なんのことか、さっぱり分らない。しかし、ニューフェイスと云ったから、映画関係の人間に違いない。あの中年男は、自分を映画のニューフェイスに推薦するつもりなのか。あの女性は一体誰れだろう。サングラスを掛けていたところを見ると、女優かもしれない。そう云えば、何かで見たことがあった。

ウェイトレスの一人が、幸子の傍に来た。

「今の女の人、女優さんじゃない？　サングラスを掛けていたから、はっきり分らなかったけど、山木芙美子に似ていたわねえ」

山木芙美子は、その日本的な美貌で評判の大女優である。もしそうだとすると、あの男は、幸子を推薦するため、わざわざ山木芙美子を連れて来たのだろうか。

何十万、いやひょっとすると百万をこえるかもしれない、炎のようなオパールの指輪が幸子の眼底に残っていた。

初めて、本物の映画プロデューサーが、幸子の前に現われたようである。

「今の男の人、あなたに、なにを話し掛けたの？」

そのウェイトレスが羨《うらや》ましそうな眼付で尋ねた。ファッション・モデルになりたがっている女である。

「さあ、なんだったっけ、たいしたことじゃなかったわ」

と幸子は答えた。

幸子にはなにも云わず、突然大女優を連れて来て、幸子を観察させたところなど、いかにも本物の映画プロデューサーらしい。

これまでの偽せ者は、映画プロデューサーの名刺を見せたり、口で云ったりしたが、いかにも偽せ者くさかった。

もし本当に、あの男が、自分を映画界に推薦してくれるならば……

幸子は自分の前途に明るい陽が輝き始めたような気がした。

いつも幸子は、店内で起ったことは、映子に話すのだが、この件だけは黙っていた。

それから、幸子はなんとなくその男を待つようになった。こんな感情は初めてである。

その男がやって来たのは三日後であった。一人である。幸子は視線を合わせると、なんとなく微笑した。他のウェイトレスに行かれないように、その客の傍に行った。

男は奥の鉢植の傍に坐った。

「いらっしゃいませ」

「ウム、コーヒー、この間の女の人、誰れだか分る？」

「さあ……」幸子は小首をかしげた。

「山木芙美子だよ、大東映画の……」

「どうも、そうだと思っていましたわ」

「君のこと有望なニューフェイスだと云ってほめていたよ、ああ、僕は大東映画のプロデューサーの定村と云う者です、どう映画に出たくない？」

「私なんか……」

「ここでは話が出来ない、君の名前は？」

「大野幸子と申します」

幸子は初めて客に名を告げた。やっぱり山木芙美子だったのだ。あの豪華なオパールの指輪……

定村は店を出ると、直ぐ電話して来た。京都にある大東映画の撮影所を案内したいという。次の休日は月曜日であった。定村は午後一時、梅田の喫茶店で待ち合わせる約束をした。その日、幸子は淡黄色のウールのワンピースに、赤いエナメルの靴、今はやりの帽子を被《かぶ》り、茶系統のエナメルのハンドバッグを持った。いちぶの隙もない。半年前、三重の田舎町の郵便局に勤めていた、と云っても、誰れも信じないであろう。

梅田駅から国電で、京都駅まで乗った。車中、定村は、映画界のことをいろいろ話した。

ニューフェイスになったと云っても、スターになれるのは何十人に一人で、みな途中から脱落する。君たちが想像しているような甘いものではない。なんと云っても問題は演技だ。君にはそれをやり抜く覚悟があるのか。

厳しい言葉であった。だが、幸子にはそれがかえって嬉しい。高校時代学芸会に出て、喝采を博したこともある。

「もし入れたら、一生懸命やりますわ」

「入れるのは間違いない、山木芙美子君も認めたんだから、君はその点幸運だ、ニューフェイスになるだけでも何万に一人だからなあ」

京の空は澄んでいた。東の東山連峰、北の高雄《たかお》、西北の嵯峨《さが》の山々が美しく京の街を取り巻いている。京都駅からタクシーで、大東映画に向かった。撮影所に近づくと、道は狭くなる。土塀に囲まれた古い家もある。S映画、D映画などの撮影所の標識が辻に立っている。それを見た途端、幸子は急に映画に入りたくなった。せっかくのチャンスである。どんなことをしても入りたい、と胸が一杯になった。撮影所の雰囲気というものは、麻薬のような得体の知れない魅力を持っている。心斎橋のショーウィンドーの中のきらびやかな品々……女たちが吐息を洩らしながら覗き込むその品々が、撮影所の中では、生きて呼吸しているのである。

定村は撮影所の入口の守衛に、やあ、と手を挙げて中に入った。守衛は頭を下げたようである。広い敷地に大きな建物が至るところにあるが、映画スタジオだ、と定村は説明した。団体の見学者が多い。記念撮影をとっている。

武士の姿をした俳優が歩いている。向こうから背の高い女性がやって来た。

見学者たちが、その女性を一斉に見た。

「ああ、茜《あかね》百合江だ、ちょっと待っていて……」

定村は一人、茜百合江の傍に歩み寄った。幸子が見ていると、二人は立ち停って話しあっている。定村は百合江に手を挙げて戻って来た。百合江が幸子の方をちらりと見た。

はっとするような鋭い眼付であった。

「茜百合江に、君のことを、ライバルになるかも分らないぜと、冗談を云った」

「まあ、そんなこと……」

　定村は渋い顔の割合には良く喋る。定村は幸子を企画室に連れて行った。

「ここが、僕たちプロデューサーの居るところだよ、ちょっと、待っていて……」

　定村は幸子を待たし、一人で企画室に入った。数分、待っていただろうか。企画部員らしい男が、幸子をじろじろ眺めて部屋に入って行った。幸子は視線を伏せた。定村は出て来ると、幸子の腕を取った。幸子がはっとすると直ぐ離し、

「今日、部長に会わせようと思ったんだが、生憎《あいにく》急用で東京に行ったらしい、近日中に、確実に連絡を取って会わせよう」

　幸子は店で一日立っているよりも疲れを覚えた。神経が緊張していたためかもしれない。撮影所の門を出た途端、がくんと来た。

「疲れただろう」

「はい……」

「初めての人は誰れでもそうだよ、撮影所はわれわれが住んでいる街、働いている街とは別世界なんだよ、その違和感が、疲労を覚えさせるのだ。なあに、君も直ぐ慣れるさ」

　定村に誘われるまま河原町で食事した。京都の夜は、大阪のようにごみごみしていない。

　幸子は、なにか放心状態であった。

　心斎橋の高級喫茶カルメンでの生活までは、幸子の感覚で判断出来た。自分の眼を麻痺《まひ》

させずにもの事を見分けられた。

だが定村に連れられて来た、撮影所の半日は、幸子の眼を麻痺させたようである。

食事のあと、定村は河原町の東のごみごみしたバー街の一軒に入った。スタンドバーである。幸子は一杯だけ飲んだ。門限は十二時である。腕時計を見ると九時であった。大阪まで二時間かかる。

「私、帰らなくっちゃ」

「十二時が門限だって、なあにもう少し大丈夫だよ、この近くにVという高級ナイトクラブがある、行ってみよう。遅くなれば、名神高速道路を車でぶっ飛ばせば良い。ここから梅田まで四十分だ、阿倍野まで一時間で帰れる、名神高速道路をドライブしたことがある？」

「いいえ……」

「そうしよう、大丈夫だよ、それに大東映画に入れるのは決定的なんだし、心配要らないよ……」

そこまで云われて断わるのも、ためらわれた。スタンドバーを出たのは九時半である。幸子は二杯飲んだ。クラブVは三条大橋を東に行ったところにある。内部は薄暗く、銀盆を持ったボーイたちが、すいすいと歩いている。

どの席にも美しい女性がいた。外人や、芸者、舞妓などの姿もある。ショーが始まった。

スペインの踊り子の情熱的な踊りであった。頭が燃えて来た。そのくせ足の方になんとなく力がない。定村がすすめたが、幸子はこれ以上飲みたくなかった。幸子はムードで、なにもかも崩してしまうような、単純な女性ではない。撮影所で麻痺していたが、処女の本能が、これ以上飲むことの危険を告げている。

しかし、すすめられるままに一杯飲んだ。ショーが終り、客たちがフロアで踊り始めた。

「踊ろうか……」

「私、踊れませんの」

「なあに踊れるよ、別に組んで踊らなくても良い、向きあって両手をつないで、足をばたばたさせておれば良い」

定村がおどけて云った。幸子はつられて笑ってしまった。結局、幸子は定村に引張られるようにして、フロアに行った。定村の手は熱く、ねっとり汗ばんでいる。云われた通りリズムに合わせて足を動かしていると、なんとか踊れそうである。三曲踊った。曲がスローテンポに変わったので、その踊り方では踊れない。席に戻る途中、幸子は珍し気にホールを見回した。幸子は自分の眼を疑った。フロアから三列めの席にいる一組の男女を見たからであった。

女は映子である。そして傍にいるのは、色の黒い大きな男であった。幸子は思わず顔をそむけた。幸い映子は幸子たちに気づいていないようである。定村が敏感に幸子の視線をとらえた。

「どうしたの、知っている人がいるの？」

「はあ、ちょっと……」

幸子は顔を伏せるようにして席に戻った。色が黒いと云っても、頭の毛の縮れた唇の厚いニグロではない。ちょっと見ただけだが、鼻が高く整った顔をしているようである。二人の席から眺めると、映子の顔は後ろで分らないが、男の方ははっきり分る。幸子は定村に、そっとあの黒人は何国人か、尋ねた。

「ああ、あれ、あれは東南アジアのR国人だよ、関西には商社が多いので、R国人が良く来ている……君の知り合い？」

「時々、お店に来る人です、私困ったわ、見られたのじゃ、ないかしら」

映子のことをかばって嘘を云ったのである。

「見られたって構わないじゃないか、日本に来ているR国人は、女が好きだな」

幸子は定村の言葉に嫌やなものを感じた。

「もう帰らなくっちゃ、帰りましょう」

幸子は夢から醒めたように云った。定村は、あっさり応じた。

「名神をぶっ飛ばそう、充分間に合う」

定村はクラブVの前でタクシーを拾った。定村の家も大阪だという。定村は運転手に、思い切り飛ばしてくれ、と云った。

定村の腕が、幸子の首に掛かった。あっと思った時、幸子の顔は、定村に引き寄せられていた。

「いや、いや、かんにん、定村さん……」

幸子は必死になって抵抗したが、男の力には勝てない。酒臭い、生暖かい唇を押しつけられた。幸子は呻《うめ》いた。歯を固く嚙みしめて、定村の舌の侵入を防ぐのがせい一杯である。息が詰まり、気が遠くなりそうな気がした。定村が幸子を離した時、幸子は窓ガラスに顔を伏せた。無性に涙が出て来る。今まで一度も接吻したことはない。

「君、初めてじゃないんだろう……」

定村が幸子の身体を引き寄せて囁《ささや》いた。幸子は顔を窓の方に向けて答えない。映画界のこともなにも、幸子の脳裡にはなかった。早く一人になりたい。大阪の手前で、定村はもう一度接吻しようとした。が、今度は徹底的に抵抗した。

梅田に着いたのは十一時半であった。

「ああ、そこを曲って、太融寺の方に……」

定村は幸子の身体を抱きかかえて離さない。タクシーは曽根崎署前を扇町公園の方に行き、右に折れた。定村が車を停めた場所はホテル街の真中である。定村は幸子の手を取りながら料金を払った。

「さあ下りよう」

「何処に行くんです？」

「分ってるじゃないか、君、スターになれるんだよ、さあ……」

幸子は、定村の強引さに引きずられる恰好で車を下りた。運転手が憐むように幸子を見ている。幸子はこの時、この運転手の眼を何処かで見たような気がした。そうだった、大東映画の撮影所で、茜百合江が遠くから幸子に投げかけた視線である。定村は幸子の手を取りながら、ホテルの植込みに入って行く。幸子は立ち停った。

思い切り定村の手を振り払った。

「嫌やです」

さっきの車がエンジンを掛けたところだった。

「運転手さん、乗せて……」

幸子は振り返っていない。

「お嬢さん、良く逃げられましたなあ」

と運転手が云った。幸子は黙っていた。

門限ぎりぎりに、幸子は寄宿舎に帰ることが出来た。斎藤香代里はまだ帰っていない。香代里はこの頃、時々無断で外泊するようである。幸子は、机の前に正坐した。真新しいウールの洋服に、少し皺がよっている。いつもなら直ぐ着換えるのだが、今夜はその気力もない。

なんともいえない虚脱感が幸子を満たしている。ホテルに行かなければ、俳優になれないのなら、ならなくても良い。やっと身を守った、という安心感の反面、そうまでして身体を守ってなんになる、というやけっぱちな声もする。定村はもう二度と現われないだろう。自分は古い女なのだろうか。この身体をもっと高く売りつけたいのだろうか。

それとも結婚するまで……ばかばかしい、結婚なんて、考えたこともないのに……さまざまの想念が渦を巻く。

幸子はなかなか眠れなかったが、その夜初めて幸子は、自分が処女であることに重荷に似たものを感じたようである。

翌日映子は遅番だったのだろう、午後一時に出て来た。幸子はなんとなく、映子と顔を合わせるのを避けた。映子が、R国人と交際していたなんて、思いもよらなかった。眼が細く可愛い笑窪のある映子が、幸子には急に怖ろしく思えたから妙である。映子は幸子の感情の変化を感じ取ったようであった。二、三日、なんとなくよそよそしいものが二人の間に流れた。映子は幸子と同じく、客に接する時、微笑を絶やさない。

そんな映子は、可愛いお嬢さんのようで、マネージャーにも気に入られていた。

幸子はあの夜から、店にいても顔がこわばり勝ちである。憂鬱で自分自身に腹が立って仕方がない。定村に対しては、もう二度と会いたくない、という思いと、思い直して来てくれないか、という思いが交錯している。

山木芙美子も認めてくれたのだし、ホテルになどへ誘わないで、ニューフェイスに推薦してくれないだろうか。

突然、同室の斎藤香代里が退店した。結婚するのだという。店の客で学生時代から知り合い、一年越しに交際していたが、卒業して会社に勤めたので正式に結婚するらしい。

「いつまでも勤めていれないわよ、二十五ぐらいまでよ。それ以上になると、人によってだけど、やんわりと退店を迫られるわ。ことわったら、梅田のグリルのウェイトレスか事務に回される、給料は半分近く減るし、あなたも早い間に、適当な人見つけて、結婚しなさいよ」

幸子は斎藤香代里が、愛人との交際を隠していたのに驚いた。店の者は誰れも知らない。噂になると、どんなことで交際にヒビが入るかもしれない。香代里はそれを怖れたのであろう。

入店者がなく、幸子は当分一人になった。

その日、気まずい二人の間を打ち破るように映子が云った。

「幸ちゃんどうしたの、気分でも悪いの？」

「ううん、なんとなく憂鬱なのよ」

「私のことでなにか、怒ってるの？」

心配そうな表情になった。喫茶カルメンで幸子は映子しか友だちがない。ボーイフレンドのない幸子は、映子と話していないと、やっぱり淋しい。

「そんなことないわ」

「今日、幸ちゃん早番でしょう」

「そうよ、映ちゃんも……」

「ええ、久し振りに一緒にご飯でも喰べない？」

幸子と映子は並んで店を出た。二人は道頓堀から、法善寺横丁に出た。申し合わせたようにお好み焼屋に入った。四万の給料を貰い高価な服を着ているが、こんなところは矢張り年頃の娘である。法善寺のお好み焼屋は個室になっている。アベック向きなのだろう。

幸子は蝦を注文した。山の中に育った幸子は海のものが喰べられなかったので、大阪に出てからは肉よりも良く喰べる。

「ねえ、幸ちゃん、なにか悩みごとでもあるの……」

映子が尋ねた。映子の顔は相変わらず明るい。悩み事など、なさそうである。

幸子にも、そう云われると自分自身の悩み事がはっきり分らない。映画への夢を断たれたことだろうか。一見華やかに見える生活の裏の空虚さだろうか。恋人がないことか。

「別に、はっきりした悩み事ってないけど……」

「お店に入ってどのぐらい？　半年たったわね」

「ええ、七ヵ月ぐらいよ」

幸子は当時のことを思い出しながら答えた。映子は頷いた。

「私もそうやった。初めお勤めした時は、天にも昇る気持やったわ。でも、ちょうど半年ぐらいめから、なにか頼りのうて、しようがないのよ。幸ちゃんだけじゃないわよ。誰れでも半年めにかかるらしいわ、軽いノイローゼね」

「そうやろか……」

映子はちょっとずるそうな眼になった。

「幸ちゃんは、男の人知らないの？」

映子の言葉の意味は、直ぐぴんと来た。

「当り前よ。まだ二十一になったばかりやもん」

「恋愛したことないの？」

「ないわ、なんか、馬鹿らしい」

「驚いたわ。身体も原因してんのよ」

「そんな馬鹿なこと云わんといてよ。まだそんな気持ないわ」

「誰れかて初めははっきり分れへん。なにか苛々《いらいら》したり憂鬱になったりするのは、それが原因なのよ」

幸子はR国人のことを思い出した。幸子は腹が立って来た。

「そんなことじゃないのよ。男の人って本当に腹が立つわ」

幸子は思い切って、定村のことを話した。クラブのことだけは除外した。映子は眼を丸くして聞いていたが、急におかしそうに笑い出した。

「なにがおかしいの……」

「だって、その映画プロデューサーというのはいんちきに決まっているやないの」

「いんちきやないのよ、ちゃんと撮影所の中を案内して貰ったし、茜百合江とも親しそうに話していたわ」

「じゃ一度、大東映画の企画室に電話を掛けてごらんよ、きっとそんな男いないから……」

幸子は映子が自分のことを羨ましがって、否定しているのだ、と思った。定村は幸子の身体を求めようとしたのは、確かに強引過ぎたが、プロデューサーということは、嘘ではないはずだ。そんないんちきな男に掛かるほど自分は馬鹿ではない。幸子は、映子に喋ったのを後悔した。すると反射的に、意地悪な気持が浮かんだ。

「映ちゃん、京都のクラブVで一緒にいたR国人、あれ何者なの?」

映子の顔色が変わった。幸子の前にあるのは、今まで見たこともない怖い顔である。柔和な細い眼が、刃物のように光っている。

「あなたクラブVに行ったの？」

「ええ……」

「どうして云わなかったの……」

「どうしてって、ことないわ、それよりなぜそんな怖い顔になったの、私、なんにも非難してやしないのに……」

「R国人だけど、立派な紳士よ、ダウボさんといって、R国の大きな貿易会社の支配人さんよ、私、お店で知り合ったんじゃないわ、ちゃんと紹介して貰ったんだから」

映子の語気に幸子は黙り込んだ。いくら紹介して貰ったと云っても、幸子はあんな色の黒い男と交際する気にはなれない。

「分ったわ、幸子が私に怒っていた理由、そのことだったのね……」

「そんなことじゃないわ、定村さんの件で自分が嫌やだったのよ……」

しかし、映子は間もなく機嫌を直した。いつまでも怒っておれない性質なのだろう。

二人はお好み焼屋を出て映画を見た。イタリア映画でセックスの濃厚な映画である。幸子は別な映画を見たかったのだが、映子がその映画を見たがったので、仕方なかった。

映子はなんと云っても幸子には先輩であり、これまで良くしてくれたし、気心が合う。どんなことでも根に持つような性格ではない。現に、映画館から出た時は、いつもの笑窪を浮かべていた。幸子は、R国人のことを、もっと聞いてみたかったが、映子の感情を害してはいけないので止した。

映子が云ったように、二人はなんの関係もないのかもしれない。そう考える方が、正しいようであった。

翌日、幸子は難波の公衆電話から、大東映画に電話した。映画プロデューサーの定村さんいますか、と尋ねた。

「しょうしょうお待ち下さい」

と交換手は云った。やっぱりいるのだ。幸子は果しているかどうか確かめてみたかっただけで、定村を呼び出すつもりはなかった。

幸子は電話を切った。翌日映子にそのことを云うと、映子は、

「実際に声を聞いたの？」

「電話口に出て貰いたくないのよ」

「それやったら、果して本人かどうか分らないじゃないの……」

どこまで疑い深いのだろう。実際顔に似合わない。幸子は映子が嫌いになりそうな気がした。すると映子は、

「怒らんといて、幸ちゃんのこと、心配しているからよ、ご免ねえ」

と云って幸子の手を強く握った。映子の掌は綿のように柔らかい。

しかし、二、三日して、映子の意見が正しかったのが分った。山木芙美子と定村がいっ

た例の女性が、一人でカルメンにやって来たのである。今日はサングラスをかけていなかった。

眼鏡を取った顔は、山木芙美子に似ているが、全く別人である。その女性が幸子を手招いたのである。

「高本さんから、お話し聞いていただいたでしょう、決心つきました？」

「高本さんて……」

「ほら、この間、私と一緒に来た人、あなたを私の店のニューフェイスに推薦する、と云った……」

その夜、その女性と難波の喫茶店で会ってすべてが判明した。その女性は、キタの有名なバーのマダムで、定村と名乗った高本は、そのバーの客であった。芸能新聞の記者で、時々女性をマダムに紹介しては、手数料を取っている、というのである。ホステス希望の素晴らしい女性がいるというので、マダムは高本と一緒に、事情を知らずカルメンに連れて来られたのである。サングラスを掛けたのは、引き抜きの件が、マネージャーにばれると具合悪いから掛けてくれ、と高本に頼まれて掛けた、という。つまり、マダムも幸子も、高本に一杯喰わされたわけである。

ニューフェイスと云ったのは、バーのニューフェイスのことなのか。芸能記者だから、絶えず撮影所に出入りし、茜百合江と顔見知りだったのも無理はない。幸子は腹が立つより、自分自身が情けなく、今更のように、店などで声を掛けて来る男に、ろくな者がいないのを痛感した。

　マダムも幸子から事情を聞いて、

「なんという人、でも良かったわねえ、うまく体をかわして、あなたって、本当にしっかりしているわ、改めて惚れ直したわ、ねえ、私の店に来ていただけない？　失礼だけど、お給料の方は、日給で三千五百円、素人《しろうと》の方としては最高の待遇よ、真面目に勤めてさえくれたら、月十万になるわ」

　十万円、幸子に取っては夢のような高給である。

「考えさせていただけませんか？」

「そうね、ゆっくり考えて頂戴、いつでも良いのよ、三千五百円で働いていただくわ」

　しかし、幸子が迷ったのは、マダムと向き合っていた時だけである。一人になった時、幸子の決心はついた。やはり喫茶店で勤めよう。カルメンに勤めた時から、幸子は水商売の世界に絶対入るまい、と決心していたのである。酔客の相手をする、というのが生理的に嫌やなのである。それに幸子は男を知らない。

　知っていたら、こんな場合、また違った決心をしていたかも知れない。

　幸子が神戸の私大の学生である真鍋を知ったのはこのちょっとした事件があってから、

僅か二ヵ月後である。真鍋は色の青白い何処かニヒルな感じのする学生であった。初めは幸子の遅番の週、午後十時頃一人で来て、ラストまで黙ってねばって帰った。五尺五寸ぐらいだろうか、なんとなく細っそりした感じで、いかにも良い家庭の息子らしい。

それにニヒルな感じがあるのだから、なかなか魅力的である。幸子は自分の好みに合う男だ、と思ったが、定村の件以来、どんなことがあっても、店の客とは外で会わないと決心していたので、初めから冷たい眼で眺めていた。ところが、二日め、真鍋は幸子を眼で追い始めた。それも執拗な追い方ではない。幸子と視線が合った時だけ、喰い入るように見つめるが、その他の時はそ知らぬ方向を眺めているようである。だから、他のウェイトレスは気がつかない。映子は地下の方の勤務である。三日め、幸子は真鍋の注文を受けた。

「コーヒ、とケーキ」

真鍋は、それだけで、余分なことは云わない。それよりも、幸子が傍に立っていると、顔を赤らめたのである。

まあ純情な男、と幸子はくすぐったく思った。店で知り合いになるのではなく、誰れかに紹介されたのなら、幸子は喜んで交際しただろう。離れていると、青白くニヒルな感じであるが、幸子が傍に行くと、なんとなく赤くなるようである。幸子を見つめる眼も潤むようであった。こんな感じの学生に今まで会ったことがない。ニヒルな顔は、きっと気取っているのだろう。そう思うとおかしくもあり可愛い感じもする。四日め、他のウェイトレスが、真鍋が幸子を目当てで来ていることに感づいたようであった。

「大野さん、いかす男じゃないの……」

「お店の中だけで、からかってやろうか……」

幸子はそんな冗談を云った。自分目当ての客が来る、というのは、若いウェイトレスにとっては、なんと云っても自慢である。とくにその客が、誰れが見てもいかす男である場合は、誇らしい。しかし幸子はその反面、結局この学生との間も、店内の関係だけだ、と佗しく思う。外で会って、遊びの対象にされたらたまらない。幸子の誇りが許さないのだ。ところが、予想外のことが起った。

真鍋は映子と知り合いだったのである。映子が階上勤務に変わり、真鍋と顔を合わせて、それが分ったのだ。

「幸ちゃん大変よ、真鍋さんて、商事会社の社長の息子さんよ、私ね、去年の冬、大山《だいせん》のスキー場で知り合いになったのよ、私、ちょっと熱をあげたんだけど、問題にされなかった。幸ちゃん、しっかりして、あの男《こ》、あなたに夢中よ」

「お店に来た人《こ》とは交際しないわ」

「馬鹿な女やなあ、ちゃんと身元がはっきりしているのに、私、あの男の芦屋の家に、電話を掛けたことがあるのよ、身元は間違いないわ……」

映子は幸子の耳に囁いた。

「ねえ、将来の社長夫人になる、絶好のチャンスよ、あなたの腕一つだわ」

幸子の鼓動が早くなった。社長夫人、そうだ、私が求めていたものは、映画スターやファッション・モデルではなく、社長夫人だったのかもしれない。

大野幸子が、今まで身を守り続けて来たのは、そんな夢があったからではないか。そんなことを思うのが、恥ずかしく厚かましいように思えたので、思うことさえ押し殺していたのかもしれない。

幸子は、真鍋に頼まれた、という映子の紹介で、真鍋と交際するようになったのである。ちゃんと映子に紹介された、ということが、幸子の警戒心を捨てさせたのである。しかも商事会社の社長の息子という身元がはっきりしている。

真鍋は品が良かった。グリルで食事をする時の作法も、映画を見たあとの感想も、幸子が感心するようなものばかりである。

「初めてカルメンで君を見た時から、君の雰囲気に魅惑されたなあ、そりゃ大学には、金持の令嬢が砂浜の砂ほどいる、だが、君ほど素直な奥深い雰囲気を持った女性はいない」

真鍋は黄昏《たそがれ》の街を歩きながら、幸子に囁く。そのくせ、幸子の手一つ握ろうとはしない。

幸子の休日、二人は六甲にハイキングに行った。けわしい道など、手で引き上げてくれるが、直ぐ照れたように離す。幸子は次第に真鍋にひかれていった。幸子は入店以来、ずっと日記をつけている。この頃の幸子の日記には、真鍋とのことが多く書かれるようになった。

私が今まで誘惑に負けず、純潔を守り抜いて来た甲斐が、やっと現われて来たようである。幸運の女神よ、どうか最後まで微笑みを忘れないで！……

幸子はそんな言葉を日記に書きつけたりした。こうして、真鍋との交際は二ヵ月続いている。真鍋は大学の四年だ、と云った。

「来年の三月には卒業だ、卒業したら親父の会社に入る……」

真鍋は良く遠くを見つめるようにして云った。真鍋は幸子に結婚しよう、とは云わない。それがなんとなく気にかかるが、幸子は真鍋の誠実さを信じるようになった。店に来るのは軽薄な学生ばかりである。真面目な学生は、ウェイトレスを誘惑しようとはしない。

「あの店に吉木さんがいたのは、偶然で片づけられないような気がするな、僕は不良のように、君に声を掛けたりは出来ないからね。おそらく、いつまでも黙って坐っていたろう」

今日も芦屋の浜で二人は腰を下ろし話し合っていた。右の方に淡路島が霞んでいる。六甲の山々は初夏の陽を浴び、緑が燃えているようである。まだ海は冷たいが、数人泳いでいる者もいた。色とりどりの家が山の方に這《は》い上っているが、きらきら光っているのは、大きな明るいガラス窓であろう。

「私だって、映ちゃんがいなければ、こうして真鍋さんと、外でお会い出来なかったと思うの、お店に来るお客さんとは、どんなことがあっても、外で会わない、と決心していたから……」

「そうだろうな、君の清潔感というのは、君のそんな心構えから出るんだろうな、他の人たちとは違う」

そんな会話が、幸子にはとっても楽しい。幸子は薄手のウールプリントのワンピースを着ている。高価な服である。何処から見ても令嬢である。社長の息子である真鍋と一緒でも恥ずかしくない。幸子は今更のようにカルメンに入ったことを、幸運に思う。

真鍋は神戸のアパートに下宿している。

「驚いたろう、神戸から毎日大阪まで、君に会いに通っていたんだよ、不思議だなあ、偶然入った喫茶店で君と知り合うなんて、一度、僕のアパートに来ないかい……」

「ええ、でも……」

「男一人のアパートに来るのは、嫌やかなあ、僕が信じられないかなあ」

「そんなことないわ」

真鍋は名刺をくれた。K大学英文学部、真鍋二郎、と印刷されていた。下宿先のアパートと電話番号が書かれている。

すでに交際して三ヵ月になるが、真鍋は幸子の手さえ握らないのだ。幸子は今度誘われたら真鍋のアパートに行こう、と思った。

真鍋から連絡が途絶えてから二週間たった。今まで、一週間に二回は電話をくれた真鍋である。どうしたのだろう、と幸子は不安でならない。

そんな或る日、店に二人のR国人と一人の日本人がやって来た。がっちりした方のR国人を見た時、幸子は何処かで見たことのある顔だ、と思った。二人とも背広を着て、ネクタイをしめている。頭は普通の日本人のようになでつけている。日本人は、三十二、三歳の洋装の女である。真珠のネックレスなどして派手な恰好だが、顔になんだか下品なところがあった。映子が注文を取りに行った。幸子は、はっと思った。映子と一緒にクラブVにいたダウボではないか。今一人のR国人は、ダウボより丸顔で、おだやかな顔をしていた。

年もダウボより、少し若いようである。

注文を聞きに行った映子が、なにか云ったのか、三人が一斉に幸子の方を見た。

幸子は映子に腹が立った。自分のことを、どう告げたのだろう。幸子は横を向いた、ちょうど、新しい客が入って来たので、その方に行った。幸子は、ダウボたちを無視することで、不快感を忘れようとした。それよりも、真鍋から連絡がないのが、不安でならない。

映子が傍に来た。

「映ちゃん、なにを云ったの、嫌やねえ」

「私の友だちで、日本美人の典型、と説明したのよ」

「この間のダウボさんね、女の人は？」

「日本の商社の人よ、遣り手なの、私の友だち……」

下品な人ね、口まで出かかった言葉を、幸子は押えた。きっとその友だちに、ダウボを紹介されたのだろう。店にまで来るなんて……それに映子は平気な顔である。ダウボたち一行は、店を出る時、また幸子をじろじろ眺めながら出た。映子に腹を立てたものの、真鍋のことを相談するには、映子以外にない。

「お馬鹿ねえ、すぐ電話したら良いやないの」

「だって、私の方から……」

「そんな心臓のないことで、どうするの、今の世の中で、幸運を摑もうとすれば、心臓が強くなくっちゃ」

幸子は思い切って、真鍋のアパートに電話してみた。真鍋はいた。

「風邪をひいて寝ていたんだよ。君の声を聞いて安心した、会いたいなあ」

「私も……」

「今から来ないか、一時間で来れるよ、僕出られないんだ」

腕時計を見ると五時半であった。

「行きます、アパートの道順教えて」

真鍋は詳しく教えた。幸子は梅田から阪急電車に乗った。三の宮で降り、言われた通りタクシーを拾った。住所を告げると山の方に向かった。真鍋のアパートは、山の中腹の小川の傍にあった。実に景色の良いところである。幸子は心臓をどきどきさせながら、ドアをノックした。

「待っていたんだ、良く来てくれた……」

真鍋はパジャマの上にガウンを着ていた。金持の息子だけあって、二間続きの立派なアパートである。映子の部屋のように絨毯は敷いてないが、ダイニング・キッチンには椅子とテーブルがあった。窓からは、宝石の渦のような神戸の街の灯が眼下に眺められる。赤、青、黄、紫、それが点滅しているようである。

うっとりと眺めていると、真鍋が、あれが外国船だ、と教えてくれた。暗い海におぼろげな灯が浮いている。ここから眺めると玩具のようだが、大きな船なのだろう。

「飲もうや、上等のウイスキーがある」

「少しだけね……」

と幸子は云った。真鍋はウインナーソーセージやハムを出した。真鍋はウイスキーを水で割った。幸子は二杯飲んだ。空腹に飲んだためか、頭がふらふらする。真鍋の顔がふと迫った。嫌や、嫌や、幸子はそう叫んだようである。それもはっきりしていない。気がついた時、幸子は蒲団の中で寝ていた。スリップ一つである。割れるような頭痛を覚えながら、はっとして胸を押えると、隣りに寝ていた真鍋が幸子を抱き締めた。真鍋は裸であった。苦痛の戦慄と、割れるような痛さに呻きながら、幸子の眼から、ぽろぽろ涙が流れた。

幸子は、その夜、真鍋のアパートで泊まった。朝方、真鍋はもう一度幸子に襲いかかった。

真鍋が偽せ学生だ、と知ったのは、それから一ヵ月後である。だが、幸子は真鍋から離れられなかった。幸子は神戸のバーで働く、と言ったが、真鍋はそれを許さなかった。あくまで喫茶店カルメンで勤めておれ、と命令する。幸子は一夜で、魂を失ったように、真鍋の命令に服従した。


ある日、幸子は真鍋から電話を受けて、神戸の中華料理の店に行った。個室である。

待っていると、入って来たのは、真鍋と女性であった。幸子は女の顔を見て呆然とした。

いつか、ダウボ氏と一緒に来た、映子が商社の女だ、と云ったあの下品な雰囲気の女性である。


「幸ちゃん、君にお願いがあるんだ、頼む、聞いてくれ」

女性が笑った。骨ばった指には大きな翡翠《ひすい》の指輪が、深い緑を漂わせていた。


大野幸子が、ダウボの会社の社長に、月十万円で身体を売るようになったのは、それから間もなくであった。その社長は、先日ダウボと一緒に来た丸顔のR国人である。

すべては、映子の策謀であった。映子は、ダウボとクラブVで一緒にいるところを幸子に見られてから、幸子を自分の仲間に引き込もうとしたのである。映子もダウボから月十万の手当てで身体を売っていたのだ。だが、映子の場合は、身体を売る、というよりも、現在の生活を楽しんでいた。だが、何処かに自責の念が湧く、それを埋めるために、幸子を仲間にしたのである。

商社の女、と映子が言った女性は、東南アジアのバイヤーや駐在員に、日本の女性を斡《あっ》旋《せん》する、一種の高級売春業者であった。真鍋は彼女の若い情夫で、二人は組んでいたのである。

最近、これら外人は、ありきたりの女性に満足しなくなっている。それに眼をつけたのが、この二人であった。映子もこの二人の餌食になったのである。

しかし、幸子が、その社長の世話を受けるようになってから、真鍋は、ぴたりと幸子と交際を断わった。驚くほどの冷酷さである。

幸子は、逃げれば、いくらでも逃げられただろう。真鍋たちは暴力団とは全く関係がない。

ずっと知能的である。

だが幸子は逃げなかった。女がいったん崩れたら、崩れた場から這い上ることは、超人的な勇気が要る。幸子は真鍋に身体を与えてしまってから、その勇気を失ったようである。

今年の春、各新聞や週刊誌を賑わした事件があった。在日R国貿易社の社長が、愛人である一日本女性に刺されて死んだ事件である。刺した女性は喫茶店に勤めるウェイトレス大野幸子であった。幸子はその場で毒を飲んで自殺している。

原因はその社長が、他の愛人をつくり、幸子をかえりみなくなったことらしい。幸子の兄と母が幸子の豪華なアパートに飛んで来た。洋服簞笥の抽出に日記帳があった。兄はそれを読んで涙を流した。母には見せず焼き捨てた。

私が今まで誘惑に負けず、純潔を守り抜いて来た甲斐が、やっと現われて来たようである。幸運の女神よ、どうか最後まで微笑みを忘れないで！

兄が泣いたのは、その文章であった。

仙見川の夜

一

　私が大阪の某証券会社の入社試験を受けたのは十年前である。株界の景気が非常に良い時で、私は学校を出て数年たっているにも拘《かかわ》らず入社試験を受けることが出来た。私は東京の大学の文科を出ていた。学校成績は非常に良い方である。大学を出ると大阪の有名な私立高校の英語の教師をしていた。そんな私が、証券会社に入ろうと思ったのは、金が欲しくなったからである。

　私が入社試験を受けた証券会社は、東京に本社があり大阪は支店であった。

普通試験官は重役や人事部長がずらりとならぶものだが、この証券会社は違った。

大阪駐在重役と支店長、他の三人は現役の課長連中だった。

　その試験官の中に、私の注目をひいた二人の課長が居た。有形調査課長と、尾山営業課長である。有形は白皙《はくせき》の顔に黒い眼鏡を掛けた気鋭の大学助教授と云ったタイプである。

尾山はそれとは対照的な、色が黒く顎が張り、人間の裏ばかりを眺めているような感じであった。有形と尾山が二人、隣り合せに並んで坐っていたのを、私ははっきり覚えている。腰を下ろしながら私は、ああ、感じの良いやつと悪いやつが居るな、と思った。

坐った瞬間から、私は有形が好きになり、尾山に生理的な反感を覚えた。支店長と駐在重役の質問は、常識的なものであった。

それに反して、有形と尾山の質問は、その容貌雰囲気と同じように対照的なものであった。

有形は、私が英文科出身であるのを履歴書で知っており、卒論はなにか、と尋ねた。当時私の大学ではアメリカ文学は英文科の中に入っており、私の卒論は、ヘミングウェイであった。その旨を告げると、有形は眼鏡の中の澄んだ眼を光らせ、私がおやっと思ったほど鋭い質問を浴びせて来た。

「君もヘミングウェイのように、金を儲けて行動家となる積りかね」

おそらく有形は、私が証券会社のサラリーマンで終るために、入社試験を受けに来たのではないことを、瞬間にしてさとったのであろう。兎に角、有形試験官と私との応対は文学論であり、人生論であったようである。尾山の質問は、私がうんざりするほど、ねちねちしていた。

学校の教師をしているにも拘らず、証券会社に入ろうというのは百八十度の転換である。

その動機はなにか、ということから始まり、
「君は客に百度頭を下げられるかね、証券会社の社員の最低条件は、百度頭を下げて、客に株を買って貰うことですよ」

それは質問というよりも、有形と私との応対に対する反撥であることは明らかであった。尾山の質問に対して、どう答えたか、私は覚えていない。面接試験は二十分ほどで終った。私は帰途、有形が私の入社を主張し、尾山が反対し、駐在重役と支店長が腕をこまねくだろう、と予想した。しかし、証券会社はなんと云っても客商売を主体とする会社である。採用は先ずおぼつかないものとあきらめた。ところが、二日後、採用通知が来たのである。採用されたものは五人であった。

私一人が調査課に配属され、他の四人は営業課であった。

これはあとから知ったことであるが、この時の採用目的は営業社員であったが、有形が、調査課員も一人入れたい、と云って強引に私を採用したらしい。

私が試験の時感じた、有形と尾山への感情の相違は、有形対尾山の間にもあったようである。

有形は一高東大出身で、尾山は商大出であった。外面的に有形はロマン派で、尾山はリアリストであった。しかしこれは飽《あ》く迄《まで》外面の問題で、本当の性格は、私にも分らない。

私は有形のもとで調査活動に従事したが、私の仕事は、会社にはたいして役にたたなか

ったようである。しかし有形は、そんな私に失望もしなかったし、期待も抱いていないようであった。これは有形の人間を見るに面白い現象である。

つまり有形が私を入社させたのは、一時の気まぐれで、私が入社すると同時に、私を忘れてしまった、と云って良いだろう。

その点、尾山は私を有形の子分と考えたらしいのだ。

つまり、尾山は自分の課員でないにも拘らず、私の存在を忘れていなかったようである。あわれなのは私である。当然私の味方になるべき上司の庇護は得られず、他の上司の憎しみだけを受けたからである。

客が、或る株の有望性について尋ねて来る。すると尾山は私を呼びつけ、調査資料を提出しろ、と命じる。

尾山は陰険な眼で資料をたん念に読み、

「なんだこれは、××経済新報と△△タイムスの切り抜きじゃないか、君、一体毎日外に出掛けてなにを調査しているんだ……」

そして、ねちねちした口調で、こんな他の雑誌の切り抜きを資料棚に入れて、月給を貰っているぐらいなら、一株でも株を売った方が、会社のためだ、と説教する。

云われてみればその通りである。私は調査を名目で外に出て、他の株屋で相場を張っていたのだから、禄盗人《ろくぬすっと》の典型と云って良いだろう。しかし、こうしょっちゅう文句を云われると、尾山に対する憎しみが、蓄積するのは無理はない。私は尾山と視線を合せるたびに、こんな人間性のないやつが存在するから、世の中は面白くないのだ、こんなやつを抹殺すれば、人間社会もずっと明るくなるのだが、と反対に尾山を睨みつけたりした。

そんな生活を送っているうち、私は、有形と尾山の敵対関係の原因を知るようになった。もちろん根本的な原因は、二人の性格が合わないこともあるだろうが、直接の原因は尾山の細君の恵子にあったようだ。

恵子は私が入社する数年前、大阪支店の女子事務員であった。ほっそりした昔風の美人だが、ミス北浜と云われたぐらい、美しかったらしい。この恵子を有形と尾山が張り合ったのである。有形は人生論をぶつ白皙の秀才形であり、尾山は先ず醜男《ぶおとこ》に近い。部下には高慢で、大手の客には丼池《どぶいけ》の商売人そこのけに頭を下げる、俗物中の俗物である。

他の社員の眼にも、両者の勝敗は明らかであった。

恵子は当然有形の細君になるだろうと思われていた。ところが女の心というものは分らない。いや、尾山がどんな策をろうしたのか、恵子を得たのは有形ではなく尾山であったのだ。それ以後、有形はずっと独身を通している、というのである。

社会が複雑である以上に人生は複雑であり、私は二人の敵対関係の真相を知って、尾山に対して憎しみと同時に、一種の畏怖《いふ》をさえ覚えるようになった。

こうして二年たった。或る秋の日、突然人事異動が発表された。尾山は大阪支店長に栄進し、有形は社員が六人ほどの新潟支店長代理に左遷になった。

有形と尾山は大学こそ違うが入社は同期で、今まで理論派、実践派の出世頭として肩をならべて来たのである。

しかし、この人事異動ではっきり差がついてしまった。もうどうあがいても取り返せない差である。社員も驚いたが、私も愕然とした。有形の直接的な庇護はない、と云っても、私が毎日、調査課でのうのうと暮しておれたのは、やはり有形が居たからである。

有形がどうして、左遷されたか、私達には理由は分らなかった。

有形の左遷の発表があった日、彼は初めて私に、今夜つきあわないか、と誘った。

黒い眼鏡の奥の知的な瞳には、心なしか憂愁の翳りが漂っていたが、酷《ひど》い憔悴《しょうすい》の表情は現われていなかった。

その夜、有形は私を連れてバーを四五軒廻った。有形は実に良く飲んだが、多少饒舌《じょうぜつ》になっただけで、泥酔はしなかったようである。私が人事異動のことに触れると、

「ロマンの残党は所詮狸には勝てない、真田幸村が徳川家康に破れたようなものだよ、人生には破れても悔いのないような生き方もある」

ウイスキーをあおりながら珍らしく大笑した。敗軍の将兵を語らず、と云うが、私は有形の言葉に清冽なものを感じたようである。

有形は新潟に行くのが佗しくない理由として、自分の生れ故郷が、新潟の新津《にいつ》からほど

遠くない川内《かわち》という山村であり、故郷に帰った積りでのんびり出来るからだ、と説明した。新潟は知っているが、新津はもちろん川内という土地などの辺りなのか見当もつかないが、私は有形を生んだ土地の風景が眼に浮ぶような気がした。

入社させるだけで、あとは私を余り構わなかったが、私はやはり有形が好きだったのだろう。

それにしても、ロマン派とは云え、有形のように切れる男が、どうして女でも出世競争でも尾山に破れたのだろうか。私にはそれが疑問に思えて仕方がない。聞きたくてたまらないが、幾ら飲んでも、有形は、そんな質問を私に許さない冷やかな一線を崩さなかったようである。案外、有形のそんな生活が最高幹部に煙たがられたのではないか。

現在の証券界を見ると、有形の意見は正しかったが、当時はまだ余りにも新し過ぎるように思われていた。それに有形は、思ったことを、ずばずば、上司に云う性質である。

そんな点も、心証を悪くしていたのかも知れない。

私が有形と別れたのは、午前零時前である。有形のなじみの最後の店であった。

その時の、有形とホステスとの会話は、妙に私の印象に残った。

「ねえ、有形さんが独身なのは、きっと好きな方が居るからでしょ」

「はは、男は好きな女のため独身で居れるほどロマンチストじゃないよ、僕が一人で居るのは、僕の誇りのためだ」

「誇り、誇りってなんなの」

「誇りは文字通り誇りだ、説明しても分らないだろう」

有形はバーを出た時、多少ふらふらしていたようである。ネオンが有形の眼鏡に美しく煌《きらめ》いていた。ふと有形は手を伸した。私はなんとなくどきっとして有形の手を握った。

「君を証券会社に入社させたことは君の人生を狂わしたかもしれない、僕は僕の贅沢な気持を満足させるために君を入社させたんだよ、会社の仕事をなにもしない、アウトサイダーの部下を一人ぐらい持ちたい、という贅沢さのために君を入れた、会社勤めというのは余りにも息苦し過ぎるからな、仕事をしないで、他の店で相場を張っている君を見ることは、僕にとっては息抜きだった、はは、冷酷な男と思うなよ」

私は呆然としたまま、去り行く有形を見送っていた。冷酷、有形が云ったように、冷酷と云えばこれほど冷酷な気持はないだろう。

私は有形にとって、スクリーンに写る登場人物だったのかもしれない。有形の観賞用のための……

有形が転任して間もなく、私は調査課から株式課に移された。株式課と云えば聞えは良いが、私の仕事はなんと、取引所から場電《ばでん》掛りに送られて来る相場の気配を、黒板の気配表にチョークで書く仕事である。

十五歳の少年でも出来る仕事だ。

尾山の復讐は、このような形となって現われたわけである。
私はその証券会社を止《よ》した。

二

私は間もなく株の新聞に入った。小さな業界紙だが一応記者である。人生で自分の適職を発見するのは、なかなか困難である。株の業界紙に入って、私はやっと自分の巣を見つけたような気がした。明日には明日の風が吹く。株屋を廻ってそんな記事ばかり書いておれば良い。相場を張って失敗し、やっと自分には博才《ばくさい》がないことが分ったし、生活に対しても一種の諦観のようなものも出来た。

私は三十四歳で、同じ業界紙の二十六歳の平凡な女事務員と結婚した。有形は私を、アウトサイダーだと云ったが、それほどの人間ではない。小市民のはしくれに過ぎないことも、年と共に分って来た。幸い筆だけはたったので、数年勤めているうち、編集次長になった。

新潟に移った有形が間もなく証券会社を止したのを聞いた時は、感慨に胸をうたれたが何時《いつ》か、彼のことも私の脳裡《のうり》から去っていったようである。

尾山は間もなく東京の企画部長に栄転したが、私が編集次長になった頃、取締役大阪支店長として、再び大阪に戻って来た。人間関係の運命の微妙さを思わずには居れない。あれほど憎んでいた尾山と私は、仕事の関係上、どうしても時々会わねばならない間柄になったのである。私が変った以上に、尾山も変っていた。恰幅《かっぷく》も出来、まだ多少陰湿なところは残っていたが、他人から見れば、彼にそんなところがあるとは見えないほど、貫禄のある支店長になっていた。社内の噂でも、将来の社長候補の一人である。

私の名は柏木であるが、尾山は私のことを柏木さん、と云った。年を取れば、若さの気負いはなくなり、大抵の人間は環境に順応するものである。尾山は私を、黒板の気配表書きにしたことなど忘れていたようであったし、私は忘れなかったが、思い出しても、さほどの憎しみを覚えなくなっていた。

時々、昼食など共にしたが、私にも尾山が有形を蹴落して出世した理由が漠然と分るような気がした。はっきり敵と分る人間には、どんな策をろうしても闘うが、それ以外の者には寛容なのである。有形の寛容さには実がないが、尾山には実があった。それに、商売が旨い。

そんな或る日、私は出張で東京に行き、某証券会社の株式課長と銀座のバーで飲んでいた。課長と別れ、ぼんやり電車通りの暗がりを歩いていると、私の前に立ち停った男が居る。

「有形さん」と私は呟いた。

「柏木君か、奇遇だなあ……」

有形に誘われるままに、私は西銀座の地下にあるバーに行った。客は少なく、東北美人タイプの色の白いマダムが笑顔で迎えた。

本能的に私は、このマダムが有形の女だ、と思ったようである。

尾山が貫禄が出来、陰湿なところがなくなっているのに対して、有形の容貌は昔と変っていた。目付が鋭く、頬も少しそげ、昔のような清冽な品がない。

ただ有形が、かなりの金を持っているのは、中指の指輪を見れば分る。なんの宝石か私には分らないが、太いかまぼこ形のプラチナに、大きな石が煌いている。服も英国ものだが、チェックで凄く派手である。

黒い眼鏡は鼈甲《べっこう》に変っていた。

有形の指輪を見ただけでも、有形の人生の大きな転換が感じられる。

「今こんな仕事をしているのですよ」

私は名刺を出した。有形は一べつしたが、

「ほう株の新聞か、相場はまだやっているの」

「いいえ、もうやっていません、諦めました、金には縁がないようですよ、有形さんは景気が良さそうですね」

「妙だね、僕はあの会社を止した途端、金に縁が出来て来たよ、いや、どうしたら、金が儲るか、ということを考えてね、結局頭を働かせることにした、今はこういうことをしている」

　有形の名刺には、光陽殖産代表者、と書かれていた。仕事の内容を説明されるまでもなく私には理解出来た。つまり、一般大衆から高利を餌に金を集め、事業や土地に投資する街の金融機関である。大きなものは、何億と金を集め、次々と破産し零細投資者を泣かせている。これまで新聞の社会面を幾度賑わしたことか。

「驚いたらしいね、しかし私の方は大丈夫だ、ここ数年の間に、億という金を握ったよ、尾山君は今、大阪支店長らしいね」

　有形は眼を細めながら云った。

「社長候補らしいですよ、時々会いますが、昔とは随分変りましたよ、お会いになったことはないのですか？」

「興味がないね、変ったというのは？」

「そうですね、昔のような陰険なところが余り目立たなくなったようですよ、人当りも柔らかくなったし、いやに太って貫禄が出来ましたよ……」

　有形は煙草の煙を静かに吐いた。空色の輪が見事に拡がって消えて行く。

「柏木君、人間というものは弱いものだね、或る目的に達しようと決心して、あらゆる権謀術策をろうして上へ登って行く、ところが最高の目的までその緊張をゆるめないで進む人間はやっぱり偉大だよ、つまり家康ぐらいの人物さ、しかしな、一万人のうち、九千九百九十九人は、八分通り目的を達すると安心してしまう、何時だったか、僕は君に、尾山のことを家康だと云ったが、大阪支店長ぐらいで、でっぷり太り貫禄が出来るなんて、家康の爪の垢にも及ばないね……」

有形はなにを思ったのか、愉快そうに笑った。敗者の虚勢でもなさそうである。有形が現に巨万の富を有しているのは明らかだからだ。

私はなんとなく黙り込んでしまった。かつていだいていた有形へのイメージが崩れ去ったのが佗しかった。しかしイメージなんて結局は青臭いものかもしれない。

有形にアウトサイダーと云われた私だって、現在の生活に不満を抱きながらも、諦めて生きているではないか。いや、諦めの中には、明日喰う米に困らない生活を送れることへの自慰もある。

私は有形と昔話をする気にはなれなかった。今の有形にも、そんな気持はないようである。その夜私は、有形に連れられて、赤坂の待合に行った。芸者を呼び騒々しく遊んだ。途中から、眼の細い東北系の美人マダムもやって来た。

私は泥酔して有形の車で送られ、四谷の旅館に戻った。最高級の酒を飲んでいる筈なのに、悪い酒を飲んだような一夜であった。

「一万人のうち、九千九百九十九人は八分通りで満足をしてしまう」

その有形の言葉だけが、いやに私の脳裡にこびりついている。有形の目付の鋭さは、巨万の富に満足している顔ではない。おそらく有形はもっと大望を抱いているに違いない。……なんの仕事もしない部下を一人持つために君を入社させた、冷酷な男だろう……数年前のあの夜の言葉とは、正反対の言葉である。しかし数年前の有形の言葉には、人間味があった。

何故ならそれは、有形でなければ、聞き得ない言葉であったからである。

だが今夜の有形の言葉から、有形自身のものはなにも感じられない。政治家の好きな、格言集にでもありそうな言葉であった。

私は尾山に、有形と会ったことは告げなかった。

三

尾山が自殺したのは、私が有形に会ってから半年ほどたった秋の日である。新潟の旅館で睡眠薬を飲んで自殺したのであった。それを知った時、私にはどうしても信じられなかった。尾山が自殺する。

典型的な商売人で、ふてぶてしい執念を持った尾山が……私は大阪支店のかつての同僚で、今は尾山の下で法人部の課長になっている畠山を呼び出した。畠山は私と同じ日に入社試験を受けて入ったのだ。

私は記事には絶対にしないから、尾山の自殺の真相を知らせて欲しい、と云った。

証券会社の支店長あたりの自殺は大きな使い込みに決っている。私は記事にしないことを血書しても良い、と云った。

畠山は沈痛な顔をしていた。

「遺書はあったのかい？」

「いや、それがないんだ、なんのために新潟に行ったのか、吾々社員にもさっぱり分らない、公用ではないことは確かなんだ」

「じゃ、自殺の原因は全くないのか……」

「それがあるんだ、絶対記事にしないでくれ給えよ」

と云って畠山は私に次のような事実を告げたのである。

三月前のことだった。中年の紳士風の男が大阪支店に現われた。営業部長に面会を求め、現金千万円預けるから、良い株を買ってくれ、と申し出た。営業部長が留守で、尾山支店長が自ら会った。尾山は商売にかけてはそんな熱心な男である。男はその場で、千万円を預けたのである。株界が大景気の時ならいざ知らず、商い高が大阪株式市場で三千万株程度の時だからこれは大変有難い客である。

鎌野と名乗り、京都で二三キャバレーを経営しているが、京都では大きな商いは出来ない。現住所は大阪マンションの三十八号室だ、と告げた。尾山は営業課長代理を鎌野の専属にした。

鎌野は時々現われ、千万の金で売ったり買ったりした。翌月になると、更に商い量を増やした。

受け渡しは四日後だが、正確である。買った分にはちゃんと金を渡す。

こうして、今月まで七八回売買しただろうか。

二週間ほど前、ここら辺りが買い出動だ、と約株数にして三十万株、七千万円近い株を買ったのだ。営業課長代理が何時ものように株を持って、そのマンションを訪れた。

ところが、鎌野はこの時に限って小切手を渡したのである。証券界では、小切手を受け取る場合は、それが不渡りでないかどうか、一応調べた後で、株を渡す規則になっている。これは何処《どこ》の会社でもそうである。

しかし、その会社にとって最上の客であり、信用し切ると、調べさせてくれ、とはなかなか云い難いものである。

「なんだ俺を信用しないのか？」

客にそんな不快な念を与えては大変だ、と思う気持が、ついセールスマンの気持を畏縮させる。ことに、株界が不景気な時は、幹部連中は、セールスマンに、なんとかして客を開拓せよ、とはっぱを掛ける。

営業課長代理の心に一瞬不安がよぎった。しかし支店長が紹介した客である。それに店の有力な客だ。ここ三月間、鎌野の商いの手数料だけで、三百万円は越えている。毎月百万だ、営業課長代理は、喉まで出掛った言葉を押え、株を渡し、小切手を貰って会社に戻った。

その小切手が不渡りだったのである。

明らかに詐欺的な行為である。ところが鎌野は、その株券を事業経営不振で金が緊急に必要なため、他に渡してしまった、と云い張った。事実、三日後東京市場で全部売りさばかれている。

尾山は直ぐ弁護士に相談した。詐欺行為として告訴しよう、と思ったのである。

残念ながら、小切手が不渡りの場合、直ぐに詐欺で告訴は出来ない。

現に鎌野は逃亡もせず、悠然と尾山に会い、必ず支払うから待ってくれ、と云っているのである。逃げ口上であることは明らかだが、尾山としては、どうすることも出来ないのだ。

畠山の話を聞いて、私は頷いた。

「成るほど、尾山はそれで悩んでいたわけか、しかし自殺の理由には少し弱いようだな……」

畠山は首を振った。

「尾山支店長は出世街道を驀進《ばくしん》して来た人だよ、この事故は一応支店長の責任になる、これで出世がストップになったのは明らかだからね」

「しかし君、出世がストップしたぐらいで、自殺なんて、しかし、鎌野が合法的に詐取した株券はどういう手から東京市場で売り出されたのだろう」

「三角証券だよ、うちの本社が調べたところでは光陽殖産臭い、ということらしい」

「ええ、光陽殖産だって……」

私は愕然として呟いた。

「なんだい？」

畠山は不思議そうに尋ねた。

有形が光陽殖産の経営者であることを、畠山は知らないらしい。

私は、尾山の自殺動機になったと云われるこの株券事故の背後に、有形の黒い微笑を感じたようである。

「一万人中、九千九百九十九人は、八分通りで満足してしまう」

有形の言葉を私はありありと思い出すことが出来る。あの時の有形の表情も……

しかし私には、あの尾山がこの事故だけで自殺したとは、どうしても考えられないのである。尾山はなんのために新潟に行ったのか。

尾山が死んでから十日め、私は尾山の自宅を訪れた。自宅は住吉公園の近くで、会社が買った家である。

尾山の妻、恵子に会った時、私はまじまじと恵子の顔を見詰めてしまった。それは有形が東京の銀座で店を持たせているあのマダムと実に良く似ていたからである。

私は応接間に案内された。丁寧に悔みを述べた。恵子は無表情に私の悔みを聞いている。黙って仏壇に案内された。お焼香をしながら私は感無量の思いで尾山の写真を眺めた。数年前に写したやつだろう。若いが、その顔には私に憎しみを覚えさせた陰険さとふてぶてしさがはっきり現われていた。しかし、人間の感情とはおかしなものである。尾山が自殺した今となってみると、その顔に、なんとも云えないもの憐れさが感じられるではないか。どうしてだろう。尾山が自殺した、という事実のためだろうか。

どうもそうではないようである。容貌とは反対のピエロじみた憐れさなのである。

応接間に戻った私は、恵子に、御主人にはひとかたならないお世話になった、と云った。恵子は相変らず無表情である。他人から見れば、尾山の死のショックから、まだ抜け切れないでいるとも受け取れよう。

「失礼ですが、私にはどうも御主人が株券の詐取事故だけで自殺されたとは思えないのですが……」

「私には分りませんわ」

と恵子はもの憂げに答えた。私には何故か恵子は仮面を被《かぶ》っているのではないか、と思えた。この仮面をはぐには、どんな質問が適当だろうか。

「奥さん、失礼ですが大阪のお生れですか？」

「いいえ、大阪に見えます？」

「見えませんね、東北のような感じがします」

「当りましたわ……新津の近くですの、新潟県の」

あっ、と思った。有形も自分の故郷は新潟の近くだ、と昔云ったようである。二人は同じ故郷なのか。それとも……

「新津の近くなら僕も行ったことがあります……」

「そうですか、川内村と云って、今は村松町になっていますけど、美しいところです」

「奥さん、詐取された株券が光陽殖産の手で、東京で売られたのを御存知ですか？」

恵子はじっと私を見詰めた。私の意図を探ろうとでもするように、視線を当てたまま動かさない。この時、玄関が開き、子供が帰って来たようである。応接間のドアを開け、お母さん、と云った。小学校六年ぐらいの女の子である。眼が醒めるほど可愛かった。

「お客様ですから、きよにおやつを貰いなさい」

「はい」と子供は私に一寸頭を下げドアを閉めた。

「可愛いお嬢さんですな」

「大きくなればどうなりますか……」

と恵子は答えたが、

「尾山には似ていないでしょう」

まるで私の意図を察したように云った。寒いものが私の背筋を走った。昔の白皙の有形と恵子の顔を合せてみた。信じられない。しかしあの娘は、その混合から生れたような可愛さであった。

「奥さん、光陽殖産の代表者は有形さんです、御存知なのですね」

「私には答えられません」

と恵子は答えた。

「私は入社した時、奥さんをはさんで、御主人と有形さんの葛藤を聞きました、皆は、奥さんが有形さんと結婚されなかったのを、不思議に思っていましたよ」

「そのような失礼な御質問にはお答え出来ません、お帰り下さい」

恵子は石のような顔になって私に云った。

四

光陽殖産が破産し、有形が姿をくらました記事が新聞にのったのは一ヵ月後である。

その記事を見た時、私はさほどのショックを覚えなかった。往年の清冽な気品をなくした有形と会った時から、この日のあるのを予期していたためかもしれない。

有形は別人になっていたのだ。いや、往時の有形にも、そんな面があったのかもしれない。邪悪を持たない人間は、あり得ないからである。一体、有形は姿をくらまして何処に行っているのだろう。

私はそれと関連して、尾山夫人はどうしているだろうか、と思った。

社宅は次の支店長に明け渡されている。ひょっとしたら故郷に帰ったのではないか。

一度私は、恵子と有形の故郷という川内を訪れてみたくなった。事件との関連もあったが、無性に旅に出たい気持であった。

私は思い出して、恵子の一人娘が通っていた小学校を訪れた。私の勘は当っていた。

尾山恵子は子供を連れて故郷に帰ったのである。

東京の本社に問い合せてみても、有形の行方は分らないようである。或る日、私は思い切って一週間の休暇を申し出た。

新聞社に入ってから、株屋時代とは反対に、私は働き過ぎていたようである。

飛行機で私は東京に行った。

旅の気分を味わうには、飛行機よりも鉄道が良い。東京からは鉄道で行くことにした。

私は地図を拡げて新潟を探した。

私は上越線に乗った。群馬県と新潟県の境にある清水峠の傍を通り、金物で有名な三条を過ぎ、加茂から新津に到る、その間三時間。新津は早くから石油で発達した町であるが、今は古びた鉄道都市としての名残りをとどめているに過ぎないようである。

この辺りは、新潟市から続く越後平野の一角である。磐越西線に乗り換えて四十五分で織物の町である五泉《ごせん》に着く。行けば行くほど乗客は少なくなった。五泉で更に蒲原《かんばら》鉄道という小さな電車に乗り換えねばならない。

二両の電車で乗客は十数人である。しかし車窓から眺める風景は、広袤《こうぼう》遥か黄色の麦の穂が垂れ、秋の陽を黄色に染めているようであった。間もなく村松町についた。人口約二十万、町村合併で広くなったが、奥の方に行くと殆ど山村である。

駅員にこの町のことを聞く。古い城下町で、自慢になるものもないけれど、春になると村松公園にこの辺りとしては有名なほど桜が咲く。近在の人達が花見時には大勢押し掛けて来る。この辺りの冬は厳しい。約半年近く雪に埋れねばならない。ほころび始めた春の一日、満開の花の下で弁当を開きながら一日を過すのが、この辺りの人達にとっては最大の楽しみであろう。

恵子の本名は阿加恵子である。私は駅員に川内に行く道を聞いた。バスがある。

阿賀野川の支流の早出川沿いに山に入り、更に分れている仙見川《せんみがわ》を上流にのぼる。

仙見川沿いに、小さな集落が点々と孤立している。

この頃は飛行機が発達し何処に行っても、遠く旅に出た、という気分がしない。しかし鉄道で山を越え、幾つもローカル線に乗り越え、田舎のバスに乗ると、遠く旅に出た、という感じがする。

車掌に尋ねると阿加家というのは旧家で仙見川沿いにある集落の中でも、山奥の方にあるようである。有形のことを聞いてみたが、車掌は知らない、と云った。

どうやら有形は、恵子の故郷を、自分の故郷だと云ったのではないか。何故だろう。有形がそんなことを云った裏には、この辺りの風景がよほど印象に残っていたからではないか。

そうなのだ、有形はかつて、恵子と共に、恵子の故郷を訪れたのに違いないのである。

私はやっと、阿加家があるという集落を訪れることが出来た。

山が幾重にも続き、段丘に零細な山田がある。山々は紅葉し、山葡萄やあけびなどが細い道から手を伸してちぎれる場所に顔を出している。清冽な小川が山の間を縫って流れていた。

漸く黄昏《たそがれ》がこの山間の集落に通り掛けていた。あちこちから炭焼く煙が立ち込め、村の人々の労働を物語っていた。

私は槌の音を聞いた。集落の外れの、かなり山の中腹の方である。何気なく行ってみると、新しい家が建てられていた。

数人の大工が働いている。

私は呆然とした。大工と交って材木を切っている有形を見つけたからであった。

有形は私を見つけた。額の汗を拭うと、有形は首に巻いた手拭いを取り、ゆっくり私の方に下りて来た。秋なのに有形の顔は日に焼けて黒くなっていた。

「どうしてこんなところに……」

「尾山さんの自殺の真相を知ろうと思ってやって来ました」

顔は黒かったが、有形の眼は澄んでいた。

「売った株券で、零細投資者には、出来るだけ弁償するよう、社の方で今整理させている、柏木君、僕を放っておいてくれないか……」

「尾山さんの奥さんは？」

「直ぐ傍の実家に居る、恵子には会って貰いたくないのだ……」

有形は小川の方に歩きながら云った。

「分りました、有形さん、私は入社した時から、有形さんと尾山さんの関係に興味を抱いていたのです、あなたと尾山さんの人間は全く対照的でした、もし有形さんが、この山の中に永住される積りなら、お二人の結末も余りにも対照的です、私の旅への思い出に、話していただけませんか……」

「ああ、君が工務店のトラックで村松まで今夜中に戻ってくれるなら、話しても良い、一寸待ってくれ、大工の棟梁に帰るのを待つよう話してくるから……」

私と有形は小川の岸辺に腰を下ろした。澄んだ水で川底が見える。

「僕が恵子と一緒にここに来たのは、もう十数年前だった、夏だったよ、ヤマメ、イワナ、マスなどがこの川底で楽しそうに遊んでいた、僕が泳ごうとすると、恵子が、魚達が驚くから止して、と云ったものだよ」

有形は遠い炭焼の煙を見詰めながら話し始めた。

二人が恵子の故郷を訪れたのは、恵子が尾山と結婚する前である。有形は恵子と結婚する積りであった。

だが当時、有形には大阪支店に移る前、東京で交際していた女性が居た。一人は同じ会社の事務員で、今一人はバーのホステスである。独身社員が良く結婚前にセックスの処理のために持つような女性であった。

有形はその二人に、結婚する、と云った覚えはない。有形はその二人との交際を誰れも知らない、と思っていたが、尾山が知っていたのである。いや、尾山は恵子を得るために有形の過去を調べさせていたのである。

有形は恵子との結婚前に二人ときっぱり後腐れなく別れる準備を進めていた。

尾山がどんな工作をしたのかはしらない。或る日、恵子のところに二人から手紙が来た。有形との関係を告白したものである。

恵子は動揺した。有形と恵子はその件で、かなり溝が出来たようである。

尾山はこの溝につけ込み、次のような手を打った。つまり、恵子と正式に結婚したい、と支店長に仲人になってくれるよう頼み込んだのである。有形は、恵子との関係を社内には秘密にしていた。

恵子は尾山の行動に男の誠実さを感じたようである。

「柏木君ここだよ、僕は確かに無為無策で、しかも若さのせいもあったのだろう、女性に対して自惚《うぬぼ》れ過ぎていた、尾山は余り女性にもてるタイプではない。しかし、彼の策謀と外面的な誠実さに、恵子は尾山を選んだ、恵子を責めるべきではない、僕は負けたのだ」

「尾山さんと恵子さんが結婚されたのは？」

「僕達が秘密の旅行から帰って来てから一月後だった」

「じゃ、尾山さんのお嬢さんは？」

「僕の子だよ、僕はそれを知らなかった、恵子は知っていたんだね、しかし、尾山には黙っていた、もし、恵子がもっと早く僕に知らせていてくれたなら、僕はどんなことをしても、尾山から恵子を奪い取っていただろう、僕は恵子を失ってから、当分結婚はしない、と決心した、それより、適当に女性と遊んでいた方が気楽だ、と考えた、こうして三年たった、この時、君も知っているように、出世競争にまで、僕は尾山に破れてしまった」

「一体どういう理由だったんですか、あれは、社員連中も不思議がっていました」

「原因は恵子なんだ……」

有形は煙草を咥えると火をつけた。マッチの火は黄昏の川水に映り、まるで子供の日の花火のようにあえかに美しく川面で煌いた。恵子は、有形への不信から尾山の積極的な行動に引きずられるままに結婚したものの、結婚してみると、有形への思慕が断ち切れないのを感じた。ことに子供の問題がある。

恵子は尾山と結婚して九ヵ月少しで子供を生んでいる。生れた時の赤ん坊の顔を見た時、恵子は本能的に有形の子供だ、と思ったようであった。

私は有形がここまで話した時、一つの疑問を覚えた。それは、応接間で恵子の子供を見た時とは正反対の疑問であった。

恵子は美しい赤ん坊を見た時、これはきっと有形の子供に違いない、いや有形の子供であったなら……と思ったのではないだろうか。

私はその疑問に対する次の質問が、口まで出掛ったのをかろうじて押えた。

……血液型の検査をはっきりされて確認されたのですか……

しかし、私はそれを口にはしなかった。

有形は話を続けた。

恵子は有形を呼び出したのだった。その時恵子は、自分はまだ有形を愛し、子供は有形の子供であると怖るべき告白をしたのである。有形は苦悩した。恵子への愛のためではない。尾山の妻となった恵子への感情は昔のように鮮烈なものではない。憎しみもあったし諦観もあった。その後数多くの女と遊び愛などという感情が湧くべき若い泉も消え果てていた。

　恵子はその後数度誘い出した。有形は尾山の妻である恵子とは関係を持っていない。

ただ、外で会いお茶を飲む位である。

それが尾山に発見されたのである。発見されたというより、尾山は結婚後も気を許さず、恵子を監視していたと云えよう。

「尾山は自分の上司であり、当時、東京本社の取締役営業部長であった本庄に、そのことを告げたのだ」

「なんですって……」

私には尾山の行動が理解出来ない。自分の妻が同僚と会っているのを上司に話すなんて……現役の課長が……

　有形は憂鬱な微笑を浮べて私を見た。

「そうだよ、しかし、私を蹴落すには、それが一番じゃないか、私には仕事上の落ちどはない、結局その件で私は左遷されたのだよ、左遷させる前、本社に呼ばれ、本当かどうか尋ねられた、私は事実を認めた、こうして私は新潟に行ったのだ、しかし、場所が悪かった、私はなにもかも諦める積りだったが、一日、恵子の故郷であるこの川内に来て、諦められないなにかを感じた、私は、私の人生を変えようと思ったのだ、尾山に復讐し、尾山の手から恵子を奪い取ろうと思った、私は社を止め、東京に出て光陽殖産を始めた、あの鎌野は私の手下の一人だよ」

「尾山さんの自殺の原因は？」

私は呻くように云った。

「恵子が故郷に帰る、と云って家を出た、尾山は追って来て、この川端で、私と恵子を発見したのだ、あの事故のあとだ、尾山は二重のショックを受けたんだね、しかし、私は尾山が自殺するとは思わなかったよ、そんなに弱い人間だとは……考えてみると、尾山より私の方が強かったのかもしれない、尾山は出世と妻を得ることには貪欲であったが、それだけに、それ以外の人間には弱かったんだな、その二つが崩れた時、尾山には立っている基盤がなくなったわけだ……」

その時、私は甘い香料の匂いを嗅いだ。何時の間にか黄昏は淡い闇に変っていた。仄白《ほのじろ》い恵子の顔が、二人の後ろに浮いている。

家々に灯がつき、せせらぎの音が微かに耳に入る。

「あなた、トラックが帰ると云っています」

恵子は、私を見ないで云った。私は立ち上った。

「有形さんは、ここで一生暮される積りですか……」

「ああその積りだよ、私は昔、一人の無能力な社員を、眺める楽しみのために試験に落さずに社に入れた、君も、この息苦しい世の中で、僕のような男も居り、こんな仙境で余世を送るのを眺める楽しみのために、二人のことは喋らず、そっとしておいてくれないか……」

有形が差し出した手を私は握った。

有形と尾山の勝敗は、有形の勝利に終ったようである。

しかし、本当に貪欲な勝利者は恵子ではないか。

トラックの上から、今はもうさだかではない二人の後ろ姿を眺めながら、私はそう思ったのである。

編者解説

日下三蔵

黒岩重吾の代表作は何かと言われたら、『背徳のメス』を代表とする初期の社会派ミステリを挙げる人と、『天の川の太陽』『白鳥の王子ヤマトタケル』など一九七〇年代以降の古代史ロマンを挙げる人に分かれるだろう。もちろん、どちらか片方を選ぶ必要はなく、どちらも代表作であることに間違いはない。

ただ、同時期にデビューした多岐川恭、笹沢左保、陳舜臣らが、作家活動の後期には時代小説、歴史小説へと大きく軸足を移しながらも、決して推理小説から離れなかったのとは対照的に、歴史小説がメインになってからの黒岩重吾は、ほとんどミステリ作品を発表していない。

昭和二十年代から「週刊朝日」「文學界」「サンデー毎日」などの懸賞に投稿を繰り返し、司馬遼太郎、寺内大吉らの文芸同人誌「近代説話」にも参加していた黒岩重吾が作家志望であったことは疑いないが、特に推理作家志望という訳ではなかったのだろう。

黒岩重吾は一九二四（大正十三）年、大阪に生まれた。同志社大学在学中に学徒出陣で出征。終戦後は満州から朝鮮を放浪して、一九四六（昭和二十一）年にようやく帰国できた。

翌年に大学を卒業し、四八年から証券会社に勤務。相場で大金を得たり失ったりしながら生活する。五三年に小児麻痺となり、三年間の闘病生活を余儀なくされる。その間に株で大損して家を手放した。退院後は釜ヶ崎のドヤ街で占い師をして食いつないだ。さらに大阪のキャバレーに勤め、人生の裏側をたっぷりと見聞きするが、その間も小説はずっと書き続けていた。

五九年、「週刊朝日」「宝石」共催の第二回短篇探偵小説懸賞に投じた「青い火花」が佳作となり、六〇年の「宝石」一月号に掲載されて本格的にデビュー。この年には浪速書房から『休日の断崖』、中央公論社から『背徳のメス』と二冊の長篇ミステリを書き下ろし、東方社から第一作品集『相場師』を刊行するという活躍ぶりだった。『休日の断崖』は第四十三回直木賞の候補となり、『背徳のメス』は寺内大吉の短篇「はぐれ念仏」と共に第四十四回直木賞を受賞、黒岩重吾は一気に流行作家へと昇りつめていく。

当時のミステリ界は松本清張の活躍による社会派推理小説のブームが来ており、推理小説に関心も愛着もない作家が、売り出すために外見だけ社会派風の薄味のミステリを粗製乱造していた。権田萬治氏は新潮社『日本ミステリー事典』の「社会派」の項目で、こう述べている。

清張の社会派推理小説は、動機の社会性、トリックの現実性を強調するとともに謎解きを重視していた。つまり、社会派と本格的な謎解きは本来決して矛盾しないのだが、その亜流は次第に事件の内幕を描くだけの底の浅い作品に堕していった。

まったくその通りで、清張以後に山のように書かれた社会派推理で、こんにち読むに値する作品は、極めて少ない。その数少ない例外のひとつが、黒岩重吾の作品なのである。黒岩重吾は人生の不条理に翻弄される男女の姿を描くことを目的としており、アリバイや密室といったトリックの意外性には、ほとんど興味を示していない。だが、そのためにかえってサスペンスが生じ、その作品は迫力に満ちたものになっているのだ。戦後初めて長篇で直木賞を受賞したミステリ『背徳のメス』の面白さは、現在でも、まったく色褪せていない（黒岩重吾以前に多岐川恭と戸板康二が短篇ミステリで受賞している）。

恐らく黒岩重吾にミステリというジャンルへの帰属意識はなく、たまたま懸賞募集していた短篇ミステリの賞に応募しただけだと思われるが、ともかく作家活動の初期において、「推理小説」という枠組みの中で作品を書いたことは、黒岩重吾にとって決してマイナスではなかった。

同人誌「近代説話」のメンバーでデビュー以前から著者を知る寺内大吉は、座談会「黒岩重吾を語る」（別冊宝石一一五号　現代推理作家シリーズ2　黒岩重吾篇／63年1月）で、初期の闘病小説などを「作品も人柄もなにかすごいドロドロした奴でしてね」と評した後で、こんな発言をしている。

じつは僕は「休日の断崖」のときはそれほどとも思わなかった。だが「背徳のメス」のときは、驚きましたね。それは、すごくうまくなったということが一つと、どろどろがなくなってスッキリしたということですよ。それで黒岩にお前どうしてそんなにうまくなったんだって聞いたんですよ。（笑）そうしたら、「うん、自分でもよくわからない」——つまりミステリーというスタイルにあてはめてみたら、自分の描きたい人間像がピシャッと捕えられたんじゃないんですか。

黒岩重吾は推理小説を経由しなくても、いずれは世に出たかもしれないが、ミステリ作家として出発したことで、約二十年にわたっておびただしい数のサスペンス作品を発表してくれたのだから、ミステリ・ファンとしては、この幸運に感謝したいところだ。

二〇一八年以降、黒岩重吾の旧作短篇集が、各社から再刊され始めた。

1　飛田ホテル　18年2月　ちくま文庫
2　西成山王ホテル　18年8月　ちくま文庫

3　青い枯葉　19年12月　光文社文庫／昭和ミステリールネサンス
4　飛田残月　20年8月　ちくま文庫

1の「口なしの女たち」「女蛭」、2の「落葉の炎」、3の「双恋の蜘蛛」「檻を出た野獣」などは著者のベスト級短篇だと思うが、もちろん本書では既刊四冊の収録作品は対象外としている。

ここで作品の選定について触れておくと、私の手元には黒岩重吾の中・短篇集が約五十冊あり、重複を除いて三百篇近い作品が収録されていた。これを数か月かけて改めて読み直し、特に面白い作品約五十篇を選んだ。そこから前述の四冊に入っているものを省き、関西を舞台にした作品七篇を新たに編んだのが本書である。

収録作品の初出データは、以下の通り。

賭博の街　「小説倶楽部」56年9月号
赤い肉は固い　「講談倶楽部」61年4月号
ぜいたくなホテル　「小説中央公論」62年10月号
朝を待つ女　「日本」62年11月号
人形の足跡　「オール讀物」63年10月号

心斎橋幻想　「小説現代」64年2月号
仙見川の夜　「小説新潮」64年4月号

掲載誌のうち、現在は発行されておらず、誌名から版元が判別できないのは、桃園書房の「小説倶楽部」と講談社の「日本」だろう。同じく講談社の「講談倶楽部」は、現在の「小説現代」の前身である。

「賭博の街」は『相場師』（60年11月／東方社）、「赤い肉は固い」は『深夜の競争』（62年8月／角川書店）、「ぜいたくなホテル」は『法王の牙』（63年1月／中央公論社）、「朝を待つ女」は『洞の花』（63年6月／講談社）、「人形の足跡」は『虹の十字架』（63年12月／集英社）、「心斎橋幻想」は『隠花の露』（64年3月／中央公論社）、「仙見川の夜」は『さ迷える魂』（64年11月／新潮社）に、それぞれ初めて収録された。

「賭博の街」が収められた『相場師』の「あとがき」には、著者の小説観と人生観が端的に書かれていて面白い。短いものなので、全文をご紹介しておこう。

> ここに集められたる短篇は、皆一つの共通した主題を持っています。それは主人公達が、普通の社会から疎外された人間であり、またなにかに憑かれた人間である、ということです。

とくにここには、株屋の世界が多く描かれています。株屋の小説と言えば、大抵眼をむく大金を儲けたり、損をしたりする、一流の相場師が描かれるものです。でもこの小説の主人公達は、そんな大金には一生縁のない男達ばかりです。ほんとに、取るに足らない金にあくせくし、生命をすりへらしている、哀れな人間です。

読者の皆さんは、多いに主人公達の哀れさを笑ってやって下さい。ただこの男達は、賢い人から見れば、愚にもつかない争いばかりに浮身をやつしていますが、最後に何等かの人生観を摑んでいます。余り感心出来ない人生観があるかもしれません。でも、そのようなものを摑んで生きてゆく男に、私はたまらなくひかれます。

下町のごみごみした所を歩いていて、ふと入った一軒の古着屋の主人に。都会のビルの一室から飛び出してくる一人のセールスマンに。憂さ晴しに入ったスタンドバーのバーテンに、独自な人生観を持った人が居たら、世の中はどんなに楽しいでしょう。

あとがきを書いていたら、小説を書くのが増々楽しくなって来ました。

ここでいう「下町」は、著者の経歴を考えると、東京ではなく大阪の下町であろう。前出の座談会でも、ミステリ評論家の中島河太郎氏は、「私は「大阪」という舞台を選んだことが、マッチしたと思うのです」「大阪小説、大阪文学――というのはあるのかないのかわかりませんけれども、昔は長谷川幸延とかいましたが――これは黒岩氏の大きな功績じゃないでしょうか」と指摘している。

関西を舞台にした作品を集めた本書には、黒岩重吾の特色と魅力が凝縮されているはずである。どうか、じっくりと楽しんでいただきたいと思う。

最後に、著者自身の大阪観が披露されたエッセイ「私の大阪観」の一部をご紹介しておこう。

新保博久、山前譲、関口苑生の三氏が河出文庫で編んだご当地ミステリのアンソロジー《ミステリー紀行シリーズ》の最終巻『大阪ミステリー傑作選』(87年12月)のために書かれたもの。このシリーズでは収録作家のうちで最もふさわしいと思われる人が巻頭にエッセイを寄せるのが通例となっていて、同書に「落葉の炎」が採られた著者がエッセイを担当しているのは納得である。


大阪は水の都といわれたが、大阪人は古代から水と闘って来た。五世紀頃の大阪市は平地が殆どなく、天王寺から大阪城付近に到る上町台地のすぐ西は海であり、東は河内湖と呼ばれる大きな湖であった。淀川は度々氾濫し、五世紀の茨田の堤の工事は有名である。また五世紀後半から六世紀にかけて、大阪城の北方を東西に掘り、海と河内湖を結んだ。これこそ大変な工事だったと思われるが、大阪人が持つエネルギーは古代から養われたと考えて良い。このエネルギーから商魂やユーモア精神、バイタリティ、また人生肯定の人間観が生まれたのである。そして文楽は人間臭さが持つユーモア精神と表裏一体をなす哀歓の美で、大阪の感性の一面を象徴している。

底本一覧

賭博の街　『飛田ホテル　黒岩重吾傑作集成１』一九七三年十月　桃源社
赤い肉は固い　『口なしの女達　黒岩重吾傑作集成２』一九七四年十月　桃源社
ぜいたくなホテル　『法王の牙　黒岩重吾傑作集成３』一九七四年一月　桃源社
朝を待つ女　『洞の花　黒岩重吾傑作集成４』一九七四年八月　桃源社
人形の足跡　『洞の花　黒岩重吾傑作集成４』一九七四年八月　桃源社
心斎橋幻想　『一日未亡人　黒岩重吾傑作集成５』一九七四年九月　桃源社
仙見川の夜　『一日未亡人　黒岩重吾傑作集成５』一九七四年九月　桃源社

本書は文庫オリジナルです。

本文中に、今日の人権意識に照らして不適切な語句や表現が見られますが、執筆当時の社会的・時代的背景と作品の文化的価値、著者が故人であることを考慮して、そのままとしました。

中公文庫

心斎橋幻想《しんさいばしげんそう》

——関西《かんさい》サスペンス集《しゅう》

2023年7月25日　初版発行

著　者　黒《くろ》岩《いわ》 重《じゅう》吾《ご》

編　者　日《くさ》下《か》 三《さん》蔵《ぞう》

発行者　安部 順一

発行所　中央公論新社
〒100-8152　東京都千代田区大手町1-7-1
電話　販売 03-5299-1730　編集 03-5299-1890
URL https://www.chuko.co.jp/

DTP　平面惑星
印　刷　三晃印刷
製　本　小泉製本

©2023 Jugo KUROIWA, Sanzo KUSAKA
Published by CHUOKORON-SHINSHA, INC.
Printed in Japan　ISBN978-4-12-207389-0 C1193

定価はカバーに表示してあります。落丁本・乱丁本はお手数ですが小社販売部宛お送り下さい。送料小社負担にてお取り替えいたします。

●本書の無断複製（コピー）は著作権法上での例外を除き禁じられています。また、代行業者等に依頼してスキャンやデジタル化を行うことは、たとえ個人や家庭内の利用を目的とする場合でも著作権法違反です。

各書目の下段の数字はISBNコードです。978－4－12が省略してあります。

中公文庫既刊より

く-7-19
天の川の太陽（上）
黒岩重吾
大化の改新後、政権を保持する兄天智天皇の都で次第に疎外される皇太弟大海人皇子。古代日本を震撼させた未曾有の大乱を雄渾な筆致で活写する小説壬申の乱。
202577-6

く-7-20
天の川の太陽（下）
黒岩重吾
大海人皇子はついに立った。東国から怒濤のような大軍が近江の都に迫り、各地で朝廷軍との戦いが始まる……。吉川英治文学賞受賞作。〈解説〉尾崎秀樹
202578-3

く-7-23
斑鳩王《いかるがおう》の慟哭《どうこく》 新装版
黒岩重吾
聖徳太子晩年の苦悩と孤独、推古女帝や蘇我一族との確執は、やがて太子没後の悲劇へとなだれ込む。黒岩古代史小説の巨篇。〈付録対談〉梅原　猛・黒岩重吾
207059-2

あ-94-1
狂った機関車 鮎川哲也の選んだベスト鉄道ミステリ
鮎川哲也 選
日下三蔵 編
戦前の本格推理から、知られざる作家の佳品まで、鉄道を舞台にしたミステリのアンソロジー。短・中篇の読みやすさ、懐かしさと新鮮さが共存した全七作。
207027-1

さ-16-11
アリバイ奪取 笹沢左保ミステリ短篇選
笹沢左保
日下三蔵 編
アリバイが消えたとき、笑うのは誰だ？　本格推理から、著者の真骨頂たる宿命小説まで、バラエティに富んだ作品八篇を収録した傑作選。文庫オリジナル。
207258-9

そ-3-14
ビショップ氏殺人事件 曽野綾子ミステリ傑作選
曽野綾子
日下三蔵 編
ミステリ分野でも手腕を発揮した作家・曽野綾子の真価。江戸川乱歩に称賛された表題作をはじめ、サスペンスと心理描写に優れた異色作六篇をセレクトする。
207155-1

ま-12-6
突風
松本清張
貞淑な人妻の胸を吹き抜けた突風。日常性の中にひそむ陥穽――。小説技巧と人間洞察の深さが生む著者の思い出深い初期短篇傑作集。〈解説〉三好行雄
200079-7